Das Ministerium der Schmerzen

Dubravka Ugresic

Das Ministerium der Schmerzen

Aus dem Kroatischen von Barbara Antkowiak
und
Mirjana und Klaus Wittmann

Berlin Verlag

Die Übersetzung wurde gefördert vom Literarischen Colloquium Berlin mit Mitteln des Auswärtigen Amtes und der Senatsverwaltung für Wissenschaft, Forschung und Kultur Berlin.

Die Originalausgabe erschien 2004 unter dem Titel *Ministarstvo Boli* bei 90 Stupnjeva, Zagreb | Umschlaggestaltung: Nina Rothfos und Patrick Gabler, Hamburg | Typografie: Renate Stefan, Berlin | Gesetzt aus der Stempel Garamond durch psb, Berlin | Druck & Bindung: Ebner & Spiegel, Ulm | Printed in Germany 2005 | ISBN 3-8270-0562-0

Alles in diesem Roman ist frei erfunden: die Erzählerin, ihre Geschichte, die Situation, die Personen. Sogar der Ort der Handlung, Amsterdam, ist nicht allzu realistisch.

D. U.

Dem Andenken an Barbara Antkowiak

Der Drang nach Haus! Ein Dutzend Mal
Absurdgeführtes Narrentreiben!
Mir ist es längstens so egal,
Wo ich vollkommen einsam bleibe,

Auf welchen Pflastersteinen heim
Ich torkle mit dem Einkaufsbeutel,
Ins Haus, das nichts vom Eigner weiß:
Spital, Kaserne armer Leute.

Mir ist es gleich, in welchem Ring
Mein Fell sich sträubt: umgarnter
Leu, aus welcher Menschen-Mitte
Gedrängt ich werde, ohne Erbarmen.

Ins eigene Innre: Gefühlseremit.
Kamtschatka-Bär ohne Scholle:
Wo nicht einleben (ich müh mich nicht!),
Wo demütigen, es spielt keine Rolle.

Auch wird mich nicht der Mutterton
Der Heimat narren – süße Zitze.
Mir ist es gleich, in welchem Idiom
Der Unverstand der Straße witzelt!

(Der Leser, der Schlucker des Bergs
Von Zeitungen, Melker des Klatschwunders …)
Des zwanzigsten Jahrhunderts – ist er,
Und ich – vor jedem Jahrhundert!

Versteinert wie ein Stamm im Grund,
Der übrig blieb von seinesgleichen:
Sie alle, mir – gleich, alles gleich, und,
Mag sein am allergleichsten,

Was mir ehmals am nächsten stand.
Die Male, die zeichnenden Flecken,
Die Daten, gelöscht mir von Hand:
Die Seele, geboren – an Irgendhecken.

Derart hat mich mein Land verheert,
Daß selbst der scharfäugigste Spitzel
Die ganze Seele, die Länge, die Quer,
Kein einzig Muttermal mehr findet.

Jedes Haus, mir fremd, jeder Dom: taub,
Und alles gleich, alles dieselbe Leere.
Aber wenn auf dem Weg – ein Strauch
Entflammt, vor allem – Vogelbeere …

Marina Zwetajewa

Erster Teil

1.

Die Nördliche Landschaft hat wie die Wüste etwas Absolutes. Nur ist die Wüste in diesem Fall grün und voller Gewässer. Sonst aber gibt es keine Versuchungen, Rundungen oder Wölbungen. Das Land ist flach, was zu einer extremen Sichtbarkeit der Menschen führt, und dies wiederum wird in deren Verhalten sichtbar ... Sie bohren ihre hellen, leuchtenden Blicke in die Augen des anderen und prüfen seine Seele. Es gibt keinerlei Schlupfwinkel. Auch ihre Häuser sind es nicht. Sie machen ihre Vorhänge nicht zu und halten dies für eine Tugend.

Cees Nooteboom

Ich weiß nicht mehr, wann ich es zum ersten Mal bemerkte. Dass ich an einer Haltestelle stehen konnte, den Blick auf den Stadtplan mit den bunten Straßenbahn- und Buslinien, die ich nicht verstand und die mich kaum interessierten; dass ich gedankenlos dastand und mich auf einmal der Wunsch überkam, mit der Stirn gegen das Glas zu stoßen und mir Schmerz zuzufügen. Und jedes Mal schien es, als würde ich es in der nächsten Sekunde tun ...

»Sie werden doch nicht, *drugarica* ...?«, sagt er leicht spöttisch und tippt mir mit dem Finger auf die Schulter.

Ich bilde mir das nur ein. Aber das Bild ist so lebendig, dass ich wirklich seine Stimme höre und seine Berührung fühle.

Es heißt, die Niederländer reden nur, wenn sie etwas zu sagen haben. Hier, wo ich mich, vom Holländischen umgeben, auf Englisch verständige, erlebe ich meine Muttersprache häufig als fremd. Erst seit ich im Ausland lebe, bemerke ich, dass meine Landsleute in einer Art Halbsprache kommunizieren, als verschluckten sie halbe Wörter, als stießen sie Halblaute aus. Meine Muttersprache erlebe ich wie die Mühen eines sprachgestörten Invaliden, der auch den einfachsten Gedanken mit Gesten, Grimassen und Tönen untermalt. Die Gespräche meiner Landsleute kommen mir lang, erschöpfend und nichtig vor. Statt zu sprechen, scheinen sie sich mit Worten zu tätscheln, sich tröstlichen Lautspeichel um die Ohren zu schmieren.

Darum scheint mir, dass ich erst hier zu sprechen lerne. Das ist nicht leicht, ständig brauche ich Pausen, um nicht mit der Tatsache konfrontiert zu werden, dass ich nicht imstande bin zu sagen, was ich sagen möchte; um nicht vor der Frage zu stehen, ob man mit einer Sprache, die nicht gelernt hat, die Wirklichkeit zu beschreiben, so stark das innere Erlebnis der Wirklichkeit auch sein mag, überhaupt etwas anstellen kann, beispielsweise eine Geschichte erzählen.

Denn ich war Literaturlehrerin.

In Deutschland angekommen, ließen wir, Goran und ich, uns in Berlin nieder. Es war Gorans Entscheidung, nach Deutschland kam man ohne Visum. Unsere Ersparnisse reichten für ein Jahr. Ich fand mich schnell zurecht. Sittete die Kinder einer amerikanischen Familie. Die Amerikaner zahlten mehr als großzügig und waren nette Leute. Ich fand auch einen kleinen Job in der Staatsbibliothek, einmal wöchentlich, in der Slawistik. Da ich etwas vom Bibliothekswesen verstand, Russisch sprach und in den anderen slawischen Sprachen zurechtkam, fiel mir die Arbeit leicht. Ich wurde schwarz bezahlt, anders ging es nicht. Goran, der an der Mathematischen Fakultät in Zagreb Dozent gewesen war, fand bald Arbeit bei einer Computerfirma, gab sie jedoch nach ein paar Monaten auf. Einer seiner Kollegen war Dozent an einer Fakultät in Tokio geworden und forderte ihn auf, hinzukommen, Arbeit bekäme er sofort. Goran redete lange auf mich ein, mit ihm zu gehen. Ich lehnte ab, weil ich hier, in Westeuropa, meiner Mutter und seinen Eltern näher sei. Es war die Wahrheit. Aber es gab noch eine andere.

Goran konnte sich mit dem, was geschehen war, nicht abfinden. Er war ein exzellenter Mathematiker, beliebt bei den Studenten, und obwohl er eine »neutrale« Wissenschaft betrieb, hatte er über Nacht seinen Job verloren. Erklärungen, dass all das »normal« ist – dass der Durchschnittsmensch sich im Krieg immer auf dieselbe Weise verhält, dass all das vielen geschehen war, den Kroaten in Serbien, den Serben in Kroatien, den Muslimen, Kroaten und Serben in Bosnien, den Juden, Albanern und Roma, dass all das allen und überall in unserem unglücklichen ehemaligen Land geschehen war –, vermochten ihn nicht aus seiner mit Selbstmitleid vermischten Erbitterung zu befreien.

Wäre Goran gewillt gewesen, hätten wir in Deutschland bleiben können. Hier gab es Zehntausende von unsresgleichen. Die Menschen nahmen jede Arbeit an, und das Leben ging weiter, auch die Kinder passten sich an. Wir hatten keine Kinder, vielleicht erleichterte das unsere Entscheidung. Meine Mutter und Gorans Eltern lebten in Zagreb. Unsere Zagreber Wohnung fiel nach unserem Weggang an die kroatische Armee und wurde der Familie eines Soldaten zugeteilt. Gorans Vater versuchte vergeblich, unsere Sachen, wenigstens die Bücher zu retten. Goran war nämlich *Serbe* und ich wohl sein *Tschetnikweib*. Es war eine Zeit, in der man für das allgemeine Unglück viele büßen ließ, am meisten die Unschuldigen.

Dennoch, der Krieg hat unsere Verhältnisse viel besser geordnet, als wir das gekonnt hätten. Goran, der Zagreb mit dem festen Vorsatz verlassen hat, *möglichst weit weg* zu gehen, ist wirklich weit weg, in Tokio. Bald nach seiner Abreise kam die Einladung meiner Bekannten Ines Kadić, bei der Amsterdamer Slawistik zwei Semester Serbokroatisch zu unterrichten. Ines' Mann Cees Draaisma war Chef der Abteilung. Es gab sonst niemanden, der so schnell einspringen konnte. Ich nahm die Einladung ohne Zögern an.

Die Abteilung mietete mir eine Wohnung am Oudezijds Kolk. Das war eine kurze Gracht mit nur wenigen Häusern, deren eines Ende am Hauptbahnhof mündete, während das andere sich wie ein Palmwedel in die Zeedijk, eine von Chinesen bewohnte Straße, und in den Oudezijds Voorburgwal und den Oudezijds Achterburgwal, Grachten des Rotlichtviertels, gabelte. Es war eine kleine Souterrainwohnung, wie ein Zimmer in einem billigen Hotel. In Amsterdam sei es schwer, eine Wohnung zu finden, behauptete zumindest die Abteilungssekretärin, und ich fand mich damit ab. Der Stadtteil gefiel mir. Morgens konnte ich entlang der Zeedijk zum Niewmarkt gehen, im *Jolly Joker, Theo* oder *Chao Praya* einkehren, einem der Cafés mit Blick auf De Waag. Beim Kaffeetrinken beobachtete ich die Menschen an den Ständen mit Heringen, Gemüse, Käse und frischen Backwaren. In dieser Gegend verkehrten die verschiedensten Typen. Hier begann das Rotlichtviertel. Hier waren kleine Dealer unterwegs, Prostituierte, chinesische Hausfrauen, Zuhälter, Drogensüchtige, Trinker, gealterte Hippies, Kramladenbesitzer, Verkäufer und Lieferanten, Touristen, Penner, Schwarzhändler, Obdachlose. Und wenn sich der graue Himmel (der berühmte holländische Himmel) auf die Stadt herabsenkte, genoss ich den trägen Rhythmus der Passanten. Alles wirkte ein bisschen angeschmutzt, marginal, gedämpft, verlangsamt, halb kriminell, aber gelassen im Namen einer höheren Lebensweisheit. Die Fakultät war in der Spuistraat, zehn Minuten zu Fuß von meiner Wohnung. Alles war, zumindest kam es mir anfangs so vor, räumlich perfekt. Und der Altweibersommer zog sich in diesem Jahr bis in den November hinein, so dass mir Amsterdam, so weich, gemächlich und warm, nahe war wie ein Ort an der Adriaküste jenseits der Touristensaison.

Die Geschichte von der Bosnierin hatte ich schon in Berlin gehört. Sie war mit der ganzen Familie auf der Flucht, mit dem Mann, den Kindern, den Schwiegereltern. Dann kam das Gerücht auf, die Flüchtlinge würden nach Bosnien zurückgeschickt. In ihrer Angst bat die Frau ihre Ärztin um eine fingierte Einweisung in die Psychiatrie. Der zweiwöchige Klinikaufenthalt war für die Frau eine Erfahrung der Freiheit, so stark und betäubend, dass sie beschloss, nicht zurückzukehren. Sie verschwand, änderte ihre Identität, wer weiß, was mit ihr geschah, ihre Angehörigen sahen sie nie wieder.

Ich habe Dutzende solcher Geschichten gehört. Der Krieg war für viele ein Verlust, aber auch ein guter Grund, das alte Leben abzuschütteln und ein neues anzufangen. Der Krieg hat wirklich das Leben der Menschen verändert. Selbst Irrenhaus, Gefängnis und Gerichtssaal wurden zu normalen Varianten.

Ich war nicht sicher, wie es um mich stand. Vielleicht suchte auch ich ein Alibi. Ich hatte keinen Flüchtlingsstatus, konnte aber nirgendwohin zurückkehren. Zumindest empfand ich so. Vielleicht diente mir, wie so vielen anderen, fremdes Unglück als Ausrede dafür, nicht zurückzukehren. Andererseits, waren der Zerfall des Landes und der Krieg nicht auch mein *persönliches* Unglück und Grund genug, wegzugehen? Ich weiß es nicht. Ich weiß nur, dass ich längst abgereist und noch nirgends angekommen war. Als Goran gegangen war, verspürte ich Erleichterung, aber zugleich einen Verlust und starke Angst. Denn auf einmal war ich ganz allein, mit einem Fachwissen von geringem Wert und Ersparnissen, die nur für ein paar Monate reichten. Ich hatte Jugoslawistik studiert. So war ich mit einer Doktorarbeit über den Gebrauch des kajkavischen Dialekts in Werken kroatischer Schriftsteller und bloß ein paar Jahren Lehrtätigkeit an der Zagreber Pädagogischen Akademie nach Amsterdam geraten. Amsterdam war eine bezahlte Atempause. Was ich danach tun würde, wusste ich nicht.

2.

Zuerst nannten sie mich *Frau Professor Lucić*, gingen aber bald zu *drugarica* über. *Drugarica* bedeutet wörtlich Genossin, war jedoch in Jugoslawien in den ersten Jahrzehnten des Kommunismus die übliche Anrede für die Lehrerin. Dieses *drugarica* war für meine Studenten eine fröhliche intime Chiffre für die Verbindung mit den Schulbänken, die wir alle längst verlassen hatten, mit der Zeit, die vergangen war, mit dem Land, das es nicht mehr gab. Das war auch kein Wort, sondern das lustige Klingeln der Pawlow'schen Glocke. Ich redete sie mit *Sie* an, nannte sie aber meine *Schüler*. All das war eine Art humorige Simulation. Weder waren sie *Schüler*, noch war ich *drugarica*. Die meisten waren zwischen zwanzig und dreißig und nur wenig jünger als ich. Meliha war so alt wie ich, und Johanneke und Laki etwas älter. Nur dieses *Sie* ermahnte uns also, die Spielregeln einzuhalten.

Sie waren mit dem Krieg hergekommen, einige hatten Flüchtlingsstatus, andere nicht. Die Jungen aus Kroatien und Serbien waren vor der Einberufung geflohen. Einige kamen aus den bosnischen und nordkroatischen Kriegsgebieten. Einige waren einfach den anderen gefolgt und geblieben. Einige hatten gehört, dass Holland Flüchtlinge aus Jugoslawien großzügig mit Sozialhilfe und Wohnraum versorgte, und waren gekommen, um die schwache Währung ihres Lebens gegen eine härtere einzutauschen. Einige hatten holländische Partner gefunden. Mario war in Österreich – wohin ihn seine Eltern aus Angst vor der Mobilisierung durch die kroatischen Behörden geschickt hatten – einer Holländerin begegnet, die ihn mitgenommen hatte. »Vielleicht habe ich wegen der Papiere geheiratet und mich nachträglich in die eigene Frau verliebt. Oder ich habe mich zuerst verliebt und dann wegen der Papiere geheiratet, jetzt weiß ich das nicht mehr«, erklärte er lachend.

Boban war mit einer Gruppe älterer Belgraderinnen, Anhängerinnen von Sai Baba, nach Indien gereist. Alles hatte seine Mutter organisiert und finanziert, nur um ihn vorübergehend vor der Mobilisierung zu bewahren. In Indien trennte er sich von der Gruppe, irrte zwei Monate umher, erkrankte an der Ruhr, nahm das erste Flugzeug, landete in Amsterdam, wo er in die Maschine nach Belgrad umsteigen sollte. Und hier in Schiphol, von WC zu WC rennend, kam er plötzlich auf die Idee, politisches Asyl zu beantragen. Damals ging das noch. Ein oder zwei Jahre lang waren die holländischen Behörden großzügig gegenüber allen, die aus Ex-Jugoslawien kamen. Der Krieg war noch immer ein überzeugender Grund. Nur ein paar Monate später veränderten sich die Dinge, und die Tür wurde zugeschlagen.

Johanneke war Holländerin. Sie sprach fließend *Unsrig* mit bosnischem Akzent. Ihre Eltern waren Linke, die nach dem Zweiten Weltkrieg mit den internationalen Jugendbrigaden in Jugoslawien Bahnstrecken und Straßen gebaut hatten. Später reisten sie als Touristen an die Adria. So besuchte Johanneke einmal Sarajevo, verliebte sich in einen Bosnier und blieb. Geschieden, mit zwei kleinen Töchtern, hatte sie jetzt beschlossen, Slawistik zu studieren. Sie war vereidigte Gerichtsdolmetscherin, was sich als sehr nützlich erwies. Denn sie übersetzte und beglaubigte kostenlos alle Dokumente, welche die Schüler benötigten.

Es gab welche, die ein paar Mal im Unterricht erschienen und dann wegblieben. Laki war aus Zagreb. Er prägte sich mir ein, weil er mich im Unterschied zu den anderen *Frau Lucić* nannte. *Drugarica* war wohl für ihn zu *jugoslawisch, kommunistisch, unkroatisch*. Seine affektierte Zagreber Redeweise ging mir auf die Nerven. Wie so viele war Laki vor dem Krieg wegen des »Kiffens« nach Amsterdam gekommen. Jahrelang studierte er Slawistik, empfing Sozialhilfe und wohnte billig in einer Unterkunft, die ihm die städtischen Behörden zugewiesen hatten. Die Schüler behaupteten, Laki sei ein bezahlter Polizeispitzel, er habe damit geprahlt. Er soll Telefongespräche zwischen Angehörigen der jugoslawischen Mafia abgehört haben, die von der Polizei überwacht wurden. Die Studenten nannten ihn Laki Linguist, weil er angeblich zum Zeitvertreib an einem holländisch-kroatischen Wörterbuch bastelte, für das er keinen Sponsor finden konnte. Das bereits existierende holländisch-serbokroatische Wörterbuch erkannte er nicht an.

Dann gab es da noch Zole, der bei einem schwulen Holländer, seinem angeblichen Partner, gemeldet war, um die Aufenthaltserlaubnis zu bekommen, und Darko aus Opatija, der wirklich schwul war. Die holländischen Behörden waren großzügig gegenüber denen, die behaupteten, in ihren Ländern wegen »sexueller Andersartigkeit« verfolgt gewesen zu sein, großzügiger als gegenüber im Krieg vergewaltigten Frauen. Als das ruchbar wurde, schlüpften viele durch diese Lücke. Viele brachen aus wirklichem Unglück auf, um ihr Glück zu versuchen, andere nutzten einfach die Situation. Gewinn und Verlust wurden unter diesen anormalen Bedingungen mit anderem Maß gemessen.

Sie studierten Serbokroatisch, denn das war für sie am leichtesten. Wer kein Flüchtlingsvisum hatte, konnte durch das Studium seinen legalen Aufenthalt verlängern. Einige hatten in der einstigen Heimat eine Fakultät besucht oder absolviert, was hier wenig bedeutete. Serbokroatisch war der einfachste und schnellste Weg zu einem holländischen Diplom, obwohl auch das von wenig Nutzen war. Denen, die andere Sprachen studierten, wie Ana, brachte das Serbokroatisch zusätzliche Punkte, die das Studium erleichterten. Es gab auch solche, die studierten, um an Kredite und Stipendien zu gelangen, und das ging mit Serbokroatisch am leichtesten.

Sie kamen zurecht. Die meisten »spielten Tennis«. Das hieß in ihrem Gruppenjargon »Wohnungen putzen«. Dafür gab es fünfzehn Gulden pro Stunde. Einige spülten Geschirr in Restaurants oder kellnerten. Ante spielte für ein paar Münzen Akkordeon auf dem Noordermarkt. Ana sortierte früh am Morgen Briefe bei der Post. *Die Arbeit ist nicht schlecht, ich komme mir vor wie der Zwerg in Čapeks »Briefträgermärchen«*, sagte sie.

Am besten wurde die Schwarzarbeit offenbar im »Ministerium« bezahlt. Einer von den *Unsrigen* hatte einen Job in einer Werkstatt gefunden, wo Kleidung für Sex-Shops gefertigt wurde, und hatte die anderen nachgezogen. Die Arbeit war nicht schwer. Sie nähten aus Leder, Gummi und Latex Kleidungsstücke für Sadomasochisten und Fetischisten. Igor, Nevena und Selim fuhren dreimal wöchentlich nach Amsterdam Noord. Dort befand sich in der Regulateurstraat die Firma »Demask«, die das verzweigte Netz der holländischen Pornoindustrie mit Waren belieferte. Ein S&M-Klub in Den Haag hieß »Ministry of Pain«. Darum nannten meine Studenten ihren Job in der Pornoschneiderei »Arbeit im Ministerium«. *Die S&Ms sind echte Modefreaks. Für sie ist nicht der nackte Körper der schönste Körper. Wäre ich Gucci oder Armani, würde ich das ins Auge fassen*, scherzte Igor.

Sie kamen gut zurecht, wenn man bedenkt, woher sie kamen. Das ehemalige Land zogen sie hinter sich her wie eine Schleppe. Die *Jugo-Mafia* (meine Schüler sprachen sie holländisch als *Jucho-Mafia* aus) war, wie man erzählte, für ein Drittel der Straftaten in Amsterdam verantwortlich. Diebstahl, Mädchenhandel, Schmuggel, Morde und blutige Abrechnungen füllten die schwarzen Chroniken der holländischen Presse.

Nur mit ihrer einstigen Heimat kamen sie nicht zurecht. Die Namen Kroatien und Bosnien sprachen sie vorsichtig aus. Das Wort *Jugoslawien*, das jetzt Serbien und Montenegro bedeutete, machte ihnen Mühe. Die in den Medien zirkulierenden Bezeichnungen wie *Klein-* oder *Restjugoslawien* akzeptierten sie nicht.

Das Jugoslawien, in dem sie geboren und aus dem sie gekommen waren, existierte nicht mehr. Sie nannten es *Juga*, so hieß es früher unter Gastarbeitern. Die Bezeichnungen *Titoland* und *Titanic* kursierten als Witz. Der Name für die Bewohner des verschwundenen Landes war *Unsrige*, manchmal *Jugovići* oder *Jugos*. Die Sprache, derer sie sich bedienten, sofern es nicht um Slowenisch, Mazedonisch oder Albanisch ging, hieß *Unsrig*. Manchmal auch *unsere Sprache*.

3.

Fotogen ist das nicht,
und es kostet Jahre.
Längst zogen die Kameras
in den nächsten Krieg.

Wisława Szymborska

Sobald ich den Unterrichtsraum zum ersten Mal betrat, erkannte ich die *Unsrigen*. Die *Unsrigen* liefen mit einer unsichtbaren Ohrfeige im Gesicht herum. Sie hatten den schrägen Blick eines ängstlichen Hasen, eine besondere Anspannung, etwas von einem Tier, das lauert, aus welcher Richtung Gefahr drohen könne. Die *Unsrigen* verrieten sich durch eine nervöse Wehmut im Gesicht, durch einen verdüsterten Blick, einen Schatten der Abwesenheit, eine kaum sichtbare innere Geducktheit. *Die Unsrigen gehen durch die Stadt wie durch einen Dschungel, voller Angst*, sagte Selim. Auch wir waren – *Unsrige*.

Wir hatten das Land verlassen wie Ratten ein sinkendes Schiff. Wir waren überall. Viele versteckten sich noch eine Zeit lang im Land, überzeugt, der Krieg würde rasch vergehen wie ein Unwetter. Sie blieben bei Verwandten, Freunden, Freunden von Freunden, guten, hilfsbereiten Menschen. Sie lebten in improvisierten Flüchtlingslagern, in leeren Touristencamps, in Hotels, die vorübergehend Unterkunft boten, meistens an der Adriaküste, aber nur im Winter, wenn keine Touristen kamen, danach würden sie nach Hause zurückkehren, dieser Krieg würde nicht lange dauern, kein Krieg dauere lange, er höre auf, wenn die Menschen erschöpft seien ... Einige steckten ein, zwei, drei Jahre fest, Touristen kamen ohnehin nicht. Einige zogen weiter. Und jeder hatte seine Geschichte.

Eine Belgraderin, die sah, *wohin all das führt*, und über den Hass ihrer Mitbürger entsetzt war, verkaufte ihr Haus in der Hauptstadt und zog kurz vor dem Krieg in das »friedliche« Kroatien. Sie kaufte eine Wohnung im istrischen Rovinj. Als dann auch die Kroaten ihre Zähne fletschten, verkaufte sie Hals über Kopf die Wohnung in Rovinj und siedelte nach Sarajevo über. Die ersten serbischen Granaten – so als folgten sie ihren Handlinien und verwirklichten das Schicksal, das ihr von Geburt an beschieden war – zerstörten ihre Wohnung. *Ein Glück, dass sie gerade nicht zu Hause war. Jetzt geht es ihr gut, sie hat mir aus Caracas geschrieben. Wie ist sie ausgerechnet auf Caracas gekommen!*, sagte die Bekannte, die mir diese Geschichte erzählte.

Die kroatischen Flüchtlinge aus Slawonien machten sich auf nach Zagreb, nach Istrien, zum Meer. Die Flüchtlinge aus Bosnien nach Süden, nach Kroatien, oder nach Osten, nach Serbien. Die kroatischen Serben wanderten leise aus Kroatien ab, bis sie später in Massen vertrieben wurden. Die Ungarn aus der Vojvodina wanderten still nach Ungarn aus. Später sollten ihnen Serben folgen. Die Albaner aus dem Kosovo ebenfalls ... Das wird nicht so bald enden.

Wir flohen von überall und kamen überall an. Die Preislisten des Lebens richteten sich nach den Umständen. Einige kümmerten sich nur um die »Ihrigen«, einige um die »Ihrigen« und die »Fremden«, einige fragten nicht, wer wer war. Bosnische Muslime brachen in die Türkei auf, in den Iran, den Irak, man fragte nicht viel, einige gelangten bis nach Pakistan. Viele von ihnen bereuten das. Bosnische Juden brachen nach Israel auf. Auch unter ihnen gab es solche, die bereuten. Sie änderten ihre Namen, kauften falsche Pässe, wenn sie konnten. Was ihnen noch bis eben wichtig war – Glaube und Nationalität –, wurde zur wertlosen Valuta. Wichtiger war es zu überleben. Als sie überlebt hatten, am sicheren Ufer angekommen waren, aufgeatmet hatten, hängten viele ihre Fahnen, Ikonen, Wappen und Heiligen wieder auf.

Wir waren überall. Viele flohen rechtzeitig an bessere Orte, nach Amerika, nach Kanada, andere kamen zu spät und trieben ziellos umher: sie gingen, wenn sie konnten, irgendwohin mit ihrem ein, zwei Monate gültigen Touristenvisum, kamen zurück und versuchten wieder fortzugehen. Für viele waren im allgemeinen Chaos Gerüchte der einzige Kompass. Darüber, wohin man ohne Papiere gehen konnte oder nicht konnte, wo es besser, wo es schlechter war, wo man willkommen war und wo nicht. Die Preise für die Pässe der neuen Länder, die slowenischen und die kroatischen, stiegen. Mit dem kroatischen konnte man eine Zeit lang nach Großbritannien, bis die Briten die Einreise verboten. Einige Naive glaubten dem Gerede, in Südafrika würde man als Weißer mit offenen Armen empfangen, und reisten dorthin. Die Serben verteilten sich über Griechenland als Touristen und Prostituierte, als Kriegsgewinnler, Geldwäscher und Diebe. Einige besorgten sich drei Pässe, den kroatischen, den bosnischen und den »jugoslawischen«, in der

Hoffnung, wenigstens mit einem Glück zu haben. Einige warteten, dass der Krieg vorüberzöge wie ein Gewitter. Wer Kinder hatte, sah nur zu, die Kinder in Sicherheit zu bringen.

Europa wimmelte von ehemaligen Jugos. Die Kriegsemigranten, die den legalen Flüchtlingsstatus bekamen, zählten nach Hunderttausenden. Schweden nahm siebzigtausend auf, Deutschland dreihunderttausend. Die Niederlande fünfzigtausend. Die Zahl der Illegalen ist unbekannt. Wir waren überall. Und niemandes Geschichte war persönlich und erschütternd genug. Denn der Tod erschütterte niemanden mehr. Es gab zu viel davon.

Ich habe gelernt, meine Landsleute im Ausland zu erkennen. Die älteren Männer waren am auffälligsten. Bahnhöfe und Flohmärkte waren ihre Versammlungsorte. In kurzen Lederjacken, die Hände tief in den Taschen, tauchten sie stets in Rudeln auf, zu dritt oder viert, wie Delphine. So standen sie, tänzelten ein wenig, bliesen Tabakrauch in die Luft, verjagten ihre Angst und gingen auseinander.

In dem Berliner Bezirk, wo Goran und ich wohnten, blieb ich manchmal vor einem »Flüchtlingsklub« stehen. Durch die Glastür sah ich die *Unsrigen*, die dasaßen, schweigend Karten spielten, auf den Fernseher glotzten und ab und zu einen Schluck aus der Bierflasche nahmen. An der Wand hing eine mit Ansichtskarten geschmückte Landkarte, von Hand gezeichnet und mit total veränderten Proportionen. Ihr Ort, Brčko oder Bijeljina, stellte dort das Zentrum der Welt dar, ihre verbliebene Heimat. Im Zigarettenrauch sahen alle wie *Ehemalige* aus, wie Tote, die aus ihren Gräbern auferstanden waren, um eine Flasche Bier zu trinken, um eine Partie Karten zu spielen, aber an einen falschen Ort geraten waren.

Auf der Straße schnappte ich oft ihre Gespräche auf. Ständig redeten sie über Zahlen. Fünfhundert Mark, dreihundert Mark, tausend Mark ... Hier in Amsterdam zählten sie Gulden ... Dabei dehnten sie zärtlich die Vokale. Sie schienen kein anderes Theman zu kennen, sondern zählten ewig vorhandenes oder erträumtes Geld.

Die Bewohner der Länder, in die sie geraten waren, nannten sie *Schwaben* statt Deutsche, *Dačer* statt Holländer. Sie machten sich wichtig. Sie gebrauchten Phrasen wie *Ist doch meine Rede* oder *Das sag ich ja* und betonten damit ihre Rolle in der ganzen Angelegenheit, obwohl das, was sie sagten, ebenso bedeutungslos war wie ihre Rolle. Sie beharrten auf ihren Themen. *Von Oostdorp bis Leidseplein schaff ich's in elf Minuten ... Wie soll das gehen, man braucht doch mindestens fünfzehn Minuten. Hast du das gestoppt? Ja, Mensch, von dem Moment an, wo man in die Straßenbahn steigt ...* Sie verausgabten sich in den Gesprächen, als könnte jedes Wort ihre Begegnung mit der eigenen Angst und Erniedrigung aufschieben.

Die Art, wie sie sich bewegten, und die Orte, wo sie sich trafen, verrieten, dass ihnen *ihr* Raum fehlte; *ihre* Bank am Ufer oder vor dem Haus, von der aus sie die Vorübergehenden beobachten konnten; *ihr* Hafen, wo sie sehen konnten, welche Schiffe ankamen und wer ausstieg; *ihr* Marktplatz, wo sie beim Spazieren Bekannte trafen; *ihr* Wirtshaus, in dem sie *ihr* Getränk bekamen. In den europäischen Städten suchten sie die Raumkoordinaten, die sie zurückgelassen hatten, *ihr* räumliches Maß.

Sie suchten auch ihr menschliches Maß. Goran hatte oft Anfälle von Jugonostalgie; dann las er den erstbesten »Landsmann« von der Straße auf und lud ihn auf einen Drink zu uns nach Hause ein. So hörte ich viele Geschichten über die deutschen

Heime und den Flüchtlingsalltag. Die *Unsrigen* hefteten sich wie Magneten an Russen, Ukrainer, Polen, Bulgaren, die sie als »ihresgleichen« empfanden. Von einem Bosnier hörten wir die Story von den Polinnen, die auf eintägigen Bustouren nach Berlin kamen, um den *Unsrigen* polnischen Käse und Wurst billig zu verkaufen, manchmal auch mit ihnen zu schlafen, und für das eingenommene Geld etwas in Berlin einzukaufen, bevor sie heimkehrten. Sie witterten sich auf der Straße, erkannten einander am gemeinsamen Unglück und tauschten ohne Scham kleine Gefälligkeiten aus. Der Bosnier erzählte uns, er gebe seine ganze Sozialhilfe in einem Berliner Puff aus. Er gehe wegen einer Mascha hin, die ihm *das Fell über die Ohren* ziehe und ihm dafür *nichts biete.* Aber das störe ihn nicht, *sie ist Russin, eine von uns, einer Deutschen würde ich keine Mark geben, die haben keine slawische Seele*, sagte er.

Die Männer beklagten sich pausenlos. Über das Wetter, das Schicksal, den Krieg, das ihnen angetane Unrecht. Sie beklagten sich über die Zustände in den Lagern, wenn sie dort untergebracht waren, sie beklagten sich, wenn sie nicht dort untergekommen waren; sie beklagten sich über die Sozialhilfe, die sie empfingen, und über die erniedrigende Situation, dass sie sie empfangen mussten; sie beklagten sich, wenn sie keine bekamen; sie beklagten sich über alles. So als wäre das Leben eine Strafe, alles drückte sie, alles juckte sie, alles war ihnen zu eng, nichts war ihnen genug, alles waren sie leid.

Im Unterschied zu den Männern waren die Frauen unsichtbar. Sie hielten sich im Hintergrund, stopften Löcher, damit das Leben nicht fortrann. Für sie war das Leben eine tägliche Aufgabe. Die Männer schienen keine Aufgaben zu haben, sie betrachteten das Flüchtlingsdasein als schwere Invalidität.

Hier in Amsterdam ging ich manchmal ins *Bella*, ein bosnisches Café, wo finstere und schweigsame Typen saßen, Karten spielten oder in den Fernseher glotzten. Wenn ich eintrat, folgten mir träge Blicke, die nichts ausdrückten, nicht einmal Erstaunen darüber, dass eine Frau diesen den Männern vorbehaltenen Raum betrat. Ich nahm an der Theke Platz, bestellte »unseren« Kaffee und blieb dort eine Weile sitzen, wie zur Buße. Instinktiv duckte ich mich wie sie, fühlte eine unsichtbare Ohrfeige im Gesicht wie sie. Warum ich das tat, weiß ich nicht. Vielleicht hatte ich insgeheim den Wunsch, hin und wieder meine »Herde« zu schnuppern, obwohl ich nicht sicher war, dass ich zu ihr gehörte oder je gehört hatte.

Auch meine Studenten waren mal bereit, *Unsrige zu sein*, obwohl niemand wusste, was das bedeutete, mal wieder nicht, als handele es sich um eine reale, keine imaginäre Gefahr. Wir wollten weder zu den *Unsrigen da unten* noch zu den *Unsrigen hier* gehören. Mal nahmen wir diese undeutliche kollektive *Identität* an, mal verwarfen wir sie angewidert. Den Satz *Das ist nicht mein Krieg* hörte ich hunderte Male. Und wirklich, es war nicht unser Krieg. Dennoch war er auch *unser Krieg*. Denn sonst wären wir jetzt nicht hier.

4.

Zur Wäsche in den Koffer stopften wir die Sprache,
Unseren einzigen Schatz, und die Bilder von Eltern und Kindern
Und zogen in den Kampf mit den Windmühlen,
Die in Holland die Luft peitschen …

Ferida Duraković

Zuerst bat ich sie, einen kurzen Fragebogen auszufüllen. Ich wollte wissen, was sie von meinem Unterricht erwarteten; ob die Literaturen Jugoslawiens nun, nach dem Untergang des Landes, insgesamt oder getrennt behandelt werden sollten; welche Autoren und Bücher sie liebten usw. Ich bat sie auch, ihre Lebensläufe aufzuschreiben, und zwar in englischer Sprache.

»Warum auf Englisch?«

»Weil es Ihnen leichter fallen wird«, sagte ich.

Das glaubte ich wirklich. Ich fürchtete (zu Unrecht), in der Muttersprache würden sie sich zu Bekenntnissen versteigen, und das wollte ich in diesem Moment nicht.

»Mir ist es egal«, murmelte einer.

»Schreiben Sie, wie Sie möchten.«

»Unter vollem Namen?«

»Der Vorname genügt …«

»Was sind das dann für Lebensläufe?«

»Schreiben Sie einfach ...«

»Das ist ja wie in der Grundschule«, murrte jemand.

Zu Hause las ich, was sie verfasst hatten. Rührend war die Naivität einiger Antworten (*Literatur ist Malen mit dem Geist und Singen mit der Seele*). Die Angaben über ihre Lieblingsschriftsteller und -bücher waren enttäuschend vorhersehbar. Da gab es den unvermeidlichen Hermann Hesse gleich mit mehreren Titeln (*Siddhartha, Glasperlenspiel* und *Steppenwolf*). Im selben Rang figurierte auch der jugoslawische Klassiker Meša Selimović mit seinem Roman *Der Derwisch und der Tod.* Die diese beiden Autoren nebeneinander stellten, erwarteten von einem literarischen Werk »starke« Gedanken über das Leben. Sie kannten sicher zwei Selimović-Zitate auswendig: eines, das sie ermutigte, möglichst bald die Provinz zu verlassen, denn *der Mensch ist kein Baum, und Verwurzelung ist sein Unglück*; und das zweite, das sie mit süßem, provinziellem Nihilismus erfüllte, denn *der Tod ist sinnlos wie das Leben.* Auch das Kultbuch *Die Kinder vom Bahnhof Zoo* wurde genannt, mit denen sie sich als Generation identifizierten. Natürlich war auch Charles Bukowski aufgeführt, der ihnen als Rebell und Outsider imponierte. Für sie war er »cool«, »krass«, »angesagt«, ein Autor mit Power in der Hose.

Ihre Antworten erinnerten mich an die schon vergessenen jugoslawischen Provinzstädtchen mit einer Buchhandlung (und die war auch eher ein Papiergeschäft); mit einem Kino, wo sie sich jeden neuen Film ansahen, bisweilen zweimal; mit ein paar verrauchten Cafés, wo sie sich trafen; mit dem Korso, auf dem sie abends spazierten und sich beschnüffelten wie junge Hunde. In so einem grauen Nest – Bjelovar, Vitez oder Bela Palanka – formte sich ihr Geschmack. Da war ein wenig Castaneda, der ihnen mit dem ersten Joint in die Hände gefallen war, ein bisschen Buddhismus aus dritter Hand, ein wenig *new age*, ein wenig Vegetariertum, ein wenig Bukowski, viel Rock, wenig Schullektüre, gerade so viel, um den »Prof« zufrieden zu stellen, viele unter der Schulbank gelesene Comics, viele Filme und ein bisschen Englisch, das sie eher im Kino als in der Schule gelernt hatten. Dieses ganze süßlich-traurige Gemisch trieb sie, möglichst schnell wegzugehen, nach Zagreb, Belgrad, Sarajevo oder noch weiter.

Tatsächlich zeigte der kleine Test, dass ihnen die Literatur wenig bedeutete. Sie langweilte sie. Selbst wenn sie entsprechende Vorbildung besaßen wie Meliha, die an der Philosophischen Fakultät in Sarajevo ihr Diplom in Jugoslawistik gemacht hatte, waren mit dem Krieg nicht nur ihre Prioritäten, sondern auch ihr Geschmack anders geworden.

Seit dem Ausbruch des Krieges hat sich mein Geschmack verändert. Ich erkenne mich nicht wieder. Alles, was ich vor dem Krieg als »Seifenoper« verachtet habe, rührt mich jetzt zu Tränen. Ich komme nicht los von den alten Filmen, in denen die Gerechtigkeit siegt, egal, ob es um Cowboys, Robin Hood, Aschenputtel oder Valter geht, der Sarajevo verteidigt. Als hätte ich alles an der Fakultät Gelernte vergessen. Wenn mir ein Buch nicht gleich zu Herzen geht, lege ich es weg. Ich ertrage nicht mehr die künstlerische »Gespreiztheit«, die Wichtigtuerei mit literarischen Techniken, die Ironie – all das, was mir früher Genuss bereitete. Jetzt mag ich Einfachheit, zu Parabeln verkürzte Geschichten. Märchen sind mein Lieblingsgenre geworden. Ich liebe die Romantik der Gerechtigkeit, der Tapferkeit, der Aufrichtigkeit und der Güte. Ich mag es, wenn ein literarischer Held dort mutig ist, wo gewöhnliche Menschen

Feiglinge sind; stark dort, wo gewöhnliche Menschen schwach sind; gut und edel dort, wo gewöhnliche Menschen böse und niederträchtig sind. Ich gebe zu, dass mein literarischer Geschmack mit dem Krieg »senil« geworden ist. Ich weine bei der Lektüre der »Sonderbaren Abenteuer des Lehrlings Hlapić«, der »Jungen aus der Paulstraße« und des »Zuges im Schnee«. Und hätte mir jemand gesagt, dass ich eines Tages auf Partisanengeschichten und auf Branko Ćopić abfahren würde, hätte ich den glatt für verrückt gehalten, schrieb sie.

Auf die Frage, ob die kroatische, serbische und bosnische Literatur als gemeinsames Fach oder getrennt behandelt werden sollte, entschied sich die Mehrheit für das gemeinsame Fach (*Natürlich als gemeinsames Fach. Wir sprechen dieselbe Sprache. Man sollte auch die Slowenen, Mazedonier, Albaner dazunehmen*, schrieb Mario).

Was die Kurzbiographien betrifft, so hatten sie alle ordentlich zwei, drei Sätze auf Englisch verfasst (*I was born in 1969 in Sarajevo, Bosnia, where I lived all my life … I was born in 1974 in Zagreb from a Catholic mother and Jewish father … I was born in 1972 in Zvornik. My father was a Serb and my mother a Muslim … I was born in Leskovac in 1972 …*). Beim Lesen wurde mir klar, dass die Fremdsprache den Biographien zu Kürze und Trockenheit verholfen hatte. Denn ich selbst war in dem Moment nicht bereit, mehr von mir preiszugeben als *I was born in 1962 in Zagreb, in former Yugoslavia …* Und darum musste ich über Igors Antwort *Shit, I don't have any biography!* erleichtert lachen. Mein eigener Lebenslauf kam mir leer vor wie eine unmöblierte Wohnung. Und ich wusste nicht, ob jemand in meiner Abwesenheit die Möbel weggeschleppt hatte oder ob es immer so gewesen war. Wir alle quälten uns mit der jüngsten Vergangenheit, mit dem Warten auf eine ungewisse Zukunft. (Welche Zukunft übrigens, jene dort, diese hier oder eine irgendwo anders?) So wurde selbst eine gewöhnliche Kurzbiographie zum schwierigen Genre. Ich stolperte schon über die einfachste Frage. Wo war ich wirklich geboren? In Jugoslawien? In Ex-Jugoslawien? In Kroatien? ... *Shit! Do I have any biography?*

Als ich ihre Geburtsjahre sah, war ich erschüttert. Sie waren »mental« viel jünger als biologisch. Als wäre die Flucht eine Art »Regression« gewesen. Nach ihrem tatsächlichen Alter konnten sie schon berufstätig sein und Kinder haben. Stattdessen drückten sie die Schulbank. Das Flüchtlingsdasein hatte vor langem verdrängte Kinderängste an die Oberfläche gebracht. Plötzlich war die Mutter aus unserem Tast- und Gesichtsfeld verschwunden. Das konnte auf der Straße, im Supermarkt, am Strand geschehen sein. Wegen unserer oder ihrer Unaufmerksamkeit war unsere Hand der ihren entglitten, und die Mama war weg. Plötzlich waren wir mit der Welt konfrontiert, die uns erschreckend groß und feindlich erschien. Drohend große Schuhe kamen auf uns zu, in panischer Angst krochen wir durch einen Wald von Menschenbeinen ... Oft glaubte ich, wie in einem Hologramm den Schatten dieser Angst zu sehen, der die Gesichter meiner Studenten kurz verdüsterte. *In der Emigration altert man schnell und bleibt lange jung*, sagte Ana einmal, und das schien mir sehr wahr zu sein.

Auf die Frage, was er von meinen Vorlesungen erwarte, schrieb Uroš in Großbuchstaben: DASS ICH ZU MIR KOMME. Ich hatte den Eindruck, dass dieser banale Satz und die Art, wie er ihn gebrauchte, nicht nur bedeutete *bewusst werden, zur Vernunft kommen, sich vom Schock erholen.* Als wäre er hier vielmehr in seiner wörtlichen Bedeutung zu verstehen; als setze er einen Raum voraus und einen Menschen in diesem

Raum auf der Suche nach einem Weg, der ihn nach Hause, »zu sich« führt. Zunächst war ich erschüttert, dann bekam ich Angst. Ich fragte mich, ob ich bereit war, derartigen Anforderungen zu entsprechen.

5.

Holland ist eine Ebene
und mündet schließlich ins Meer,
das schließlich Holland ist …
In Holland kann man nicht
bergsteigen, verdursten,
noch weniger Spuren hinterlassen
mit dem Fahrrad. Besser
wegschwimmen. Erinnerungen
sind Holland. Und keine Barriere
hält sie auf. In dem Sinne
lebe ich in Holland viel länger
als die örtlichen Wellen, die
weiterrollen ohne Adresse.
Wie diese Zeilen.

Joseph Brodsky

Manchmal, wenn ich im Badezimmerspiegel mein Gesicht sah, durchfuhr mich die Frage, wo ich mich eigentlich befand. Solange ich mit Goran zusammen war, hatte ich mir solche Fragen nicht gestellt. Ich hatte mir gar keine Fragen gestellt, als wäre dafür nicht Zeit genug gewesen. Jetzt war ich plötzlich in einem Übermaß an Zeit, und das machte mir Angst. Immer öfter hatte ich ein vorher nie gekanntes unangenehmes Gefühl der Erstarrung. Ich prüfte mich, so als erforschte ich mit der Zunge meine Mundhöhle, um die Empfindung zurückzuholen. Die Selbstbetäubung war stark und ließ nicht nach. Ich wusste nicht, woher diese Stumpfheit kam, noch, wann sie begonnen hatte.

Schon bald nach dem Einzug fühlte ich mich in der Wohnung nicht mehr wohl. Das winzige Duschbad ohne Fenster mit fahler Beleuchtung und Zementboden wirkte bedrückend wie ein Zitat aus einem alten Schwarzweißfilm. Ich bemühte mich, einiges zu verbessern. Kaufte eine Kleinigkeit, eine schöne Seifenschale, ein teures, mit Klöppelspitze eingefasstes Badetuch. Ich wechselte die Beleuchtung aus. Jetzt sah man den Schmutz in den Fugen zwischen den Fliesen. In einer Nacht scheuerte ich ihn mit einer Zahnbürste weg, als wollte ich mit körperlicher Kasteiung die abstoßende Badezimmerlandschaft verändern. Die Wände in der kleinen Diele waren bis zur Hälfte graugrün gestrichen. Der Boden war mit schwarzem Linoleum ausgelegt, und damit erinnerte die Wohnung an ein Krankenhaus oder eine Strafanstalt. Ich gab mir Mühe, kaufte eine Vase, eine Lampe, ein Schwarzweißplakat mit einem New Yorker Motiv, aber die Anwesenheit dieser Dinge verstärkte nur die bedrückende Abwesenheit. Abwesenheit wovon? Das konnte ich nicht beantworten. Ich fragte mich, ob ich mich in einer anderen Umgebung besser gefühlt hätte. Dessen war ich mir nicht sicher. Ich konnte nachts, eingehüllt in Dunkelheit und eine Wolldecke, im Sessel vor dem Fenster sitzen und durch die Gitter starren, den Geräuschen lauschen und darauf warten, dass jemandes Schuhe oder eine Katze vorbeihuschten. Der Raum gehörte definitiv nicht zu mir. Allerdings gehörte ich mir auch selbst nicht.

Die Beklommenheit in der kleinen Souterrainwohnung wuchs mit tropischer Geschwindigkeit wie die Passionsblume, die vielerorts in der Stadt an Häuserwänden und Gartenzäunen rankte. Immer öfter ertappte ich mich dabei, dass ich nach meiner Handtasche schnappte, mir den Mantel überwarf und aus der Wohnung stürzte, ohne zu wissen, wohin.

Die Stadt, die einer Schnecke glich, einer Muschel, einer Spinnwebe, einer kostbaren Spitze, einem Roman von ungewöhnlicher Kreisstruktur, also ohne Ende, verwirrte mich. Ich verlief mich häufig, konnte mir lange nicht merken, wie die Straßen hießen, wo sie begannen und endeten. Ich ertrank in einem Wasserglas. Oft hatte ich das Gefühl, dass ich, wenn ich wie Carrolls Alice ausrutschte und in ein Loch fiele, mich in einer dritten oder vierten Parallelwelt wiederfinden würde. Denn Amsterdam, das ich kaum kannte, war für mich bereits eine Parallelwelt. Ich erlebte es wie einen Traum, der sich auf seine Weise mit meiner Wirklichkeit reimte. Ich enträtselte die Stadt, so als deutete ich meine Träume.

Am faszinierendsten war der Sand. Manchmal stand ich vor den Trümmern eines Abrisshauses und betrachtete wie verzaubert die morschen Holzbalken, das hässliche Loch im Sand voller Wasser, das aus der Tiefe an die Oberfläche drang. Ich sah zu, wie die Arbeiter das Straßenpflaster reparierten, die Steine aus dem Sand nahmen, ihn glätteten und die Steine wieder einsetzten. Der Sand war das metaphorische und reale Fundament der Stadt, und ich erlebte ihn fast körperlich. Ständig hatte ich das Gefühl, Sandstaub mit mir herumzutragen, im Mund, im Haar, in der Nase.

Mich verblüffte die Menge der Zeichen, Signale, »Fingerabdrücke«, als hätte jeder Bewohner Amsterdams irgendwo seine Unterschrift hinterlassen. Diese Signale waren kindlich und darum rührend wie die Brotkrümel, die Hänsel und Gretel ausstreuen, um den Heimweg zu finden. Mir schien, dass diese vielen Signale – Katzenfiguren, die die Fassaden alter Häuser hinaufkletterten; Fenster, in denen Fähnchen, Plakate, sogar Familienfotos ausgestellt waren, Aufschriften und Parolen, Spielsachen, Plüschteddys, afrikanische Masken, indonesische Wajang-Puppen, Schiffchen, kleine Nachbildungen Amsterdamer Häuser – nur eine Botschaft aussandten: »Ich wohne hier, he, ich wohne hier.« Mir schien, dass all diese »Stillleben«, »Ikebanas« und »Installationen« in den Fenstern – wie zum Beispiel eine billige Vase von Ikea und darin ein kleines, für zwei Gulden bei »Xeno« gekauftes Schiff – die unbewusste Angst der Bewohner vor dem Verschwinden offenbarten. Diese Puppenhäuser in den Puppenhäusern, dieser infantile Exhibitionismus, dieses Bestreben, Fingerabdrücke im Sand zu hinterlassen, all das reimte sich irgendwie mit meiner eigenen Beklommenheit, deren Ursprung ich nicht kannte.

Der Hauptbahnhof lag ganz in meiner Nähe. Immer öfter ertappte ich mich dabei, wie ich in der Halle auf die Fahrpläne starrte, als könne mir die Anzeigetafel die Lösung meines Problems verraten. Einmal stieg ich spontan in einen Zug nach Den Haag, spazierte durch die Stadt und kehrte zurück. Seitdem fuhr ich häufig in Städte, die mir nicht viel bedeuteten, nach Groningen und Leeuwarden im Norden, Rotterdam, Nijmegen und Eindhoven im Süden, Enschede im Osten … Ich fuhr zu nahe gelegenen Orten, Haarlem, Leiden, Utrecht. Ich fuhr zu Orten, nur weil ihre Namen klangvoll waren. Apeldoorn und Amersfoort, Breda, Tilburg und Hoorn, Hengelo und Almelo und Lelystad, dessen Name an ein Wiegenlied erinnerte. Die Niederlande waren rührend klein. Oft stieg ich am Zielbahnhof aus, spazierte nur über den Bahnsteig und kehrte mit dem nächsten Zug nach Amsterdam zurück. Das Zugfahren beruhigte mich. Ich sah aus dem Fenster und dachte an nichts, die holländische Ebene dämpfte meine Beklommenheit. Diese Konstante, diese horizontale Bewegung tat mir gut. Mit der Zeit gewann ich die Aufschriften lieb, die an mir vorüberflogen und die ich las wie einen Abzählreim: *Sony, Praxis, Vodafone, Nikon, Enco, JVC, Randstad, Shell, Philips, Dobbe, Ninders, Ben* ... Und so, wie wir Menschen eher wegen ihrer Schwächen als wegen ihrer Tugenden lieben, so entwickelte ich mit der Zeit ein Zartgefühl für diese Landschaft der Abwesenheit, für die hellgrüne Linie des Horizonts, für die kalten nächtlichen Gefilde bei Vollmond mit Schwärmen großer weißer Gänse, die man im Dunkel erahnte, oder den gefrorenen Schatten der Kühe, die am Wegesrand standen wie gutmütige Gespenster.

In den Zügen, auf den Bahnhöfen lernte ich die Sprache der menschlichen Einsamkeit. Ich, die umherirrte, ohne recht zu wissen, wohin und warum, entdeckte allmählich, dass ich nicht allein war. Auf einem Bahnsteig konnte ich trotz klarem Hinweis auf der Anzeige einen anderen Wartenden fragen:

»Entschuldigen Sie, wir warten hier auf den Zug nach Rotterdam, nicht wahr?«

»Ich weiß es nicht, tut mir Leid ...«

»Und wohin fahren Sie?«

»Ich? Nach Rotterdam.«

Ich musterte die Menschen in den Zügen, lauschte ihren Gesprächen, obwohl ich die Sprache nicht verstand, ich fing ihre Gerüche ein, glitt über ihre Gesichter wie über einen Computerbildschirm und merkte mir Details. Die zufälligen Bilder zogen für kürzere oder längere Zeit bei mir ein. Oft schien mir, dass nicht ich diesen Bildern die Tür öffnete, sondern jemand anders.

Das Bild eines jungen Mädchens, das mir gegenübersitzt. Sie trägt ein Kabel mit winzigem Lautsprecher im Ohr. Das Kabel endet in der halb geöffneten Handtasche von *Esprit*. Der Zug ist voll besetzt, aber das Mädchen achtet nicht darauf, redet laut und blickt ausdruckslos vor sich hin. Sie redet lange, mit metallischer Stimme. Dabei sitzt sie ungewöhnlich aufrecht. Die Tasche steht auf ihrem Schoß wie ein Gegenstand, der herabfallen und entzweigehen könnte. Die Henkel reichen ihr fast bis zum Mund, so dass es aussieht, als ergössen sich ihre Worte direkt in die Handtasche. Dann beendet sie das Gespräch, zieht das Kabel aus dem Ohr, entnimmt der Tasche das Mobiltelefon, schaltet es aus, vergräbt es im unsichtbaren Sand ihrer Worte und zieht ordentlich den Reißverschluss zu.

Das Bild eines dunkelhäutigen Jungen, der sich in ein Holländischlehrbuch für Ausländer vertieft hat und auf seinem Stift herumkaut wie auf einem Gummibonbon. Jeden Augenblick nimmt er den Stift aus dem Mund und unterstreicht Vokabeln. Dann legt er kurz das Buch ab, dreht den Kopf zum Fenster, murmelt etwas vor sich hin, unterstreicht die Vokabeln im Geist und wendet sich wieder dem Buch zu.

Das Bild eines jungen chinesischen Pärchens. Beide mahlen in synchronem Rhythmus ihren Kaugummi. Ihre Gesichter sind grau wie die von Mäusen. Sie trägt eine nicht übertrieben saubere dünne Bluse, darunter magere Brüste ohne BH. Der junge Mann umarmt sie, weiterhin kauend, greift in die Bluse und spielt träge mit ihrer Brustwarze. Sie kaut unberührt weiter und blinzelt mit den pupillenlosen Augen.

Das Bild einer müden marokkanischen Madonna mit dem Knaben auf dem Schoß. Er ist nicht älter als zwei Jahre, hat dichtes dunkles Haar, gescheitelt wie bei einem erwachsenen Mann. Das Gesicht des Jungen hat etwas erschreckend Unkindliches wie auf alten Ikonen.

Bei einer meiner Fahrten blieb der Zug plötzlich stehen. Auch ein entgegenkommender Zug hielt an. Im Fenster des Nachbarzuges erblickte ich einen Mann. In einer Hand hielt er ein Notenblatt, mit der anderen dirigierte er. Er war ganz erfüllt von der inneren Musik, dirigierte mit kurzen, zarten, zurückgenommenen Bewegungen. Ich betrachtete ihn wie verzaubert. Sein Gesicht strahlte innere Erregung aus. Die Außenwelt existierte für ihn nicht. Dann setzten sich beide Züge in Bewegung, und das Gesicht des Mannes verschwand. Ich spürte einen kleinen Stich, als hätte ich mich selbst in der Fensterscheibe erblickt. Nur hören konnte ich mich nicht. Mir war, als fahre mein Spiegelbild in die entgegengesetzte Richtung davon.

Wenn ich durch die Stadt streunte, konnte ein harmloses Detail plötzlich einen nahezu unwiderstehlichen körperlichen Drang bei mir hervorrufen. In der Straßenbahn an einen nackten, glatten Männerarm gepresst, überkam mich der Wunsch, meine Lippen auf die goldfarbene fremde Haut zu drücken. Oder wenn ein Mitfahrer einen Ohrring trug, hätte ich ihn am liebsten mit den Zähnen herausgerissen. Die Kraft dieses überraschenden Drangs erschreckte und befreite mich zugleich. Wovon? Ich wusste es nicht.

Die innere Karte der Stadt zeichnete sich von selbst. Die Bilder gingen vorüber, gingen weg, zogen in mich ein oder zerrannen wie Sand, und alles glich einem Spaziergang im Nebel oder im Traum. Die innere Karte zeichnete sich auf dünnem Durchschlagpapier ab. Wenn ich von der realen Karte aufsah, konnte mich die Leere verblüffen. Auf meiner Karte war nichts, absolut nichts. Manchmal rührte mich eine Linie, die rasch voranstrebte, aber dann unterbrochen wurde. Manchmal glich der innere Stadtplan einer ungeschickten Kinderzeichnung. Die Stadt, die an eine Schnecke erinnerte, eine Muschel, eine Spinnwebe, ein Labyrinth, ein Spitzendeckchen, einen Roman voller geheimnisvoller Nebenstränge, verwandelte sich auf meinem inneren Plan in weiße Flecken, Leerstellen, Fragmente, Sackgassen. Meine innere Karte war das Ergebnis der Bemühungen eines Gedächtnislosen, seine Koordinaten einzuzeichnen, der Bemühungen eines Strandwanderers, Spuren im Sand zu hinterlassen. Meine Karte war ein Führer für Träumer. Kaum etwas darauf stimmte mit der Realität überein.

In einem war ich mir dennoch sicher. Wohin ich auch ging, meine Studenten gaben die Richtung an. Sie waren mein inneres Zentrum, der zentrale Platz, die Hauptstraße, die Pulsader, und zwar buchstäblich.

6.

Dann sehen wir, dass hier das Leben bewahrt ist, aber um einen Preis, der höher ist als der Wert des Lebens selbst, denn die Kraft für Verteidigung und Erhaltung wurde von künftigen Generationen geliehen, die verschuldet und belastet geboren wurden. In diesem Kampf hat der nackte Trieb zur Verteidigung des Lebens überlebt, während das Leben so viel verloren hat, dass ihm nicht viel mehr als der bloße Name geblieben ist. Was überdauert, ist verstümmelt oder krumm, und was nachwächst, ist in seinem Keim vergiftet. Die Gedanken und Worte dieser Menschen bleiben unvollendet, weil in ihren Wurzeln beschnitten.

Ivo Andrić

Ich sagte ihnen, sie brauchten sich keine Sorgen zu machen, denn am Ende würden sie alle gute Noten bekommen. Ich wisse, dass die meisten von ihnen *Serbokroatisch* aus praktischen Gründen belegt hatten, und wolle ihnen daher keine Schwierigkeiten machen.

»Ich habe einen Lehrauftrag für nur zwei Semester. Es wäre dumm von mir, die *Lehrerin* zu spielen, also brauchen Sie auch nicht die Schüler zu spielen«, sagte ich.

»Aber was sonst?«, fragte jemand.

»Nichts.«

»Wieso nichts?!«, kicherten sie.

»Wir werden uns schon irgendwie beschäftigen«, sagte ich.

Sie sahen mich mit offener Neugier an.

»Ich kann wegen meines Babys sowieso nicht kommen«, sagte eine junge Frau.

»Macht nichts«, sagte ich.

»Vielen Dank«, sagte die junge Frau, packte ihre Sachen und ging.

Die anderen warteten lächelnd, was nun folgen sollte. Da sprang Meliha ein.

»Wissen Sie, als wir ankamen, brachten sie uns in Flüchtlingslagern unter und – wie die *Dačer* so sind – gaben uns einen Psychiater. Wie sich herausstellte, war die Psychiaterin eine von uns, Flüchtling wie wir. Und sie sagte ehrlich: ›Helft ein bisschen, Leute, werdet verrückt, wenn ihr's nicht schon seid, denkt euch Traumata aus, sonst verliere ich meine Arbeit‹ ...«

Wir lachten alle. Und so begann es.

Natürlich war mir das Absurde meiner Situation bewusst. Ich sollte ein Fach unterrichten, das offiziell nicht mehr existierte. Die Jugoslawistik – die vorher die slowenische, kroatische, bosnische, serbische, montenegrinische und mazedonische Literatur umfasste – war als Lehrgegenstand zusammen mit Jugoslawien verschwunden. Die Studenten, denen ich etwas beibringen sollte, waren mehr an den holländischen Papieren als an Literatur interessiert. Ich war hier, um Vorlesungen über die Literaturen des Landes (oder neuerdings der Länder) zu halten, aus dem meine Studenten geflohen oder vertrieben worden waren. Es wurde immer absurder, und das Haus fiel allmählich in Trümmer, durch die ich einen Weg finden sollte.

Ich fing bei der Sprache an, dem Kroatoserbischen, dem

Serbokroatischen. Die Sprache, die in Kroatien, Serbien, Bosnien und Montenegro gesprochen wurde, war jetzt in drei offizielle Sprachen geteilt: Kroatisch, Serbisch und Bosnisch. Die »neuen« Sprachen interessierten mich nicht sehr, und ich dachte gar nicht daran, sie wegen fünfzig abweichender Vokabeln voneinander zu trennen. Was mir größere Sorgen machte, war die Entdeckung einer allgemeinen Unflexibilität der Sprache sowie der Unlust und Unfähigkeit meiner Schüler, sich ihrer zu bedienen. Ihrer »problematischen« Muttersprache fügten sie jetzt außer mangelhaftem Englisch auch noch mangelhaftes Holländisch hinzu.

Ich sagte ihnen, dass Kroatisch, Serbisch und Bosnisch Varianten einer Sprache sind, und dass ich davon nicht abzurücken gedächte.

»Jede Sprache ist ein Dialekt, hinter dem eine Armee steht. Hinter dem Kroatischen, Serbischen und Bosnischen stehen paramilitärische Banden. Wollen Sie etwa zulassen, dass halbanalphabetische Kriminelle Ihre sprachlichen Berater werden?«, sagte ich. Dabei war ich mir bewusst, dass ich zu einer Generation gehörte, deren Lesebücher Texte in slowenischer, mazedonischer, serbischer und kroatischer Sprache – in lateinischer und kyrillischer Schrift – enthalten hatten, und dass sich in zehn Jahren niemand mehr daran erinnern würde.

Trotzdem war nicht alles so einfach. Meine Schüler wussten sehr wohl, dass es nicht nur um eine Metapher ging, sondern dass hinter *unseren* Sprachen wirklich Armeen standen. In *unseren* Sprachen wurde tatsächlich gemetzelt, gedemütigt, gemordet, vergewaltigt und vertrieben. Diese Sprachen führten Krieg, in der Annahme, unvereinbar zu sein, vielleicht gerade weil sie untrennbar waren.

Die Lokalzeitungen waren voller Ratschläge. Jeder, ob Metzger, Friseurin oder Elektriker, war plötzlich ein Sprachexperte. Mit dem Krieg erschienen Unterscheidungswörterbücher. Die Serben, die mehrheitlich zur lateinischen Schrift übergegangen waren, kehrten zur kyrillischen zurück. Die Kroaten in ihrem Kroatisierungswahn führten plumpe, aus dem Russischen stammende Konstruktionen ein und einige noch plumpere Wörter, die während des Zweiten Weltkriegs gebräuchlich waren. Es war eine Sprachscheidung voller Lärm und Getöse. Die Sprache war Waffe. Die Sprache verriet, markierte, trennte und verband. Wenn es ums Brot ging, bestanden die Kroaten auf ihrem *kruh*, die Serben auf ihrem *hleb* und die Bosnier auf ihrem *hljeb*. Nur *smrt*, das Wort für *Tod*, lautete in allen drei Sprachen gleich.

All das bedeutete nicht, dass die Sprache vor der Scheidung – dieses »Kroatoserbische« oder »Serbokroatische« – eine bessere und akzeptablere Norm war, die im Krieg brutal vernichtet wurde. Auch jene ehemalige Sprache hatte ihre politische Funktion, auch hinter ihr stand eine Armee, sie wurde manipuliert und war von der »jugoslawischen« ideologischen Neusprache infiziert. Doch die Geschichte der Zusammenführung und Harmonisierung der Varianten war nicht nur viel länger, sondern auch durchdachter als die kurze Geschichte der Scheidung. So wie die Geschichte des Baus von Brücken und Straßen viel länger und durchdachter war als die kurze Geschichte ihrer Zerstörung.

Boban erzählte uns, dass er häufig denselben Traum habe: Er ist in Zagreb und findet die Straße nicht, die er sucht, hat aber Angst, die Passanten zu fragen, weil sie entdecken könnten, dass er aus Belgrad kommt.

»Und was, wenn sie es entdecken?«, fragte ich.

»Sie wüssten gleich, dass ich Serbe bin. Sie würden mir ins Gesicht spucken und mich sonst wohin schicken.«

»Und dann?«

»Dann würde ich die Straße nicht finden ...«

»Wen suchen Sie denn im Traum?«

»Meine ehemalige Freundin Maja.«

Die Klasse kicherte.

»Und wo wohnte Ihre Maja?«

»In einer rechten Seitenstraße von der Moše-Pijade-Straße ...«

»Die heißt nicht mehr so«, sagte ich.

»Sondern?«

»Medveščak ...«

»Danke«, sagte Boban ganz ernst, als brauche er die Information noch heute Nacht.

»Hieß Majas Straße vielleicht Novakova?«, fragte ich.

»Genau! Novakova!«, sagte er, und ein Lächeln der Erleichterung ging über sein Gesicht.

»Warum träumst du nicht, wie du nach Bosnien kommst, dann könnten dich unsere Kumpel ein bisschen in die Mangel nehmen, bis dir der Schweiß ausbricht ...«, sagte Selim.

Alle verstummten. Selim hatte eine Mine gelegt.

»Solche Kommentare behalten Sie künftig für sich, Selim! Diese Klasse ist kein Übungsplatz zur Verlängerung des Krieges!«, sagte ich.

Selim ging Bobans serbisch-ekavische Aussprache offensichtlich auf die Nerven. Wenn Boban sprach, verdrehte Selim die Augen, schnaufte, räusperte sich. Wenn er selbst sprach, redete er vermutlich »bosnischer« als sonst.

Bei Nevena machte sich eine sprachliche Schizophrenie bemerkbar. Sie stotterte, vermischte Dialekte, verwechselte Akzente. Mal sprach sie auf südserbische Art, mal imitierte sie die Zagreber Aussprache, dann dehnte sie die Vokale wie die

Bosnier oder hob die Stimme an falschen Stellen wie ein autistisches Kind. Später erzählte sie mir, dass sich ihr serbischer Vater und ihre kroatische Mutter heftig gestritten und sich kurz vor dem Krieg getrennt hatten. Jeden zog es zu seiner ethnischen »Herde«. Nevena kam zu ihrer Großmutter nach Bosnien und von dort als Flüchtling nach Amsterdam. »Am wohlsten fühle ich mich im Holländischen«, sagte sie, als ginge es um einen Schlafsack, nicht um eine Sprache.

Uroš zermahlte die Wörter so, dass wir ihn kaum verstanden. Er gebrauchte auch ungewöhnlich viele Diminutive, als wollte er damit seine Umgebung günstig stimmen wie ein Lakai aus einem russischen realistischen Roman. Er schien zu fürchten, dass ihm sein Gesprächspartner eine Ohrfeige versetzte, und so dienten ihm die Diminutive als Schutzschild. Die anderen in der Klasse lachten darüber ebenso wie über die vielen Diminutive in der holländischen Umgangssprache. Uroš mühte sich so sehr beim Sprechen, dass ich ihn lieber in Ruhe ließ.

Igor sprach fließend Holländisch. Für ihn bedeutete es Freiheit, die Muttersprache empfand er als Zwang.

»Wenn ich *unsere* Sprache spreche, komme ich mir vor wie eine Figur in einem Provinzdrama, if you know what I mean«, sagte er.

Darum pfefferte er das *Unsrige* mit Anglizismen. So klang es ihm erträglicher.

»Alle unsere Sprachen streben nach ihrer literarischen Norm, aber natürlich klingen sie nur in ihrer unreinen oder dialektalen Variante. Wenn ich die Dalmatiner reden höre, finde ich das cool. Das Amtskroatisch klingt affektiert. Alle diese Sprachen, Kroatisch, Serbisch, Bosnisch, sind etwas Unnatürliches ... Ich bin ein Rocker, ich habe ein Super-Gehör, I know what I'm talking about ...«

Das *Unsrige*, von dem Igor sprach, wobei er die neue kroatische Standardsprache im Sinn hatte, war inzwischen noch gekünstelter. Unter dem Einfluss von Fernsehen und Presse änderte sie sich täglich. Die einen übernahmen die entstellte Neusprache mit erstaunlicher Passivität, die anderen voller Begeisterung. Für die einen war die neue Sprache ein Mittel, ihre politische Loyalität unter Beweis zu stellen, für die anderen war sie merkwürdigerweise die einzige Möglichkeit, den Albtraum zu beschreiben, in dem sie sich befanden. Sture, trockene Phrasen machten alles leichter. Sie waren Signale, die den Redner entpersonalisierten und ihm Schutz boten, etwas bezeichneten, worüber man ohnehin nicht reden konnte. Es war, als hätte man keine andere Wahl, als stünden nur zwei Optionen zur Verfügung: über alles authentisch zu schweigen oder unauthentisch zu reden.

Die jungen Menschen versteckten sich spontan hinter Dialekten, die sie früher verachtet hatten (so sprechen nur die Bauern!). Oder sie flüchteten in eine künstliche Sprache, die sie aus der Schulzeit kannten, in eine Art Geheimsprache, die sie als Kinder benutzt hatten in der Überzeugung, man verstehe sie nicht. Diese erfundene Sprache diente als Schutz vor der neuen offiziellen Sprache, die mit dem Krieg gekommen war, überall eindrang und alles verunreinigte.

Die Sprache war unser gemeinsames Trauma, und das zeigte sich bisweilen in pervertierter Form. Mich erschütterte der Fall einer Bosnierin, die angeblich die Geschichte ihrer Vergewaltigung auswendig gelernt hatte und sie jedes Mal wiederholte, wenn das von ihr verlangt wurde. Als die Kriegsvergewaltigungen die Aufmerksamkeit der internationalen Medien fanden, zeigte sich, dass nur diese Bosnierin imstande war, darüber zu sprechen. Bald rissen sich die Journalisten um sie, amerikanische Frauenorganisationen luden sie in die USA ein. Dort reiste sie von Ort zu Ort und spulte das Band der eigenen Erniedrigung ab. Mehr noch, sie soll auch die englische Version auswendig gelernt haben. Sie wiederholte ihre Geschichte, jetzt doppelt entfremdet von ihrem Inhalt, wie Klageweiber, die auf den Dörfern gemietet werden, um Verstorbene zu beweinen. Wie eine Sprechmaschine linderte die Bosnierin durch das öffentliche Abspulen ihrer leidvollen Geschichte den eigenen Schmerz.

Oft schien mir, dass auch meine eigene Redeweise dürr und farblos geworden war. Bisweilen fühlte ich mich wie die Teilnehmerin an einem Kursus der kroatischen Sprache für Ausländer. Dann waren die Sätze, die ich formulierte, so trocken und kalt, als wäre mein Mund voller Raureif.

»Erinnert ihr euch an die Samurais aus den japanischen Filmen? Die reden nicht, verziehen nur das Gesicht und rollen mit den Augen. Immer hatte ich Angst, sie könnten platzen von den Worten, die sie nicht aussprachen. Wir sind wie diese Samurais! Wir werden rot, unsere Augen treten hervor und ebenso die Adern an den Schläfen. Und statt Worte ziehen wir das Schwert!«, sagte Boban bildhaft.

Die Klasse applaudierte.

»Jeeee!«, sagte Igor. »Du redest ja besser als Milošević!«

»So ist es, meine Seel … Ik ben Meliha, die Samuraiin!«

Meliha half am meisten. Voller Spannung hörten wir ihre Geschichten aus Sarajevo über die Angst, die Dunkelheit, die Erniedrigung, den Wahnsinn, den Hass, über Lebende und Tote … Sie hatte ein Gefühl für Details. Beschrieb die dichte Finsternis in den Schutzräumen, wenn Alarm herrschte. Sie berichtete uns von einer Frau, die, nachdem eine Granate ihr

Kind zerfetzt hatte, vor Schmerz den Verstand verlor und stundenlang ihre Wangen an einer rauen Hauswand rieb, bis ihr Gesicht eine einzige offene Wunde war. Meliha erzählte von ihrem Leben vor dem Krieg, von dem Flüchtlingslager, in das sie in den ersten Tagen gelangte, von dem netten alten Holländer, der sie bezahlt, damit sie ihm Gesellschaft leistet. Sie erzählte von ihrer Mutter, die Holländisch lernt, indem sie auf ein dreijähriges Kind aus der Nachbarschaft aufpasst; die sich die Kindersprache aneignet als Eintrittskarte in eine Welt ohne Schmerz und als Mittel, die jüngste Vergangenheit zu verdrängen.

Wir hörten Meliha atemlos zu. Die anderen waren nicht bereit, sich zu öffnen. Einige trugen schwer an ihrer Angst, einige an ihrer Scham. Die einen fühlten Schuld, weil sie den Krieg nicht erlebt hatten, die anderen Entsetzen, weil sie ihn erlebt hatten.

Es zeigte sich, dass das ganze nationalistische Geschrei um die »nationale Substanz« der Sprache eine Lüge und zugleich die Wahrheit war. Es zeigte sich, dass meine Schüler sich besser in Sprachen ausdrücken konnten, die nicht ihre waren, im Englischen oder Holländischen, obwohl sie beide nur halb beherrschten. Die Muttersprache, diese »Sprache meines Volkes« – die laut dem ekstatischen Vers eines kroatischen Dichters »summt, klirrt, tönt, rauscht, donnert, dröhnt, tost« –, sahen wir plötzlich aus einer ganz anderen Perspektive. Von hier aus klang diese »Substanz« blutleer, schlaff, wie ein Stottern, Fluchen, Verwünschen oder wie eine farblose Floskel.

»Scheißt auf die Sprache, Leute! Unterhalten wir uns lieber!«, rief Meliha.

Und so begannen wir.

7.

In der slawistischen Abteilung fühlte ich mich wie ein blinder Passagier. Ein paar Mal ging ich bei Cees Draaisma vorbei, dem Chef und meinem »Gastgeber«, und schlug ihm vor, wir sollten uns einmal treffen.

»Gewiss, gewiss ...«, antwortete er, »nur habe ich momentan keine Zeit. Bis dahin können Sie sich in allen praktischen Fragen an unsere Sekretärin Dunja wenden.«

Dunja hieß eigentlich Anneke und war eine mit einem Russen verheiratete Holländerin. Sie erinnerte an eine große, träge Seekuh. Umgeben von staubigen Büropflanzen, saß sie in ihrem Zimmer wie in einem Aquarium, von wo sie dem Besucher bisweilen einen gleichgültigen grauen Blick zuwarf. Nichts konnte sie in Bewegung setzen, jede meiner Fragen beantwortete sie unwillig mit »ja« oder »nein«, wenn sie sich nicht ganz taub stellte.

»Ich müsste mit Ihnen über den Lehrplan sprechen«, mahnte ich Draaisma mehrmals.

»Slavs are natural born teachers!«, entgegnete er im Ton eines Sporttrainers. Ich wusste nicht, ob seine Bemerkung ironisch oder als Lob gemeint war.

»Ines lässt Sie ganz, ganz herzlich grüßen. Wenn das Chaos um den Semesterbeginn vorüber ist, müssen Sie an einem Abend zu uns kommen. Okay?«

Draaisma bestätigte nur, was ich telefonisch schon von Ines gehört hatte (*Auf jeden Fall musst du zu uns kommen, wenn sich all das ein bisschen gelegt hat. Du hast keine Ahnung, wie viel Arbeit Kinder machen. Ich schaffe es nicht mal zum Friseur, geschweige denn was anderes. Du hast dich zurechtgefunden, nicht wahr? Bis du die Museen der Stadt durch hast, ist bei mir klar Schiff, und du kommst zu uns*).

Die Slawistik war im fünften Stock. Ein langer dunkler Flur mit etwa fünfzehn geschlossenen Türen. Manchmal sah ich einen Kollegen, der in sein Zimmer schlüpfte, ohne mich zu bemerken. Die Tür der Sekretärin war immer geschlossen. Oft verkündete ein Zettel, dass sie abwesend war. Das Büro von Draaisma betrat ich nicht mehr. Das einzige lebende Wesen, das ich regelmäßig zu Gesicht bekam, war die füllige Russischlektorin. Sie saß am Tisch in ihrem Zimmer, dessen Tür sie halb offen stehen ließ, mahlte mit dem kleinen Mund, als kaute sie ein unsichtbares Sandwich, und las.

»*Sdrawstwuitje*«, sagte sie sanft, wenn sie meinen Blick auffing.

Nur einmal klopfte ein Kollege bei mir an.

»Darf ich hereinkommen?«, fragte er.

»Natürlich«, sagte ich.

»Sie sind unsere neue Kollegin?«

»Es scheint so«, sagte ich.

Der Mann reichte mir die Hand.

»Sehr angenehm. Ich bin Wim. Wim Hoeks. Ich unterrichte tschechische Sprache und Literatur. Das letzte Zimmer links …«

Er machte einen sympathischen Eindruck.

»Seltsam, dass Cees Sie den Kollegen nicht vorgestellt hat.«

»Ich bin nur zwei Semester hier. Wahrscheinlich deshalb.«

»Trotzdem, es wäre korrekt gewesen«, sagte er.

»So sind wohl die holländischen akademischen Gepflogenheiten«, entgegnete ich achselzuckend.

»Wir Holländer brauchen für alles viel Zeit. Sie müssten mehrere Jahre hier leben, um von jemandem nach Hause eingeladen zu werden. Das heilige Privatleben ist eine Ausrede für alles, also auch für diese Unhöflichkeit Ihnen gegenüber. Immer nach der Devise: Nicht, dass wir nicht möchten, wir wollen Sie nur nicht stören.«

»Meinen Sie?«

»Willkommen im scheinheiligsten Land der Welt!«, sagte er. »Wie haben Sie sich zurechtgefunden?«

»Gut.«

»Und was unterrichten Sie eigentlich?«

»Bis jetzt unterhalte ich mich mit den Studenten.«

»Miroslav Krleža ist ein großer Schriftsteller!«, sagte er.

»Ihre Tschechen sind auch nicht schlecht.«

»Wie ertragen Sie das holländische Wetter? Die Ausländer beklagen sich am meisten über das Wetter …«

»Die Karibik ist es nicht gerade, aber …«

»Und Ihnen ist nicht langweilig?«

»Warum sollte es?«

»Weil dies das langweiligste Land der Welt ist!«

»Ist das nicht ein Widerspruch?«

»Was?«

»Dass das Land langweilig und zugleich scheinheilig ist?«

»Aber es ist so, Holland ist langweilig und scheinheilig.«

»Ich dachte, nur die Osteuropäer spucken auf sich selbst …«

»Nein, wir sind die Weltmeister! Aber seien Sie vorsichtig! Im Grunde denken wir nur gut über uns. Arroganz der Kolonialherren. Die Kolonien haben wir aufgegeben, aber die Arroganz behalten. Auch das werden Sie mit der Zeit erkennen.«

Er sah auf die Uhr und erhob sich.

»Wenn Sie Probleme haben, kommen Sie ruhig vorbei, und wir gehen einen Kaffee trinken. Das letzte Zimmer links, das kleinste auf der ganzen Etage. Ihres ist viel größer. Ihr Ex-Jugoslawen steht derzeit besser da als wir Tschechen.«

»Wie meinen Sie das?«

»Der Nationalismus, der Krieg, der Postkommunismus, die Rolle Hollands bei alldem …«

»Leider.«

»Das war ein wunderbares Land! Dubrovnik ist die schönste Stadt, die ich je gesehen habe. Mir will nicht in den Kopf, wie Ihnen all das geschehen konnte!«

»Meinen Sie mir?«

»Natürlich nicht. Wenn Sie einem ein Messer in den Bauch rammen, machen Sie einen solchen Lärm, dass es gleich alle Welt erfährt. Wir machen das so still, dass keiner etwas bemerkt, selbst das Opfer ist uns dankbar. Aber wir werden uns über alles noch unterhalten. Ich freue mich, Sie kennen gelernt zu haben.«

Er wandte sich zur Tür und hielt kurz inne.

»Wie hieß noch die Insel, deren Namen kein Ausländer aussprechen kann?«

»Krk!«

»Ja, Hhhrhk«, sagte er, lachte und winkte zum Abschied.

Die slawistische Etage wirkte so verlassen, dass ich eigentlich keinen Grund hatte, mich als blinder Passagier zu fühlen. Die Sekretärin wollte ich nichts mehr fragen. An Draaismas Zimmer klopfte ich nicht mehr. Dreimal ging ich zu Wims Zimmer, das wirklich kleiner war als meins. Alle drei Male entschuldigte er sich damit, im Augenblick keine Zeit zu haben, und drückte mir, wohl als Trost, einen seiner wissenschaftlichen Artikel mit Widmung in die Hand. Einer behandelte Karel

Čapek und sein Holland-Erlebnis, der zweite den Frauenhass in Kunderas Romanen und der dritte den »sprachlichen Hedonismus« in der Prosa von Bohumil Hrabal.

So wurde auch nichts aus unserem Besuch im Café. Mein einziger »lebender« Kontakt in der Abteilung blieb die rundliche Russischlektorin mit dem unsichtbaren Sandwich. Wenn sie meinen Blick im Vorübergehen erhaschte, schluckte sie hastig einen imaginären Bissen hinunter und sagte sanft ihr *sdrawstwuitje*.

Alles in allem wirkte die Abteilung freudlos. Das wurde dadurch verstärkt, dass die dort beschäftigten Slawisten »typisch« waren. Die Westeuropäer unter ihnen hatten nämlich das Fach aus emotionalen Gründen gewählt, weil sie in einen »Ostler« oder eine »Ostlerin« verliebt waren. Das Fachgebiet war umso attraktiver, als sie die absoluten Herrscher über kleine, abgelegene literarisch-sprachliche Provinzen waren, in die nie jemand seinen Fuß setzte, so dass die Möglichkeit einer Überprüfung ihrer Kompetenz statistisch vernachlässigbar war. Ich hatte das geringste Recht, darüber zu urteilen. Außerdem hatte ich die zwei Semester dank der Tatsache bekommen, dass ich Ines kannte, dass Ines mit Draaisma verheiratet und er inzwischen Chef geworden war.

8.

Ana: Die rot-weiß-blau gestreifte Plastiktasche

Die Tasche ist aus Plastik und an den roten, weißen und blauen Streifen erkennbar. Das billigste Reisegepäck der Welt, eine proletarisch-höhnische Antwort auf die »Louis-Vuitton«-Taschen. Sie hat einen Reißverschluss, der schnell kaputtgeht. In meiner Kindheit quälte mich die Frage, wie Schokolade oder Marmelade in die harten Bonbons kommt, ohne dass man ein Loch oder eine Naht sieht. Heute quält mich eine ebenso kindliche Frage: Wer hat diese Tasche erfunden und millionenfach in Umlauf gebracht? Die Plastiktasche mit den roten, weißen und blauen Streifen sieht aus wie eine Parodie auf die jugoslawische Fahne ohne den roten Stern. Ich glaube, ich habe sie zum ersten Mal bei den Polen gesehen, die mit billiger Nivea-Creme, Geschirrtüchern, Zeltausrüstung, Luftmatratzen und Ähnlichem auf die jugoslawischen Flohmärkte kamen. Wenn man die Polen fragte, behaupteten sie, die Taschen zuerst bei den Tschechen gesehen zu haben, die Tschechen sagten, nein, die kommen von den Ungarn, die Ungarn schrieben sie den Rumänen zu, und die erklärten, das sind Zigeunertaschen. Die Plastiktasche mit den rot-weiß-blauen Streifen reist durch Ost- und Mitteleuropa,

vielleicht noch weiter, nach Russland, nach Indien, nach China, nach Amerika, in die ganze Welt. Diese Plastiktasche ist das Gepäck der Armen: der kleinen Diebe und Schmuggler, der Leute von den Flohmärkten, chemischen Reinigungen und Wäschereien und billigen Flickschneidereien, das Gepäck der Emigranten, Flüchtlinge und Obdachlosen. In diesen Taschen reisten Jeans, T-Shirts und Kaffee aus Triest nach Kroatien, Bosnien, Serbien, Bulgarien, Rumänien ... Aus Istanbul gingen in diesen Taschen Lederjacken und Handschuhe auf die Reise ... Vom chinesischen Flohmarkt in Budapest reist in diesen Taschen Ware in alle Himmelsrichtungen: nach Mazedonien, Albanien, Bosnien, Serbien. Die rot-weiß-blau gestreifte Tasche ist ein Nomade, ein Obdachloser, ein Flüchtling, ein Meister im Überleben; sie passiert Grenzen ohne Pass und benutzt die billigsten Verkehrsmittel ohne Fahrkarte.
Hier in Amsterdam habe ich in einem türkischen Laden so eine Tasche gefunden und für zwei Gulden gekauft. Ich habe sie ordentlich zusammengefaltet, und ich bewahre sie auf, wie meine Mutter die kleinen weißen Plastiktüten »für alle Fälle« aufbewahrte. Ich weiß, dass ich durch den Kauf der Tasche einen symbolischen Akt der Selbstinitiation vollführt und mich dem volkreichsten Stamm der Welt angeschlossen habe, dessen Fahne, Wappen und Siegel die rot-weiß-blau gestreifte Tasche ist. Ich frage mich nur, wer den Stern entfernt hat.

Wir begannen unser Spiel mit der von Ana beschriebenen symbolischen Tasche.

»Die werden wir ordentlich mit Kordel verschnüren, damit uns nichts herausfällt. Wie das die *Unsrigen* machen«, sagte Meliha.

»Ich hab mich für die *Unsrigen* immer geschämt, im Ernst. Wenn ich nur an die Koffer denke, die auf den Gepäckbändern der Flughäfen auseinander fielen!«, sagte Darko.

»Mir war das auch peinlich. Mit welchen Hinterwäldlern musst du bloß reisen, dachte ich immer. Aber jetzt find ich das super«, sagte Igor.

»Wieso?«, fragte ich.

»Wissen Sie, wer heute mit dem teuersten Gepäck reist?«

»Madonna?«

»Nein, die Russen. Top-Nutten und Top-Kriminelle. Darum ist mir das Gipsy-Design lieber: die Plastiktasche, verschnürt wie ein Bergschuh, und dazu ein Goldzahn! Das mit dem Stern ist klasse, Ana. Wir sind alle Proletarier. Nur dass Papa Marx tot ist …«, sagte Igor.

»… und sich im Grab umdreht«, ergänzte Meliha.

Mit einem gewissen Vorbehalt hatte ich meinen Schülern das Projekt einer Katalogisierung des ex-jugoslawischen Alltags vorgeschlagen. Ana war die schnellste gewesen mit ihrer Beschreibung der »Zigeunertasche«. Ich schlug vor, dass wir in diese fiktive Tasche unsere künftigen »jugonostalgischen« Exponate packen sollten.

»Was für Exponate?«, fragten sie.

»Mentale. Alles, woran Sie sich erinnern, alles, was Ihnen wichtig erscheint. Unser Land ist untergegangen, und wir sollten etwas bewahren, bevor alles in Vergessenheit gerät.«

»Ich erinnere mich an die Sportparaden zu Titos Geburtstag, die wir jedes Jahr im Fernsehen verfolgt haben«, sagte Boban.

»Aber, meine Seel, daran erinnern sich doch alle!«, sagte Meliha. »Hast du nichts Eigenes?«

»Ich erinnere mich an mein erstes Fahrrad. Geht das?«, fragte Mario.

»Gebucht!«

»Die Männer fahren gleich auf diese phallischen Symbole ab! ... Wie wäre es mit Burek und Baklava?«, fragte Meliha im Scherz.

»Geht. Burek, Baklava und Mohnnudeln ...«, sagte ich.

Bei diesem Refrain des bekannten Songs von Balašević lebten alle auf.

»Dann geht also alles?«, fragte Nevena.

»Alles, was uns Spaß macht«, sagte ich.

»Oder wehtut?«, fragte Selim.

»Auch was uns wehtut.«

»Geht Omarska?«

In der Klasse wurde es still. Ich bekam eine Gänsehaut.

»Wollen Sie, dass wir darüber sprechen, Selim?«

»Da gibt es nichts zu sprechen! Mein einziges mentales Exponat ist Omarska. Der Ort, wo die Tschetniks meinen Vater abgeschlachtet haben«, sagte er.

Selim hatte mir wieder eine Mine gelegt. Etwas Ähnliches hatte ich erwartet, ich hatte ohnehin ständig das Gefühl, über ein Minenfeld zu gehen. Ich wusste sehr gut, dass jeder von uns seine Kriegserfahrung hatte und dass Verluste, wie der von Selim, unermesslich sind. Selim und Meliha hatten den Krieg mit voller Wucht am eigenen Leib erlebt. Uroš und Nevena lehnten es ab, darüber zu sprechen, obwohl auch sie aus Bosnien kamen. Mario, Boban und Igor waren vor der Mobilisierung geflohen und hatten sich, so schien es zumindest, nicht mit dem nationalistischen Wahn infizieren lassen. Johanneke hatte die Dinge von hier aus beobachtet. Ana, die vor dem Krieg einen Holländer geheiratet hatte und mit ihm nach Amsterdam gekommen war, hatte die kroatischen, serbischen und niederländischen Medien verfolgt und war gelegentlich nach Belgrad, aber auch nach Zagreb gefahren, wo Verwandte von ihr lebten. Verglichen mit den Kriegserfahrungen der Schüler waren die meinen unbedeutend.

Ich wusste, dass ich einen *meeting point* für uns finden musste. Denn meine Schüler unterschieden sich nicht nur durch ihre Kriegserlebnisse, sondern auch durch ihre Interessen. Meliha hatte in Sarajevo einen Abschluss in Jugoslawistik gemacht. Uroš, der von einer bosnischen Provinz-Oberschule kam, stand noch ganz am Anfang. Mario hatte das Studium der Soziologie an der Zagreber Universität abgebrochen. Ana hatte in Belgrad Anglistik angefangen, aber gleich wieder aufgegeben. Nevena hatte in Sarajevo zwei Jahre Vorlesungen in Ökonomie gehört. Ante hatte die Pädagogische Schule in Osijek absolviert. Boban hatte es bis zum zweiten Jahr in Jura geschafft. Darko hatte die Hotelfachschule in Opatija abgeschlossen. Selim hatte sich gerade in Sarajevo an der Mathematischen Fakultät eingeschrieben, als der Krieg ausbrach ... Igor wollte sich nicht festlegen: Mal sprach er von einem Studium der Psychologie, dann wieder erzählte er, er habe an der Zagreber Theater- und Filmakademie zwei Jahre Vorlesungen in Bühnenregie gehört. Ich fragte nicht weiter nach; das war jetzt nicht so wichtig.

Ich musste einen gemeinsamen Punkt finden. Ich spürte ihre innere Zerrissenheit, ihre Wut, ihren stummen Protest. Wir alle waren auf irgendeine Weise beraubt worden. Die Liste der Dinge, die man uns genommen hatte, war lang und erschreckend. Man hatte uns das Land genommen, in dem wir geboren waren, und das Recht auf ein normales Leben. Man hatte uns die Sprache genommen. Wir kannten Zustände der Demütigung, der Angst und der Hilflosigkeit. Am eigenen Leib hatten wir gespürt, was es heißt, auf eine Nummer, eine Blutgruppe, eine Herde reduziert zu werden. Einige hatten wie Selim die nächsten Angehörigen verloren, ihr Unglück wog am schwersten. Jetzt waren wir alle eine Art Rekonvaleszenten.

Ich musste ein Gebiet finden, das uns allen gleichermaßen gehörte und am wenigsten wehtat. Das konnte nur unsere gemeinsame Vergangenheit sein, dachte ich. Denn man hatte uns auch das Recht auf Erinnerung genommen. Mit dem Verschwinden des Landes musste auch die Erinnerung an das Leben dort verschwinden. Den neuen Machthabern genügte nicht die bloße Macht: in den neuen Staaten hatten Zombies zu leben, Menschen ohne Gedächtnis. Die jugoslawische Vergangenheit wurde öffentlich geschmäht, die Menschen wurden aufgefordert, sich von ihrem früheren Leben loszusagen und es zu vergessen. Filme, Bücher, Popmusik, Witze, Fernsehen, Erzeugnisse, Zeitungen, Nachrichten, Sprache, Menschen – alles musste aus der Erinnerung verbannt werden. Und vieles endete auf dem Müll: Bücher, Filme, Fotos, Unterrichtsmaterial, Dokumente, Denkmäler ... »Jugonostalgie«, die Erinnerung an das Leben im ehemaligen Land, wurde zum Synonym für politische Subversion.

Ich war überzeugt, der Zerfall des Landes, der Krieg, die Unterdrückung der Erinnerung, der »Phantomschmerz«, die allgemeine schizophrene Situation und dann das Flüchtlingsdasein waren die Ursache für die emotionalen und sprachlichen Probleme meiner Studenten. Wir alle befanden uns in einem Chaos, wussten nicht mehr, wer und was wir waren oder sein wollten. Meine Studenten sträubten sich dagegen, zu den »Jugonostalgikern« und »Dinosauriern« gezählt zu werden, aber auch die neu abgepackte Retro-Zukunft der neuen Staaten lag ihnen nicht. Hier in Holland fühlten sie sich gekennzeichnet als »Ausländer«, »Flüchtlinge« oder »politische Asylanten«, als »Balkanesen«, »Primitivlinge«, »Kinder des Postkommunismus«. Das Land, aus dem wir kamen, war unser gemeinsames Trauma.

Ich wusste, dass ich mich auf Messers Schneide bewegte. Denn Erinnerungen zu stimulieren, war genauso eine Manipulation der Vergangenheit wie ihr Verbot. Die Mächtigen in unserem ehemaligen Land drückten die Taste *delete*, ich hingegen die Taste *restore*. Dort manipulierten die Mächtigen Millionen Menschen, und ich hier ein paar. Sie tilgten die jugoslawische Vergangenheit, schrieben dem »Jugoslawentum« die Schuld für alle Katastrophen einschließlich des Krieges zu, und ich kümmerte mich um den Alltag, der unser Leben ausgemacht hatte, und gründete einen »lost & found«-Service auf freiwilliger Basis. Beide Manipulationen verschleierten die Wirklichkeit. Ich fragte mich, ob ich durch die Beschwörung schöner Bilder aus der gemeinsamen Vergangenheit die frischen Bilder der Kriegsrealität unterdrückte. Verdrängte ich nicht, wenn ich meine Studenten aufrief, sich an den Geschmack der »Kiki«-Bonbons zu erinnern, den Fall jenes Belgrader Jungen, den seine Altersgenossen erstochen hatten, nur weil er Albaner war? Verhinderte ich nicht, wenn ich meine Schüler anregte, über Mirko und Slavko, die kleinen Partisanen aus einem populären jugoslawischen Comic, zu »reflektieren«, ihre Auseinandersetzung mit zahlreichen Ausbrüchen von Sadismus, bei denen machttrunkene Jugo-Krieger ihre Landsleute gequält hatten? Die Listen der Verbrechen hatten kein Ende, und ich hatte beschlossen, sie mit den fröhlichen Katalogen eines Alltags zuzudecken, den es ohnehin nicht mehr gab.

Andererseits war alles miteinander verbunden. Der Tod selbst lutschte »Kiki«-Bonbons. Die Menschen mordeten und wurden ermordet, stahlen und wurden bestohlen, vergewaltigten und wurden vergewaltigt, und all das zu den billigen Refrains des Alltags. Soldaten wurden in dem Augenblick von einer Kugel getroffen, als sie ihre Beute, geplünderte Fernsehgeräte, zum Schützengraben schleppten. Der Tod ging Arm in Arm mit der Trivialität. Daher konnte man das Detail mit den »Kiki«-Bonbons in Dutzenden Varianten wiederholen. Zum Beispiel mit dem Bild eines von einem Scharfschützen getöteten Kindes, aus dessen Mund Blut läuft, vermischt mit »Kiki«-süßem Speichel. Das Böse war ebenso banal wie der Alltag und hatte keinen besonderen Status.

Nur wenn wir uns mit der eigenen Vergangenheit versöhnten, konnten wir aus ihr entlassen werden, glaubte ich. Deshalb wählte ich als *meeting point* das, was uns allen am nächsten war: das kuschelige Terrain der »jugoslawischen« Vergangenheit.

Unsere rot-weiß-blau gestreifte Tasche begann sich zu füllen. Da gab es alles Mögliche: die verschwundene Welt der jugoslawischen Grund- und Oberschulen, die Idole der jugoslawischen Popkultur, Jugo-Produkte, Nahrungsmittel, Getränke, Kleidung, Autos, das Jugo-Design, die ideologischen Slogans, Persönlichkeiten, Sportler, Ereignisse, die jugoslawischen sozialistischen Mythen und Legenden, TV-Serien, Comics, Zeitungen, Filme ... Boban hatte irgendwo Videokassetten jugoslawischer Filme aufgetrieben. Wir sahen uns viele an. Sie bewiesen mehr als manches andere, dass es unser Leben gegeben hatte. Dieses ehemalige Leben sahen wir jetzt aus einem neuen, postumen Blickwinkel und entdeckten viele Details, die damals auf die Zukunft hinwiesen. Wir waren Zeugen einer Prophezeiung, die sich bewahrheiten sollte.

Für die Fragen, die mich quälten, war es zu spät. Unsere »Archäologie«, unser »Spiritismus«, die Neubelebung unserer

»besseren Vergangenheit« schufen zwischen uns eine solche Nähe, dass es uns immer schwerer fiel, uns nach dem Unterricht zu trennen. Manchmal siedelten wir aus der Fakultät in ein Café über und schwatzten dort, bis die letzte Straßenbahn, der letzte Bus oder der letzte Zug fuhr. Für jemanden von außerhalb sahen wir aus wie ein Stamm, der rituelle, magische Worte murmelte und seine Geister beschwor. Einen Außenstehenden mochte das wie ein unverständlicher Trancezustand anmuten. Und wir befanden uns in einer Art Trance.

Unter meinen Schülern verblüffte mich am meisten Igor mit seinem Gedächtnis. Er erinnerte sich an Details, die er gar nicht kennen konnte.

»Aber Sie waren damals noch nicht geboren?«

»Ich habe *Juchochene*, *drugarica*, die erinnern sich«, erklärte er. Das an sich schon unsinnige Wort *Jugogene* sprach er holländisch aus. Wir lachten. Meinen Schülern gefiel offenbar die Idee, dass nicht wir uns an die Vergangenheit erinnerten, sondern die gespenstischen *Juchochene*, für die wir nicht verantwortlich waren.

Oft begegnete ich einem von ihnen in der Stadt. Wir freuten uns, als hätten wir uns seit wer weiß wann nicht gesehen. Schmatzten uns ab, liebkosten uns mit Worten, setzten uns in ein Café auf ein *kopje koffie*. Am häufigsten traf ich Igor. Von irgendwo tauchte seine hoch aufgeschossene Gestalt mit dem Rucksack und den Kopfhörern auf.

»Wieso sind Sie hier?«, fragte ich.

»Und Sie?«

»Was machen wir jetzt?«

»Ein bisschen *lopen*.«

So redeten sie, das war ihr Slang. Sie sagten *lopen* oder *wan-*

delen oder *kopje koffie* oder *lekker*. Selim sagte oft: *Das ist lekker, meine Seel*, wobei er das bosnische *meine Seel* mit dem holländischen *lekker* verband.

Obwohl meine Studenten offen zeigten, dass ihnen unser gemeinsames »Projekt« gefiel, wurde ich das Gefühl, über ein Minenfeld zu gehen, immer noch nicht los. Auf einer unserer Runden durch die Straßen Amsterdams versuchte ich, Igor eine Antwort zu entlocken.

»Sagen Sie mir, Igor, was halten Sie von unserem Unterricht?«

»Wissen Sie, was Tito zu Jovanka sagte, als sie sich das erste Mal sahen?«, fragte er.

»Nein. Lassen Sie mich hören ...«

»Er sagte: Hör zu, Jovanka, die du Hände hast unschuldiger als meine ... Heute nacht erglüht meine Stirn und meine Lider werden feucht, heute nacht; ein Traum durchstrahlt meine Gedanken, heute nacht ersterbe ich vor Schönheit!«

In Igors Phantasie kombinierte Tito Verse einer kroatischen Dichterin und eines kroatischen Dichters.

»Haben Sie vor nichts Respekt?«, sagte ich lachend.

Er antwortete nicht, dachte an etwas anderes.

»Haben Sie bemerkt, *drugarica*, dass Engel nie lachen?«

»Nein. Darüber habe ich nicht nachgedacht.«

»Haben Sie ihnen nie ins Gesicht geblickt?«

»Ich glaube nicht ...«

»You need an urgent tip, teach«, sagte Igor.

Igor und ich verbrachten diesen ganzen Nachmittag im Rijksmuseum und betrachteten die Engel auf den Bildern der alten Meister.

»Sehen Sie, ich hatte Recht. Die Engel lachen nicht!«, sagte er.

»Die Engel und die Exekutoren«, fügte ich hinzu.

Wir mussten beide lachen, obwohl es keinen Grund gab. Mit dem Lachen vertrieben wir eine verborgene Beklommenheit.

Mir fiel ein, dass auch Rekonvaleszenten – Menschen, die gerade eine Krankheit, eine Erschütterung, einen Autounfall, eine Überschwemmung, einen Schiffbruch überlebt haben – nicht lachen. Wir waren Rekonvaleszenten. Aber das sagte ich nicht.

9.

Hier, zwischen den gleichgültigen Wänden unseres fiktiven Labors, versuchten wir etwas wiederzubeleben, was nicht mehr war. Wir wechselten einander ab bei der Herzmassage, der künstlichen Beatmung, wir arbeiteten ungeschickt wie Laien, aber nach einiger Zeit begann das Herz des gewesenen Alltags doch zu schlagen.

Die meisten meiner Schüler kehrten am liebsten in die Kindheit zurück. Das war das sicherste und schmerzloseste Territorium. Ob die Einzelheiten aus dem verschwundenen Leben ihre eigenen waren, oder sie sie von ihren Eltern übernommen hatten oder sie gar fälschten, was Igor häufig praktizierte, war nicht wichtig. Jede Einzelheit barg etwas von einer Wahrheit. Alles zusammen ließ sich nicht übersetzen, wir kommunizierten in einer nur uns verständlichen verschwundenen Sprache. Wie hätten wir auch jemand anderem die Wörter, Begriffe, Bilder erklären sollen und die Empfindungen, die diese Wörter, Begriffe und Bilder in uns wachriefen? Wir befassten uns mit Alchemie. Ich war es, die ihnen verhieß, dass sie am Ende Gold erblicken würden, obwohl ich genau wusste, dass ein in einer Sekunde aufglänzendes Detail schon in der nächsten erlöschen und untergehen konnte. So wie das Herz, das wir mit vereinten Mühen zum Schlagen gebracht hatten, schon in der nächsten Sekunde stehen bleiben konnte.

Gelegentlich fragte ich mich, ob ich nicht das Gegenteil von dem tat, was ich zu tun vermeinte. Denn mit dem Verbot der Erinnerung an die gemeinsame Vergangenheit hatten die Ideologen der neuen Staaten nur deren Attraktivität erhöht. Ich fragte mich, ob ich durch die Anregung zum Erinnern nicht die goldene Aura zerstören würde. Ob ich beim Versuch, den verschwundenen Alltag zu rekonstruieren, nicht erst recht sein graues Surrogat mit Leben erfüllen und die Wertlosigkeit des »Gepäcks« offenbaren würde, das uns kostbar erschien. All diese Fragen gingen mir durch den Kopf, aber die Freude, die uns das Erinnerungsspiel bereitete, schob sie bald beiseite. Ich verdrängte auch die Entdeckung, die mich in einem Moment verblüfft hatte, dass sich meine Studenten an viel mehr erinnerten als ich und dass ich vieles vergessen hatte. Aber auch das kam zu spät. Ich hatte die Erinnerungsmaschine angeworfen, und jetzt war es schwer, sie aufzuhalten.

Nevena: An jedem Monatsersten

Vater arbeitete in der Fabrik, und Mutter war Hausfrau. Unser größter Feiertag hieß »Monatserster«. Da brachte Vater seinen Verdienst in der Lohntüte und übergab ihn Mutter. Sie teilte das Geld ein: so viel für Strom, so viel für Gas, so viel für die Miete, so viel für die Kreditrate. Dann zogen wir uns schön an wie für einen Besuch und gingen einkaufen. Mutter war der »Chef der Parade«, nur sie wusste, wie viel wovon gebraucht wurde, wie viel Zucker, wie viel Mehl, wie viel Öl, wie viel Salz, wie viel Kaffee und wie viel Teigwaren, damit es bis zum nächsten Monatsersten reichte. Mutter kaufte grünen Kaffee. Den rösteten wir in einer Blechtrommel mit einem Türchen und einem

Griff an der Seite. Wir füllten den rohen Kaffee ein und schoben die Trommel auf den Herd, über die Gasflamme. Wir drehten den Griff, der Griff drehte die Trommel, der Kaffee drehte sich mit und wurde langsam geröstet. Unsere ganze Wohnung duftete lange nach dem frisch gerösteten Kaffee, und das mochte ich sehr. Wir brauchten immer viel Kaffee, denn jeden Tag kamen die Nachbarinnen auf ein Tässchen zu Mutter. Viele Dinge kauften wir nicht. Mutter machte Marmelade, Konfitüre, saure Gurken und Paprika, Ajvar und ähnliche Sachen selbst. Sie wusste auch, wie man Likör aus Kirschen, Walnüssen und Schokolade macht. All das kam, von Mutter mit Etiketten versehen, in die Speisekammer. Für uns Kinder war es der aufregendste Augenblick, wenn die Süßigkeiten an die Reihe kamen. Mutter kaufte mehrere Schachteln Kekse und Blockschokolade, weil die am billigsten war. Die Kekse mit Namen »Hausfrau« ließen sich schön in Milch tauchen. Am Ende kaufte Mutter für jeden von uns ein »Törtchen«, das war eine Waffel mit Schokoladenüberzug. Uns Kindern schmeckte alles Gekaufte viel besser als das Selbstgemachte. Mutter kaufte immer je zehn Pakete Grissini und Salzstangen, aber die waren für die Gäste. Die bot sie in einem Glas an, die Gäste knabberten daran und sahen dabei aus wie Kaninchen. Dann servierte Mutter ihre »Ikebanas«, wie Vater sie nannte, zwei oder drei flache Teller, auf denen saure Gurken, Wurstscheiben, Paprika und Käse schön angerichtet waren. In jedem Stück steckte ein Zahnstocher, und in der Mitte war ein Klecks Ajvar. Die Gäste bewunderten Mutter wegen dieser »Ikebanas«, aber Vater gingen sie auf die Nerven. »Sollen unsere Gäste an diesen Zahnstochern ersticken?«, rief er. »Du hast keine Ahnung, was modern ist«, antwortete Mutter.

Ich glaube, das Wort modern *wurde zu der Zeit besonders häufig gebraucht. Mutter wusste genau, was »moderne« Möbel, Lampen, Frisuren, Gardinen, Schuhe, Brillen waren. Damals waren alle verrückt nach Plastik. Plastik war das Allermodernste.*
Dann kam der Augenblick, wo Vater den Fernseher einschaltete. Unser Gerät hatte über dem Bildschirm einen Plastikfilter in Regenbogenfarben, was Farbfernsehen vortäuschte.
Jetzt, da ich dies niederschreibe, bin ich nicht mehr sicher, dass es so war. Es kommt mir eher wie ein undeutlicher Traum vor, als gehörte diese Vergangenheit jemand anderem, nicht mir.

Boban: Mein liebster Comic

Bei uns zu Hause gab es nicht viele Bücher. Es gab eins, das Großvater gehörte, und auf das bin ich als kleiner Junge abgefahren. Es war mehr eine Mappe mit goldgerändertem rotem Einband und in der Mitte einem runden Abzeichen aus Metall, wie eine Münze, das einen kahlköpfigen Typ mit Bärtchen zeigte. In der Mappe waren vergilbte DIN-A4-Blätter, lauter Dokumente, Bilder, Landkarten und Fotos. Viel mehr Bilder als Text. Es sah aus wie ein zerfledderter Comic.
Großvater sagte: »Das ist das Buch der Revolution.«
»Das ist das Buch der Levorution«, wiederholte ich.
»Das ist das Buch der Großen Oktoberrevolution«, wiederholte Großvater.
Und als ich lesen gelernt hatte, entzifferte ich den Titel: »Leben und Wirken von W. I. Lenin, 1870–1924«. Am

besten gefielen mir die Reproduktionen von Gemälden, auf denen die Revolutionäre besorgte und finstere Gesichter machten und meist um einen Tisch saßen und diskutierten. Im Vordergrund war immer Stalin, obwohl das Buch von Lenin handelte. Mir gefiel das Halbdunkel auf diesen Bildern. Das Licht kam immer von einer Lampe oder durchs Fenster. Aber das Beste waren die Bücher. Im Hintergrund standen immer Bücherschränke. Ein Bild zeigt Stalin zu Besuch bei Lenin. Lenin hat sich erhoben, um Stalin zu begrüßen, und auf seinem Sessel liegt ein aufgeschlagenes Buch. Auf einem anderen Gemälde sprechen Stalin und Lenin mit »Delegierten aus den mittelasiatischen Republiken«. Die Delegierten trugen asiatische Käppchen, und im Hintergrund war eine große Bibliothek. Man sah, dass die Delegierten von den vielen Büchern beeindruckt waren. Ich erinnere mich auch an das Bild »W. I. Lenin und N. K. Krupskaja in der sibirischen Verbannung«. Lenin steht, in ein Buch vertieft, neben einer Kommode und N. K. Krupskaja neben einem Bücherbord.
Später las ich auch die schön geschriebene Widmung: »Meinem besten Freund Nebojša Krstić zur ewigen Erinnerung. Major Veljko Vukašinović«.
Mein Großvater hieß Nebojša Krstić.
Er war ein Partisan der ersten Stunde. Mein Alter behauptete, Großvater sei ein »Geheimdienstler« gewesen. Das sagte er erst später, als die Kommunisten nicht mehr hoch im Kurs standen. Mein Alter war ein Scheißkerl. Es stimmt, dass die meisten Menschen Scheißkerle sind, die mal auf das eine, mal auf das andere abfahren. Worin unterscheiden sich denn die Kommunisten von Sai Baba? Die Kommunisten wollten auch Wunder vollbringen. Man hat sie bloß nicht gelassen. Ich glaube nicht, dass sie all die Bücher

gelesen haben, wenn aber jemand sagen würde, ich solle ein repräsentatives Porträt meiner Familie zeichnen, was müsste da drauf? Neben den Alten würde ich sein Auto malen, das er mehr gehegt und gepflegt hat als mich. Neben die Alte – die Plastiktüten, in denen sie ständig Einkäufe vom Markt herbeischleppte. Neben mich einen Fußball. Und neben Großvater den alten Revolver, den er im Nachtschränkchen aufbewahrte und den ich nicht anrühren durfte. Meine Alten waren Landeier. Die Kommunisten waren cool!

Ante: Aufforderung zum Tanz

Ich erinnere mich, dass wir in der Grundschule Tanztees hatten. Die verschwanden, als die Diskos kamen. Bei den Tanztees gab es nie Tee oder was anderes zu trinken, so dass ich nicht weiß, woher dieser Name stammte. Die Stuhlreihen standen sich an den Saalwänden gegenüber. Auf der einen Seite saßen die Jungs, auf der anderen die Mädchen. Die Klassenlehrerin war auch immer da. Sie passte auf, dass wir nicht zu viel von dem Tee tranken, den es nicht gab. Einer war immer für die Musik zuständig. Damals gab es noch Plattenspieler und Tonbandgeräte. Wir gingen auf die Mädchen zu und blieben wortlos stehen, wie richtige Macker. Das bedeutete, dass wir das Mädchen zum Tanz aufforderten. Von Zeit zu Zeit rief die Klassenlehrerin: »Und jetzt Damenwahl!«, dann standen die Mädchen auf und holten uns. Da konnte man am besten erkennen, wer von uns welchem Mädchen gefiel.
In diesem »hormonalen« Alter tanzten wir am liebsten eng. Die Musik im »only you«-Tempo, du drückst das Mädchen

an dich, dass ihr beide kaum Luft kriegt. Und du wirst total hölzern vor Erregung, lässt dir aber nichts anmerken. Wenn ich heute daran denke, halte ich den Atem an wie beim Tauchen. Und wenn ich auftauche, bin ich an ihr Gesicht geschmiegt. Wir sind uns so nah, dass ich meinen Blick nicht auf einen Punkt richten kann; ich schiele nur noch. Sie hat milchweiße, durchsichtige Haut mit blauen Äderchen an den Schläfen. Ihr Atem riecht nach Pfefferminzbonbons. Mir wird noch heute schwindlig, wenn ich daran denke. Das Mädchen hieß Sanja Petrinić.

Meliha: Bosnischer Eintopf

Die Erinnerung hilft uns zu überleben.

Marcela Prustić

Man nehme je ein halbes Kilo Schweinefleisch und Rindfleisch, alles ohne Knochen, und schneide es in große Stücke, ein halbes Kilo Kartoffeln, 2 Zwiebeln, nur halbiert, 10 ganze Knoblauchzehen, 400 g Tomaten, 4 Paprikaschoten, 300 g Wirsing-, 200 g Weißkohl, 2 Möhren, 2 Petersilienwurzeln, 1 Sellerieknolle, 1 Kohlrabi, 10 grüne Bohnen, 2 EL süßen Paprika, 15 bis 20 Pfefferkörner, ein paar Lorbeerblätter, 3 dl Weißwein und Wasser oder Brühe nach Bedarf. Man schichte alles grob geschnitten abwechselnd in einen Tontopf (ein gewöhnlicher tut es auch), gieße den Wein und Wasser (oder Brühe) zu. Man lege einen Deckel auf den Topf und dichte ihn mit Teig ab, damit kein Dampf entweicht. Auf leichtem Feuer vier bis fünf Stunden köcheln lassen.

Johanneke: Vanillekugeln

Wir waren eine große Familie. Meine Eltern liebten Jugoslawien sehr, und wir Kinder auch. Heute glaube ich, dass wir dort Urlaub machten, auch weil es sehr billig war. Wir hatten einen Campinganhänger und lernten so alle Zeltplätze an der Adriaküste kennen. Wir waren unter den ersten Touristen. Ich hatte noch sieben Geschwister, und nur unser Vater arbeitete. Mutter war Hausfrau. Wir drehten jeden Gulden um, wir konnten uns nicht viel leisten. Auch in den Niederlanden herrschte damals Armut, und die Holländer gingen wie die Jugos nach dem Krieg auf Arbeitssuche nach Neuseeland, Kanada, Brasilien. Daher war die Adria für uns ein echtes Paradies. Jeden Tag gingen die Eltern mit uns in die Eisdiele. Dort reihten wir uns auf wie die Orgelpfeifen, plus Mutter und Vater. Jedes Mal wurden zehn Kugeln bestellt. Nazif begrüßte uns jedes Mal: »He, ihr Holländer, ihr seid weiß wie Vanillekugeln.« Bald wusste das der ganze Ort, und so nannte man uns »Vanillekugeln«. Da kommen die Vanillekugeln …! Unser Familienname war Ter Bruggen Hugenholtz, aber das konnte keiner aussprechen. Jeder von uns bekam seinen »Sommernamen«. Mich nannten sie Joka, aus meinem Bruder Gerard wurde Grga, Frank wurde Frane und aus Wouter wurde Valter nach dem Film »Valter verteidigt Sarajevo«.
Dieses Eis ist meine früheste Erinnerung an Jugoslawien. Zu Hause gingen die Eltern nie mit uns Eis essen, es war zu teuer. Die Einheimischen sagten Šiptar zu dem Eisverkäufer Nazif. Damals wusste ich noch nicht, was ein »Šiptar« ist und welche Unterschiede es bei euch gibt. Für uns habt ihr alle gleich ausgesehen. Für euch waren wir Vanillekugeln, und ihr für uns Haselnusskugeln.

Selim: Sehnsucht nach dem Süden

Im Gymnasium gehörten kurze Überblicke über die mazedonische, slowenische, kroatische, serbische, bosnische und montenegrinische Literaturgeschichte zum Lehrplan, das wissen Sie besser als ich. In Serbokroatisch hatte ich immer eine Vier. Es gab ein Gedicht Sehnsucht nach dem Süden. *Ich fand schon den Titel komisch; dabei musste ich mehr an einen Werbeslogan denken als an ein Gedicht. Ich hatte es nicht gelesen, aber dann stieß ich hier in unserer Fakultätsbibliothek darauf. Geschrieben hat es, wie Sie genau wissen, Konstantin Miladinov vor etwa hundertfünfzig Jahren. Es ist bekannt, wie verrückt die Dačer nach Ferien sind, ständig reden sie darüber, entweder wollen sie gerade in die Ferien oder sind gerade aus den Ferien zurückgekommen oder fragen einen, wann man in die Ferien fährt. Und dieses Gedicht ist wie von einem Dačer geschrieben und nicht von einem Mazedonier. Ich dachte, das sollte ich meiner Mieke übersetzen. Zunächst legte ich auf Mazedonisch los. Sie werden's nicht glauben, ich hab mich selbst gewundert, dass mein Gehirn das Gedicht fehlerlos gescannt hatte. Hier als Beispiel zwei Strophen, falls Sie das Buch nicht zur Hand haben …*

Hier ist es finster, Finsternis umgibt mich
und dunkler Nebel verhüllt die Erde …

Und dann nach einem längeren Wetterbericht kommt der Protest des Mazedoniers, der mich ins Herz getroffen hat …

Nein, hier kann ich nicht bleiben!
Nein, Frost kann ich nicht leiden!

Gebt mir Flügel, die muss ich kriegen
Zu unsrem Land hinüberfliegen,
durch unsere Orte spazieren gehen,
Ohrid und Struga wiedersehen.

Und wie ich zum Schluss kam – zu dem Vers Dort den Kaval spielen, beim Untergang der Sonne, und danach sterben, oh, welche Wonne –, *da hat es mich zerrissen. Ich rezitiere auf Mazedonisch wie ein echter Tabakpflücker und flenne. Ich war total weg ... Und ich übersetz das unter Tränen meiner Mieke, und sie sagt auf typische Dačer-Art* Mooi! *Da hab ich ihr eine gelangt. Sie fängt an zu weinen. Da tat es mir Leid, klar. Keine Ahnung, was mit mir war. Vielleicht lag es am Gras, vielleicht war das ein »kontemplativer« Joint gewesen.*

Darko: Die Hand meiner Mutter in Titos Hand

Das ist nicht meine Erinnerung, sondern die meiner Mutter aus ihrer Zeit als Junge Pionierin. Weil sie eine gute Schülerin war, durfte sie einmal an den Feiern zu Titos Geburtstag teilnehmen. Als der Fotograf kam, um das Gruppenbild »Tito mit Pionieren« aufzunehmen, drängte sich meine Mutter bis zu Tito vor und fasste ihn bei der Hand. Ich habe das Foto gesehen. Meine Alte, an Tito geschmiegt, umklammert seine Hand, und in der anderen hält er eine kubanische Zigarre. Als das Foto geschossen war, wollte Tito seine Hand wegziehen, aber meine Mama ließ nicht los; sie war wie eine lebende Zange. Allen war das peinlich. Bis die Sicherheitsleute kamen und meine Mutter von Tito losmachten. Da begann sie lauthals zu plärren.

»Ich weiß nicht, was in mich gefahren war und woher ich so viel Kraft hatte«, erzählte sie später.
Einmal habe ich Tito live gesehen. Das war auf der Zagreber Messe. Er war von Bewachern umgeben. Wir standen zufällig im Spalier. Er war viel kleiner, als er auf Fotos und in Filmen wirkte. Für mich war er sehr dick und alt wie eine Mumie. Als ihn ein Sonnenstrahl traf, sah ich wie unter einer Lupe seinen Schädel voller brauner Altersflecken und das dünne, rötlich gefärbte Haar.
»Gehen wir«, sagte meine Mutter und zog mich fort. Wir besuchten dann eine Eisdiele, und sie kaufte mir so viele Kugeln, dass ich kaum ein Viertel davon geschafft habe. Ich weiß nicht, was in sie gefahren war.

Mario: Der Zug ohne Fahrplan

Jetzt kommt es mir so vor, als hätte früher alles mit der Eisenbahn zusammengehangen. Würde man alle wichtigen und weniger wichtigen Züge in unserem Leben aneinander reihen, käme eine parallele Geschichte Jugoslawiens heraus, nicht weniger bedeutend als die offizielle.
1. Das, was Jugoslawien zusammenhielt, waren weniger »Brüderlichkeit und Einigkeit« als die k. u. k. Eisenbahnstrecken und Bahnhöfe. Wenn ich so einen gelben Bahnhof mit Blumenkästen voller Geranien sehe, bin ich zu Tränen gerührt, und ich weiß, ich bin wieder zu Hause.
2. Der erste Zug in meinem Leben war das Kinderbuch Der Zug im Schnee *von Mato Lovrak. Mit dem Film* Der Zug ohne Fahrplan *von Veljko Bulajić beginnt die Geschichte der Jugomythologie und auch die der jugoslawischen Kinematographie. Das Thema des Films ist eine*

Zugfahrt, der Exodus einer Gruppe Menschen aus dem dalmatinischen Hinterland in die reiche und fruchtbare Baranja (oder war es die Bačka), die »Kornkammer Jugoslawiens«. Auf der Fahrt wechseln Episoden der Liebe, der Streitigkeiten, der ideologischen Widersprüche, ein Kind wird geboren, ein Mensch stirbt. Von da an mehren sich die Eisenbahnmotive im jugoslawischen Film bis hin zu jener rohen Liebesszene in einer schmutzigen Zugtoilette in Kusturicas Film Papa auf Dienstreise. *Mit Emir Kusturica endet übrigens der jugoslawische Film.*

3. Die Ikone der jugoslawischen fünfziger Jahre war der Bau von Eisenbahnlinien. Das war die Zeit des internationalen und nationalen Jugendaktivismus. Die Abschnitte Brčko–Banovići und Šamac–Sarajevo waren die bekanntesten Objekte der Jugendaktionen.

4. Als die Strecken gebaut waren, kam die fröhliche Zeit der Eisenbahnreisen. Mit dem Zug fuhren wir auf Schulausflüge, ans Meer, in die Kaserne. Auf den Waggons stand JDŽ, Jugoslawische Staatsbahn, in kyrillischen und lateinischen Buchstaben. In den Zügen hatten viele ihre erste Begegnung mit Fremdsprachen. Die Aufforderung »Nicht hinauslehnen« war auch in Deutsch, Französisch und Russisch in eine Messingplatte eingraviert. Über jedem Sitzplatz gab es das gerahmte Foto einer jugoslawischen Stadt. Die besten Butterbrote waren die, die wir im Zug auspackten, das köstlichste Brathähnchen wurde im Zug verspeist, die beste Erfindung der Epoche war die Thermosflasche, und die herrlichste, in das Gedächtnis von Millionen Jugoslawen eingeprägte Aussicht war die auf das Adriatische Meer, das nach langer Erwartung am Horizont blaute. Alle, die mit dem Zug ans Meer fuhren, spielten dasselbe Spiel: Wer als Erster das Meer erblickt

und »das Meeeeeer« ruft, bekommt fünf Dinar.
Oder so …
5. Die sechziger und siebziger Jahre sind gekennzeichnet durch die »Gastarbeiterzüge«, die Jugoslawen, Griechen und Türken in den Westen und zurück nach Hause transportierten, bis sich die Arbeitssklaven die ersten Autos anschafften. Das Gastarbeiterlied Meine Kleine, sei bereit, es hat mich übermannt – Schon seit Frankfurt halte ich ihn feste in der Hand *spricht von der Liebessehnsucht, die sich bei einem anonymen Jugo während seiner Bahnreise von Frankfurt nach irgendeinem Dorf in Herzegowina angestaut hat.*
6. Der Gipfel der jugoslawischen Konsumepoche war in den achtziger Jahren der Zug nach Triest. In diesem Zug reisten tonnenweise Schmuggelwaren, Jeans, Kaffee, Reis, Öl, T-Shirts, Unterwäsche, Schuhe, alles. Das Ende des jugoslawischen Massenshoppings in Triest fiel mit Titos Tod zusammen. Tito starb mit achtundachtzig Jahren, und das hatte im ganzen Land zahlreiche Aktionen zur Folge. Man pflanzte »achtundachtzig Rosen für den Genossen Tito«, »achtundachtzig Birken für den Genossen Tito« und Ähnliches. Fragt ein Zöllner einen Zigeuner, der mit dem Zug aus Triest zurückkommt: »Was hast du in den Taschen?« Und der Zigeuner wie aus der Pistole geschossen: »Achtundachtzig Jeans für den Genossen Tito!«
7. Der letzte jugoslawische Zug war der »Blaue Zug«, er transportierte auf der Strecke Ljubljana–Zagreb–Belgrad Titos Leichnam, der dann im Belgrader »Haus der Blumen« beigesetzt wurde. Entlang der Bahnlinie standen Hunderttausende, die dem »größten Sohn der jugoslawischen Völker und Nationalitäten« die letzte Ehre erwiesen.
8. Der Zerfall Jugoslawiens und danach der Krieg began-

nen an jenem historischen Tag, als die Krajina-Serben in Kroatien Baumstämme auf die Gleise der Strecke Zagreb–Split legten und damit den Zugverkehr für mehrere Jahre blockierten.

9. Die Linie Zagreb–Split wurde vor ein paar Jahren wiedereröffnet. Der Sonderzug namens »Zug der Freiheit« brauchte einen ganzen Tag von Zagreb nach Split. Die Kroaten konnten dieses Ereignis live im Fernsehen verfolgen. Die Fahrt mit dem »Zug der Freiheit« dauerte so lange, weil der Staatspräsident an jedem Bahnhof ausstieg und eine feierliche Rede hielt. Aber die Serben, die wir aus der Krajina vertrieben, brachen zu Fuß nach Serbien auf, im Auto, auf dem Traktor, in Bussen und Pferdewagen – Züge gab es für sie nicht.

10. Und schließlich hängt einer der treffendsten Beweise dafür, dass Serbisch und Kroatisch zwei verschiedene Sprachen sind, der Krieg also eine historische Notwendigkeit war, wieder mit dem Zug zusammen. Denn dieses ein und dasselbe Verkehrsmittel nennen die Kroaten »vlak« und die Serben »voz«.

Igor: Horror und Hortikultur

(Kommentar meines Kumpels Mikec, nachdem ich ihm das Buch Neuere Anthologie jugoslawischer Lyrik, *Zagreb 1966, zur Ansicht geliehen hatte.)*

Alle sind sie drin, Serben, Kroaten, Mazedonier, Slowenen, aber keine Bosnier und Montenegriner. Zwar ein paar Namen, aber keine eigene section. Dass die slowenischen und mazedonischen Dichter nicht ins Kroatische übersetzt sind, war meine größte discovery.

Okay. Ich scrolle mal. Ich denk, mal sehen, was meine Alten gelesen haben, als ich noch nicht auf der Welt war. Mit Taschenrechner in der Hand wie auf dem Markt, wenn's um die Eierpreise geht. Alles in allem gibt es in dem Buch 173 Dichter, davon 55 Serben, 62 Kroaten, 40 Slowenen und 16 Mazedonier. Okay. Cool. Dann zähle ich die Frauen. Bei den Serben hab ich eine gefunden, bei den Kroaten drei und bei den Slowenen zwei. Auf 167 Kerle nur 6 Weiber. Und von denen hatte eine solchen Schiss, dass sie sich ein männliches Pseudonym zulegte. Und was ich noch festgestellt habe: Unsere Dichter sind so verliebt in ihre eigenen Namen, dass sie immer gleich drei aneinander reihen wie die Partisanenhelden, nach denen die Schulen benannt waren. Du weißt nicht, wer Dichter und wer Held ist, alles geht durcheinander, Jure Franičević Pločar und Milenko Brković Crni. So einem kommt es gleich, wenn sein Name lang ist wie eine Hausmacherwurst, wahrscheinlich als Ausgleich für die entscheidenden Zentimeter, die ihm unten fehlen. Und noch was, unsere Dichter lieben es, einander ihre Verse zu widmen, sich gegenseitig zu beweihräuchern. No comment. Das spricht ja für sich.
Ich scrolle weiter. Riesenüberraschung: Etwa fünfzig Prozent der Gedichte handeln von der Heimat oder von der Mama. Also für unsere Freaks ist die Heimat ihre Mama. Und umgekehrt. Alle flennen um ihre Heimat und ihre Mama. So 'nen Scheiß kann man doch nicht lesen. Um die zehn Prozent der Texte befassen sich mit irgendeinem Horror, mit Friedhöfen, mit irgendeiner finsteren Kacke. Jeeee, diese zehn Prozent haben mich traumatisiert. Unsere Lyriker sind wie Totengräber, ständig verscharren sie jemanden oder buddeln ihn wieder aus. Lauter fucking Gruftis. So ist da einer, der erst sein Territorium absteckt

(Hier sind meine Toten ausgesät ...), *und dann fängt er an zu graben* (Ich rufe euch, meine Toten ...). *Du Arschloch, denk ich. Wo haben sie bloß diesen Freak aufgegabelt, vor dem würde sogar Steven King Angst kriegen. Kaum war ich wieder bei mir, da kommt schon der nächste Freak* (Ein Bild ohne Strick um den Hals zeigt der Spiegel des Schreckens an der Wand. Mein Blut, Blut, Blut schreit in diesem Kroatenland). *So ein Scheiß.*
Also scrolle ich weiter. Andere zehn Prozent fallen auf die, wie ich sie nenne, megalomanische Abteilung. Deren Vertreter schreien nur ständig Ich-ich-ich und unterhalten sich mit dem Weltall und den Sternen. Dahin gehört das Mensch, geh nicht klein unter den Sternen. *In diesen Gedichten kommen mir alle wie verkappte Übermenschen vor.*
Okay, fine. Ich scrolle weiter. Etwa zwanzig Prozent entfallen auf die Natur, ihre Schönheiten, verschiedene Niederschläge und Jahreszeiten. Unseren Typen ist die Flora wichtiger als die Fauna. Ein einziges Gedicht hab ich über die Tierwelt gefunden, über ein Kalb, aber das hab ich erst am Ende kapiert. Am Anfang dachte ich, es geht um eine Tussi, so sexy war das alles, bis der Vers über den Kuhfladen kam ... Was die Pflanzenwelt angeht, da gibt es viele Gedichte über Bäume, Espen, Weiden, Pappeln, Eichen und so. Die größte surprise für mich war, dass unsere Dichter Blumen lieben, Maiglöckchen, Stiefmütterchen, Rosen, Zyklamen, einer spricht sogar von blutigen Zyklamen. Das ist für mich nicht kompatibel, ich meine Horror und Hortikultur.
Bei wie viel waren wir? Neunzig Prozent? Okay. Dann habe ich nach Sex gesucht. Jeeeee! Da fällst du glatt ins Koma. Unsere Typen haben mit Weibern nichts am Hut,

das siehst du sofort, dafür brauchst du keinen Taschenrechner. Sie können über Weiber nur schreiben, wenn die im Grab liegen, im Ernst. Als könnten sie es kaum erwarten, dass die Dame krepiert, um einen traurigen Vers hinterherzuwerfen: Ich sah dich gestern. Träumend lagst du. Traurig. Tot. Die Totenhalle voller Blumenharmonie. Erhöht die Bahre, Kerzen in der Agonie ... *Das haben wir in der Schule gelernt, weißt du noch? Derselbe nekrophile Typ hat auch das geschrieben:* Ich weiß nicht, was du bist, Frau oder Hyäne ... *Da ist er mir wirklich auf den Keks gegangen. Wie lange will sich der noch fragen, was seine Tussi ist? Ein anderer Freak hat nur Sorgen, wo er seine Dame begraben soll* (Wo werde ich dich, o meine Liebe, jetzt, wo du verstorben bist, beisetzen ...). *Alles sehr nervig. Einer, der lange weg war, kommt heim und erfährt, dass seine Mieze abgekratzt ist* (Und als ich zu dir kam, kam ich zu einer Toten ...). *Und ich denk mir, besser wärst du nicht zurückgekommen. Und ein anderer, den kennst du, auch den haben wir in der Schule durchgenommen, sagt:* Noch könnte uns die Liebe geschehen, aber ich weiß nicht, ob ich sie ersehne oder nicht. *Da hab ich das Buch definitiv in die Ecke geschmissen. Du Trottel, dachte ich, dein Problem ist nicht, ob du willst oder nicht, sondern dass du nicht kannst. Lass mich in Frieden, deinen Scheiß kannst du jemand anderem verkaufen. Unsere Dichter sind alle krank, keiner ist gesund in diesen zweihundert Jahren Poesie oder wie lange das schon dauert. Und mir ist wirklich scheißegal, wie sie heißen, Zvonko, Miloš, Janez oder Cane, alle sind gleich, alle sind sie Scheißer und Arschlöcher. Und die heutigen sind auch nicht besser. Für diese conclusion brauchst du keinen Taschenrechner.*

Uroš: Ich wollte eine Nachtigall sein

In der zweiten Grundschulklasse gab die Lehrerin uns auf, etwas Schönes über Tito zu schreiben. Sie sagte, dass er im Krankenhaus sei, dass man ihm ein Bein amputiert habe und er sich über etwas Schönes freuen würde. Ich schrieb, ich möchte gerne eine Nachtigall sein, dann flöge ich jeden Morgen zum Ohr des Genossen Tito und weckte ihn mit meinem Zwitschern. Die Lehrerin lobte mich und verlas meinen Text vor allen. Später lachten mich meine Schulkameraden aus. Sie nannten mich »Nachti«. Das kam auch meiner Familie zu Ohren. Als sie erfuhren, was ich geschrieben hatte, lachten alle, besonders mein Alter. Kurz darauf starb Tito. Mein Alter weinte. Die ganze Familie guckte sich drei Tage lang im Fernsehen die Beisetzung in Belgrad an und weinte. Am meisten gefiel ihnen, dass viele Staatsmänner gekommen waren. »So viele Menschen, und alles bekannte Leute«, sagte meine Alte. Es machte ihnen Spaß, die fremden Namen falsch auszusprechen. Ich sagte ihnen, dass man Margaret Thatcher sagt und nicht Tratscher.

»Halt die Klappe, Nachti! Flieg lieber zum Kühlschrank und bring mir im Schnabel eine Flasche Bier«, sagte der Alte. Alle kugelten sich vor Lachen.

Jugoslawien war ein schreckliches Land. Dort logen alle, wie heute auch. Nur dass sich jetzt jede Lüge verfünffacht.

10.

... Ich sage wohl am besten gleich, daß mir die Nördlichen Niederlande immer Angst eingejagt haben, eine ANGST, die in Großbuchstaben geschrieben werden müßte, als handele es sich, wie in der frühen Lehre der Naturphilosophen, um eines der Grundelemente, so wie Wasser und Feuer, aus denen das irdische Leben entstanden ist. Zu diesen Großbuchstaben gehört das Gefühl, von einem schwarzen Schacht umgeben zu werden, aus dem man so leicht nicht entkommt.

Cees Nooteboom

Amsterdam ist eine der schönsten Städte der Welt. Diesen so oft gehörten Satz konnte ich unterschreiben, ohne mich seiner Banalität zu schämen. Dennoch fehlte etwas. Manchmal verfolgte mich ein fast körperliches Gefühl der Abwesenheit, dessen Ursache ich nicht kannte.

Auf meinen Stadtspaziergängen kam ich durch Zonen verschiedener übler Gerüche; den Uringestank löste der Schimmelgestank aus einem Treppenhaus ab; den Fäulnisgestank löste der Gestank von ranzigem Öl ab, der von den billigen Imbissbuden kam und sich im Haar festsetzte; dem menschlichen Schweißgeruch folgte der schwere und klebrige Geruch von Haschisch. Die ständig anwesende Körperlichkeit, von der ich umgeben war, hatte nichts Erregendes; sie hatte die gleiche Wirkung wie jener Sonderling, der auf dem Leidseplein nackt auf dem Seil seine Zirkuskunststücke vorführte.

Der nackte, verfallene menschliche Körper, der sich auf dem Seil wand, war ein groteskes Beispiel für diesen semantischen Widerspruch.

Viele Details verwirrten mich. Auf Schritt und Tritt entdeckte ich diese Doppeldeutigkeit, so als ginge zu viel mit zu wenig Hand in Hand. Überall dieser Mangel an Schönheit: die hässlichen öffentlichen Skulpturen, die eiserne Fliege auf dem Asphalt des Harlemerplein, die metallenen Eidechsen, die auf dem Leidseplein durchs Gras krochen, die winzigen Büsten, die in den Parks aus dem feuchten Rasen ragten ... Aber auch die Schönheit war allgegenwärtig: in Museen, Häusern, Grachten, Reflexen.

Außer dem ersten Satz hatte ich auch den anderen gehört, dass Amsterdam eine *Stadt nach menschlichem Maß* sei. In Wirklichkeit hatte Amsterdam Kindermaß. Die Auslagen mit den lebenden Puppen für Erwachsene im Rotlichtviertel, die Pornoshops, die aussahen wie Spielzeugläden, die *coffeeshops*, eingerichtet wie Kindergärten mit Plastikpilzen am Eingang, der Kinderjahrmarkt auf dem Dam ... Dieser ganze urbane Infantilismus, der dabei nichts Subversives oder Spöttisches an sich hatte, nur den einzigen Sinn, infantil zu sein, machte aus Amsterdam ein abgeschmacktes Disneyland für Erwachsene. Oft ertappte ich mich bei einem diffusen Schamgefühl, als würde ich schon durch einen Stadtbummel in ein pornographisches Spiel hineingezogen, das nur ich als solches erlebte.

Die berühmten gardinenlosen Fenster legten das Innere der Häuser frei. Die Interieurs legten die Abwesenheit des Privaten frei. Das heilige Recht auf Privatheit bestätigte sich paradoxerweise durch ihre Abwesenheit. Auch die kleinen Veranden vor den Hauseingängen, auf denen kaum ein Stuhl Platz fand, stellten Abwesenheit aus. An warmen Tagen saßen dort die Bewohner wie lebende Exponate und betrachteten andere lebende Exponate: die Passanten. Amsterdam war eine permanente Bühne – wie übrigens jede andere Stadt der Welt. Hier jedoch schien es, dass es jeder mit einem mechanischen Wiederholungsdrang darauf anlegte, auf dieser Bühne etwas aufzuführen, in seinem Fenster eine »künstlerische« Installation auszustellen, den eigenen Körper spazieren zu führen, auf einem Fahrrad in Form eines großen Holzschuhs zu paradieren. Das Disneyland für Erwachsene, das mich wie alle Touristen anfangs bezauberte, rief nach einiger Zeit bei mir Widerwillen hervor. Vielleicht hatte ich meine eigenen Albträume auf die Stadt projiziert und Bedeutungen hineingelesen, die es nicht gab. Dennoch blieb die Tatsache, dass ich Amsterdam und keine andere Stadt als Projektionsfläche erwählt hatte.

War Amsterdam eine Bühne, so hatte ich dort eine Doppelrolle. Ich war Zuschauerin und Ausführende, Betrachterin und Betrachtete. In der Stadt mit ihrem Überfluss an Wasser, Himmel und Fensterscheiben spiegelte sich alles übereinander und ineinander. Wenn ich vor den Fenstern der Häuser stehen blieb, die mit den ausgestellten Dingen den Passanten zwangsläufig zum Voyeur machten, konnte ich mein eigenes Abbild sehen. Es verschmolz mit dem Inneren des Hauses, mit dem Bild auf dem Fernsehschirm, mit dem Bewohner, der im Sessel saß und auf das Fernsehen starrte, mit dem Abbild anderer Passanten. Blieb ich vor einer Auslage im Rotlichtviertel stehen, schob sich mein Abbild wie ein Schatten über das Gesicht der Prostituierten. Alles spiegelte sich in allem, alles verschmolz mit allem. Die Reflexe der Häuser schwammen in den Grachten zusammen mit den Fenstern, in denen sich der Himmel spiegelte. Bei dem Gedanken an all die Spiegelungen wurde mir schwindlig.

An manchen Häusern waren kleine Außenspiegel befestigt. So konnten die Bewohner unbemerkt und ohne sich aus dem Fenster zu lehnen beobachten, wer an der Haustür klingelte. Auch mein Abbild erschien in diesen Spiegeln. Mir war, als könnte ich durch all die vielen Spiegel jeden Augenblick in eine Parallelwelt geraten. Der Gedanke erschreckte mich, dass ich dann auf der anderen Seite, drinnen, hinter einem Vorhang versteckt, mich selbst sähe, wie ich an der Haustür klingelte.

Einmal kam ich an einer Gruppe amerikanischer Touristen vorüber, die auf der Kalverstraat eine altmodische Drehorgel umstanden, und als ich das freudig wiederholte Wort *cute* hörte, was im Holländischen *leuk* heißt, dachte ich, dass im häufigen *leuk* vielleicht der Schlüssel zum Missverständnis lag. *Leuk* war eine Art Antiseptikum, ein Desinfektionsmittel, das alle Flecken beseitigte, alles glättete, alles auf die Reihe brachte und alles zuließ. Ganz in der Nähe meiner Wohnung war der Gay-Pub *Quinn's Head*, der in seinem Fenster zwei Dutzend Puppenjungen ausstellte, lauter Kens. Das Exponat war *leuk*. Wenn ich dort vorbeiging, fielen mir die Hunderte von »Barbies« ein – aus Moldawien, Bulgarien, Weißrussland, der Ukraine –, die die Menschenhändler in osteuropäischen Provinzen aufkauften. Ich dachte an das osteuropäische Frischfleisch, das eine lange Reise antrat und, sofern es nicht in obskuren serbischen und bosnischen Kleinstädten hängen blieb, um lokalen Polizisten und Mafiosi Sklavendienste zu leisten, schließlich hier landete. Ich dachte an diese neue Serie osteuropäischer »Barbies« und »Kens«, die es bis in dieses Disneyland geschafft hatten, um erwachsenen Jungs zum Vergnügen zu dienen, die ihre Schwänze in dieses Frischfleisch stießen. Aber alles war *leuk*. Und *leuk* ist wie die Kinderwelt jenseits von Gut und Böse, es ist weder moralisch noch amoralisch, es ist *take it or leave it*.

Eines frühen Morgens sah ich eine Szene, die sich tief in mein Gedächtnis einprägte. Die Straßen waren noch leer. Plötzlich wurde die porzellanene Morgenstille von Schreien zerschlagen. Eine Frau kam mir entgegen. Sie schwenkte die Arme, hob drohend die Fäuste. Ihrem Mund entströmten von Schluchzen unterbrochene Worte. Als sie mir nahe war, blitzte vor mir eine Maske auf, die wie in ihr Gesicht gewachsen war, eine Maske des Schmerzes. Ich sah keine Tränen, die Augen blickten stumpf, glanzlos, die Mundwinkel hingen herab. Als sie vorbeiging, bemerkte sie mich nicht, obwohl ich außer ihr das einzige lebende Wesen auf der Straße war. Die Frau setzte ihren Weg Fäuste schüttelnd fort. Es war, als stieße sie eine lange Reihe Beschimpfungen aus, als verläse sie ihr persönliches Beschwerdebuch. Obwohl ich nichts verstand, drangen mir ihre Schreie bis ins Mark.

Als ich eines Tages auf einer meiner rastlosen Bahnfahrten in Den Haag ausstieg, um Madurodam zu besichtigen, begriff ich, dass ich mitten in das Herz der Metapher geraten war, nach der ich die ganze Zeit gesucht hatte. Madurodam war ein perfektes Modell der Niederlande, ein holländisches Disneyland. Alles war da, Städte, Häuser, Kanäle, Windmühlen, Brücken. Und alles war »wie echt«: das Wasser floss, die Bonsaibäumchen gediehen, das Gras war grün, auf den Kanälen fuhren Schiffe, und die Brücken hoben sich, um ihnen den Weg freizugeben. Durch die Luft flogen Hubschrauber. Da waren auch Menschen, winzig kleine Bus- und Straßenbahnfahrer, Passagiere, Weichensteller, Lokführer, Piloten, Schaffner, Spaziergänger, Ärzte, Käufer, Touristen, Kinder, Greise, Erwachsene, Verkäufer, Landwirte, Feuerwehrleute. Da war auch Schiphol mit Landepisten, Flugzeugen, Kontrolltürmen, Terminals und Fluggästen. Auch das Parlament in Den Haag war da und die Kathedrale in Utrecht und der berühmte Käsemarkt von Alkmaar und das königliche Museum in Amsterdam und die Erasmus-Brücke in Rotterdam und der Bahnhof in Groningen und der Leuchtturm auf Ameland … Und auf einmal konnte ich mir dort auch eine Replik meiner selbst vorstellen. Ich sah mich auf einer Bank im Vondelpark sitzen oder ein fingernagelgroßes Bild im Rijksmuseum bewundern. Amsterdam–Madurodam. Madurodam–Amsterdam. Ich erkannte, dass ich im größten Puppenhaus der Welt lebte, weigerte mich jedoch, aus dem Fenster zu schauen. Denn das Einzige, was ich hätte sehen können, wäre die riesige Pupille im Riesenauge eines Kindes gewesen.

Dann wechselte ich die Perspektive, und Amsterdam war wieder »eine der schönsten Städte der Welt«, eine »Wüstenrose«. Ich stellte mir vor, wie die Wüstenwinde nach dem gleichgültigen Wüstensand schnappten, ihn mit den Zähnen zermahlten, mit ihren heißen Zungen polierten und schließlich die steinerne Blume ausspien. An Regentagen, wenn sich der Himmel bis auf die Dächer senkte, hatte die steinerne Rose eine schmutzige Leichenfarbe. Aber wenn sich der Himmel hob, stand die Rose im vollen Licht und erstrahlte in einem Glanz, der mir den Atem nahm.

Meistens passte ich meinen Pulsschlag dem der Stadt an und lebte einfach. Ich kaufte Fisch, Obst, Gemüse auf dem Markt, probierte Käsesorten. Ich ging ins Kino, saß in irgendeinem Café und beobachtete die Passanten. Ich besuchte Ausstellungen und Museen. Das Leben schien ungezwungen, »normal«.

Ich wohnte im Herzen Amsterdams, das, wie mir manchmal schien, nicht mit Blut gefüllt war, sondern mit Zuckerwatte. Vielleicht war mein Blick entstellt und mein Herz zerbrochen? Vielleicht war der Instinkt des Überlebens der Magnet, der mein gesprungenes Herz zusammen und mich in der Überzeugung hielt, dass alles »normal« war?

11.

Wir kleinen Pioniere
sind ein richtiges Heer.
Wir sprießen wie Grashalme
täglich mehr und mehr.

Obwohl ich dachte, wir hätten Zeit im Überfluss, war das erste Semester im Handumdrehen vorbei. Sein Ende fiel auf meinen Geburtstag, also schlug ich den Studenten vor, beides irgendwo zu feiern. In der Tasche hatte ich den Flugschein nach Zagreb, wo ich eine Woche bleiben wollte, um dann zurückzukommen und das zweite Semester vorzubereiten.

Die Jungs entschieden sich für einen alten holländischen Pub in der Nähe des Hauptbahnhofs. Einer von ihnen kannte den Wirt. Das Lokal war halb leer. An der Theke saßen drei oder vier Stammgäste, Alkoholiker aus der Nachbarschaft.

»Wir sind allein. Der Pub gehört uns«, sagte Darko.

Meliha kam mit einer Schachtel voll echter bosnischer Dattelplätzchen, die ihre Mutter gebacken hatte. Igor, Nevena und Selim schenkten mir Sachen, die sie aus dem »Ministerium« mitgenommen hatten: Igor zwei Paar Handschellen, versteckt in einem Strauß gelber Rosen, Selim ein ledernes Stachelhalsband und Nevena eine in lila Papier gewickelte und mit einem roten Bändchen geschmückte Peitsche.

»Alles Gute zum Geburtstag, *drugarica* Makarenko. Jetzt haben Sie auch die nötigen Requisiten«, sagte Igor und küsste mir die Hand. Ich fragte mich, unter welcher Staubschicht er Makarenko ausgegraben hatte, an dessen *Pädagogisches Poem* sich nicht einmal die Russen mehr erinnerten.

Johanneke hatte in einem bosnischen Laden in Rotterdam mazedonischen Ajvar, Waffelschnitten von »Jadro« und ein Päckchen »Minas«-Kaffee gekauft und alles in eine Schachtel gepackt, auf deren einer Seite »Jugonostalgische erste Hilfe« und auf der anderen »Yugo-nostalgic Help Kit« stand. Ante brachte ein Gläschen mit Rosmarin. Ana schenkte mir eine Fotokopie der ersten jugoslawischen Nachkriegsfibel von 1948. Ich fragte mich, welche Mühe es gekostet hatte, die Fotokopie nach Amsterdam zu schaffen.

Es kamen Mario, Boban, Darko und Uroš. Kurz zeigte sich sogar Amra, die junge Frau mit Baby, die meinen Unterricht fast nie besucht hatte. Einen Blick in den Pub warf auch Zole, der wegen der Aufenthaltserlaubnis angegeben hatte, bei einem holländischen schwulen Partner zu wohnen. Selbst Laki kam, den ich total vergessen hatte.

Ante hatte sein Akkordeon dabei. Die Biergläser leerten und füllten sich gefährlich schnell. Ante beherrschte wirklich alles: alte Partisanenlieder, Romanzen, bosnische Liebeslieder, serbische Reigen, Lieder aus Medjimurje, dalmatinische, mazedonische, ungarische Volkslieder, Zigeunerlieder, slowenische Polkas … Wir ließen nichts aus. Jedem fiel ein anderes Lied ein. Vers reihte sich an Vers, Refrain an Refrain. Wir stürmten durch die Geschichte der jugoslawischen Unterhaltungsmusik und ihrer jährlichen Festivals in Opatija. Sie kannten alles. Auch Djordje Balašević, dessen Songs alle Ex-Jugoslawen in bitter-süße Schwermut versetzten, und die »Klassiker« des jugoslawischen Rock kamen an die Reihe. In den Pausen versuchten wir, uns an die Worte des Pioniergelöbnisses und der jugoslawischen Hymne zu erinnern, die meine Schüler in schnellem Rap vortrugen. Wir zählten die Sänger der neu komponierten Musik und die Stars des Turbo-Folk auf. Wir durcheilten die Geschichte des jugoslawischen Fernsehens und seiner Kindersendungen. Wir erinnerten uns an die ersten amerikanischen Serien »Payton Place«, »Dallas« und »Denver-Clan« und schließlich an das tschechische »Krankenhaus am Rande der Stadt«. Wir erzählten alte Witze über Montenegriner, Dalmatiner, Mazedonier, Slowenen, Bosnier und ahmten die Redeweise der Kosovo-Albaner nach. Es war ein richtiges Feuerwerk an Zitaten aus dem jugoslawischen Alltag, eins reihte sich ans andere, eins übertrumpfte das andere. In einem Augenblick glaubte ich, unsere rot-weiß-blau gestreifte Plastiktasche würde mitsamt dem frisch gelegten Fundament unseres imaginären jugoslawischen Alltags platzen.

Auch der Krieg wurde nicht ausgespart.

»Entschuldigen Sie, *drugarica*, aber ich scheiß auf eine Sprache, in der es heißt ›mein Kind schläft wie abgeschlachtet‹. In allen anderen Sprachen schlafen die Kinder ›wie Engelchen‹ ...«

»Darum ist auch der Krieg ausgebrochen ...«

»Wie meinen Sie das?«

»Einer, dessen Kind wie abgeschlachtet schläft, greift schnell zum Messer!«

Meine Schüler wussten nicht, dass ich gerade diesen Satz häufig von jugoslawischen Emigranten gehört hatte. Viele trugen ihn bei sich, und mit der Zeit wurde er zum Hauptgrund für die Flucht. (*Warum haben Sie das Land verlassen? Weil man in meinem Volk von einem Kind, das anderswo ›wie ein Engelchen‹ schläft, sagt, dass es ›schläft wie abgeschlachtet‹.*)

In dieser Sekunde taten sie mir Leid, ich empfand Mitgefühl, ich liebte sie alle, alles an ihnen gefiel mir: wie sie aussahen, was sie sagten und wie sie es sagten. Sie waren *meine* Schüler. Ich ließ meinen Blick über ihre Gesichter gleiten, entwickelte in Gedanken ein Polaroidfoto, merkte mir Details: Selims ungewöhnlich feine, lange Finger und seine unruhigen, wie Vögel umherflatternden Hände; Melihas Gesicht mit dem breiten Lächeln; die tiefe Falte zwischen Anas Augenbrauen; Uroš' unruhige, halb gesenkte Lider mit weißlichen Wimpern; die Art, wie Nevena langsam den Kopf senkte und den Blick hob, und das wie einen Tick ständig wiederholte ... Nur ich war nicht auf diesem imaginären Polaroidfoto. Dort, wo ich am Tisch sitzen sollte, zeichneten sich leere Konturen ab.

Die Gruppentemperatur stieg hoch wie Bierschaum. Es schien, als hätten wir den Verstand verloren und wüssten nicht mehr, wo wir uns befanden: auf einem Pioniertreffen, in einem Scoutlager oder auf einem Schulausflug ... Und dann – lag es am vielen Bier, an der Müdigkeit oder der allgemeinen Rührung – begann Meliha zu weinen. Wir alle zerdrückten eine Träne, uns allen schnürte es die Kehle zu. Mich streifte der Gedanke, dass das Glas geleert war und die süße kollektive Rührung in der nächsten Sekunde in etwas anderes umschlagen könnte.

Und so geschah es auch. Uroš, der offenbar mehr getrunken hatte als die anderen, stand auf und rief:

»Ruhe! Ich will etwas sagen!«

Er war blass, schwankte und rang nach Luft.

Es ist geschehen und wahr,
daß an einem Tag in einem Land
auf dem bergigen Balkan
eine Schülerschar
den Märtyrertod fand.

Alle geboren im selben Jahr,
in der Schule die gleiche Freude und Plage,
zu den gleichen Festlichkeiten geführt,
zugleich gegen Krankheiten immunisiert,
und alle starben
am selben Tage …

Uroš rezitierte. Ante spielte dazu leise die Melodie eines Partisanenlieds.

Noch fünfzig Minuten,
bevor sie starben,
saßen die Schüler
in ihren Bänken,
mußten Aufgaben lösen, denken:
Wie weit kommt ein Wanderer mit Begleiter,
wenn er in fünf Stunden … er soll …
und so weiter.

Es war eine peinliche Szene. Das Poem *Blutige Mär* von Desanka Maksimović kannten in Ex-Jugoslawien ganze Schülergenerationen auswendig. Der Text stand in allen Lehrbüchern, in allen Anthologien, wurde unzählige Male rezitiert bei feierlichen Anlässen, auf Schulveranstaltungen und -feiern. Er schilderte eine wahre Begebenheit. Die Deutschen hatten 1941 in Kragujevac eine ganze Schulklasse erschossen. Das Gedicht hatte sich jedoch vom übermäßigen Gebrauch abgenutzt und war allmählich zu seiner eigenen Parodie geworden. Man konnte es einfach nicht mehr hören. Während Uroš die Verse stammelte, erinnerte ich mich an Fernsehaufnahmen der neunzigjährigen Dichterin mit ihrem breitkrempigen Hut. Sie saß lächelnd wie ein groteskes Maskottchen auf einem Ehrenplatz und lauschte nickend wie ein mechanischer Hund einer martialischen Rede von Slobodan Milošević.

Gestopft voll die Taschen
mit gleichen Träumen
von Heimatliebe und von Freunden,
wie man als Schüler träumt im Geheimen.
Und jeder glaubte,
er hätte vor sich,
noch endlos vor sich
ein weites Feld,
um endlich zu lösen
alle Aufgaben der Welt.

Der Weg des harmlosen Gedichts hatte bei einem wahren Ereignis, dem realen Tod der Schüler, im Krieg begonnen. Das Ereignis war danach in das Gedicht eingegangen und das Gedicht in die Schullektüre. Mehr als fünfzig Jahre später hatte sich der poetische Protest gegen den Krieg in sein Gegenteil verkehrt. Das Lächeln der Dichterin, das dem Volksführer galt, war eine symbolische Unterstützung des Krieges und all dessen, was mit ihm kam. Und jetzt in einer Amsterdamer Kneipe flossen diese Verse aus dem Mund eines jungen Flüchtlings wie hässlicher Geifer. Alles war peinlich und falsch. Uroš hatte sein Ziel jämmerlich verfehlt. Wir hörten ihm wortlos zu, nicht weil uns die Verse oder ihre Interpretation erschüttert hatten, sondern Uroš selbst. Uroš hatte die uns umgebende Schutzhülle zerstört, und der warme Dampf der kollektiven Nostalgie war entwichen. Die Magie des Augenblicks hatte sich in Unbehagen verwandelt.

Ganze Reihen von Jungen
machten ruhig sich bereit,
faßten sich bei den Händen
nach dem letzten Unterricht
und liefen zum Erschießen,
als berührte der Tod sie nicht.

Nach dem letzten Vers sackte Uroš auf seinen Stuhl. Niemand sagte ein Wort. Nur Ante spielte leise auf dem Akkordeon. Dann zog Uroš einen Fünfundzwanzigguldenschein aus der Tasche und klebte sie Ante auf die Stirn. Das Akkordeon verstummte. Uroš schlug heftig mit der Faust auf das Glas vor sich, das zersplitterte, und sein Kopf fiel auf die Tischplatte.

Als er den Kopf hob, liefen dünne Blutrinnsale über sein Gesicht. Ich hörte einen Schrei von Nevena, Ana oder Meliha … Ich sah, wie Mario und Igor herbeisprangen, Uroš hochhoben und zur Toilette brachten. Ich erstarrte. Ich fühlte mich wie in Watte verpackt. Ich hörte, was am Tisch gesprochen wurde, aber der Klang kam aus einer weiten Ferne.

»Mit unseren Leuten landest du immer in der Scheiße.«

»Weil wir nicht normal sind. Wir sind krank, Mensch …«

Die Jungs kamen bald wieder. Uroš wirkte etwas gefasster. Er hatte ein Pflaster auf der Stirn und die Hand mit einem Schal umwickelt. Igor und Mario hatten auf der Toilette seine Wunden gesäubert und das Pflaster vom Wirt erbeten. Darko bot sich an, Uroš nach Hause zu bringen.

»Entschuldigen Sie …, falls ich etwas …«, sagte Uroš im Weggehen.

Der Klang kam jetzt aus unmittelbarer Nähe. Ich antwortete nicht. Wusste nicht, was ich ihm sagen sollte.

»He, *drugarica*, ist alles okay? Sie sind weiß wie die Wand«, sagte Igor besorgt.

Ich nickte und bat um ein Glas Wasser. Der Kellner kam, und wir bezahlten die Zeche. Ich packte meine Geschenke in eine Tüte. Schweigend verließen wir den Pub.

Draußen empfing uns dichter Nebel, man sah kaum die Hand vor Augen.

»He, Leute, ich komm mir vor wie in einem Carpenter-Film«, hörte man Marios Stimme aus dem Nebel.

»Machen Sie sich keine Sorgen um Uroš«, tröstete mich Meliha. »Eine balkanische Sause kann nur balkanisch enden.«

»Es ist schon in Ordnung. Wir sehen uns in zwei Wochen«, stammelte ich.

»Fahren Sie über die Feiertage nach Zagreb?«, fragte Nevena.

»Ja.«

»Wann?«

»Morgen.«

»Gute Reise! Und bringen Sie uns ›Bajaderen‹ mit«, sagte sie und küsste mich auf die Wange.

Nach und nach verschwanden meine Studenten im Nebel. Schließlich blieben nur Igor und ich übrig. Igor bot sich an, mich nach Hause zu begleiten, wofür ich ihm dankbar war. Er nahm mir die Tüte mit den Geschenken ab. Ich hakte mich bei ihm ein und lehnte mich an ihn. Noch immer fühlte ich mich schwach.

Der Nebel war dicht wie Zuckerwatte. Ich fühlte mich allmählich besser. Amsterdam sah aus wie ein Kindermärchen. »Zu dieser Stadt passt der Nebel, nicht wahr?«, flüsterte Igor.

»Warum flüstern Sie?«

»Wohl wegen des Nebels«, sagte er verlegen.

Ich sah ihn an. Seine Verlegenheit rührte mich. Der Nebel war erregend wie das Kinderspiel vom Verschwinden, du-siehst-mich-du-siehst-mich-nicht, anziehend und erschreckend zugleich wie das russische Märchen von der Tarnkappe …

»Was ist, was sehn Sie mich so an?«, fragte er schroff.

»Was sind Sie für ein Kind …!«

»Das Kind sind Sie! Wetten, dass Sie nicht wissen, wo Sie sich befinden?«

»Helfen Sie mir auf die Sprünge …«

»In Macondo.«

»Wieso auf einmal in Macondo?«

»Sie wissen doch, wie dort alle plötzlich aufhörten zu schlafen und in völliges Vergessen fielen. Und wie sie auf alles Etiketten kleben mussten, um zu wissen, wie die Dinge heißen, und dann Hinweise, um zu wissen, wozu die Dinge dienen. Und wie Arcadio Buendía die Erinnerungsmaschine erfand …«

Es war, als stünde alles um uns still. Die scharfen Kanten verschwanden, alles war weich, Geräusche, Stimmen, Lichter, alles zog sich zurück und hielt den Atem an. Wir gingen durch den Zuckerwattenebel. Alles war unwirklich.

»Ich erinnere mich nicht«, sagte ich.

»Und wer hat sie am Ende gerettet?«

»Keine Ahnung.«

»Der Zigeuner Melquiades, der von den Toten auferstand und ihnen Zuckerwasser in kleinen Flaschen brachte.«

»Coca-Cola?«

Aus dem Nebel starrte mich ein Wesen mit dunklen, glänzenden, leicht schrägen Augen an, mit vollen Lippen und einem wie eine Sehne gespannten Körper. Es schien zu zittern …

Wie aus dem Dunkel einer vergessenen Vergangenheit blitzte ein Bild auf. Ich sah mich, wie ich Igors feuchten Mantel aufknöpfte, den Kopf an seine Brust legte, mich auf die Zehenspitzen hob, ihn in die Oberlippe biss, mit der Zungenspitze über den glatten Schmelz seiner Zähne fuhr …

»Gute Nacht«, brachte ich hervor und schlüpfte ins Haus.

Zweiter Teil

1.

Ich komm zum Flughafen, hatte sie gesagt. Nicht nötig, ich nehm ein Taxi, hatte ich geantwortet. Dennoch spürte ich einen leichten Stich der Enttäuschung, als ich in der Ankunftshalle ihr Gesicht nicht entdeckte. Ein fremdes Land ist dort, wo uns bei der Ankunft niemand erwartet, dachte ich. Meine so kindliche Verwundbarkeit überraschte mich. Ich hatte es nicht geschafft, den Schutzpanzer anzulegen, der Stich kam zu schnell und unerwartet.

Ich hatte mir »Emigrantengefühle« verboten. Die Beschwerdeliste kannte ich auswendig. *Dort fragt keiner, wie es uns geht, die reden nur über sich* (Mario). Wobei »wir« diejenigen waren, die gegangen, und »die« diejenigen, die geblieben waren. Sie lebten »dort« und wir »hier«. *Die wissen alles besser! Wenn ich was sagen will, schneiden sie mir gleich das Wort ab. Wieso müssen sie über alles eine eigene Meinung haben* (Darko)? *Die kennen Amsterdam besser als ich, obwohl sie nie hier waren* (Ante)! *Ständig jammern sie, wie schlecht es ihnen geht, und reden mir Gewissensbisse ein, weil ich weggegangen bin* (Ana). *Wenn ich dort bin, komm ich mir vor wie auf der eigenen Beerdigung* (Nevena). *Und ich komm mir vor wie ein Punchingball, alles tut weh* (Boban)! *Ich hab mich immer gefühlt wie Väterchen Frost. So viele Geschenke habe ich hingeschleppt. Aber das war ein gutes Gefühl, das mir jetzt fehlt*

(Johanneke). *Keine Ahnung. Ich war nicht dort und will auch nicht hin* (Selim). *Ich habe Angst vor der Konfrontation* (Meliha).

Mutters Wohnungstür stand halb offen. Mich rührte ihre Besorgnis, sie hatte auf glühenden Kohlen gesessen, Angst gehabt, die Klingel nicht zu hören oder den Schlüssel nicht zu finden und, wenn doch, vor Aufregung das Schloss zu verfehlen.

Sie warf sich mir in die Arme wie ein Kind (*Gott, bist du abgemagert. Als kämst du aus Bangladesch und nicht aus einem Land, das die ganze Welt mit seinen Tomaten versorgt, die übrigens scheußlich schmecken*). Gleich musste ich mich an den Küchentisch setzen, und sie schwatzte übers Essen, fragte, ob ich dies oder jenes möchte …

Sie kam mir kleiner und dünner vor als bei der letzten Begegnung, im Gesicht waren neue Falten aufgetaucht, und ihr Haar war schütter geworden. Dieses Detail, das graue Haar, unter dem die Kopfhaut hervorschimmerte, rief bei mir schmerzliche Zärtlichkeit hervor. Mein Gott, wie alt sie geworden war …

Mutter hatte die natürliche Gabe, alle zu ihren »Laufburschen« zu machen: mich, ihre Männer und Freunde, ohne dass sich je einer von uns beklagte. Immer war ich der kleine, schweigsame Page an ihrem Hof, so jedenfalls kam ich mir vor. Sie überschüttete mich mit zärtlichen Namen – ich war ihr Äpfelchen, Möhrchen, Fröschlein, Fischlein –, hatte aber nie viel Zeit für mich. Sie behielt mich im Blick, das war alles. Sie machte mehr den Eindruck, sie kümmere sich um mich, als dass sie es wirklich tat. Oft gab sie mich in die Obhut anderer: von Studentinnen, nicht berufstätigen Nachbarinnen, »Tanten« im Kindergarten. In der Grundschule musste ich häufig geduldig darauf warten, dass sie mich abholte. Einmal »vergaß« sie mich im Krankenhaus, wo sie mich nach einem harmlosen Eingriff in Empfang nehmen sollte. Ich erinnere mich, dass ich die ganze Nacht vollständig angezogen auf dem Bett saß und fast starb vor Angst, sie nie wieder zu sehen. Sie kam am nächsten Morgen. Sie ließ nicht zu, dass ich aus solchen Kleinigkeiten »ein Drama machte«, und mit der Zeit gewöhnte ich mich daran, lernte, ohne sie auszukommen. Ich war »Mamas selbstständiges Fröschlein«. Sie arbeitete fleißig und gewissenhaft, hatte Ökonomie studiert und es bis zur Bankdirektorin gebracht. Sie wechselte im Laufe der Jahre mehrere feste Freunde und zwei Ehemänner. Ich behielt den Status von »Mamas Musterschülerin« und ihrem »einzigen Goldkind«.

Jetzt hörte ich zu, wie sie mit übertriebener Anteilnahme von Nachbarn erzählte, die sie vorher nie interessiert hatten; von Verwandten, die sie nie erwähnt hatte; von Menschen, die ich nicht kannte. Dieser lange Bericht war wohl ihre Art, Leere zu füllen, die Tatsache zu vertuschen, dass immer weniger Menschen um sie waren, ihre Todesangst zu vertreiben, der Konfrontation mit mir auszuweichen, meiner Ankunft, die ohnehin nur die Ankündigung einer neuen Abreise war, mit Worten die Schärfe zu nehmen, Risse zu stopfen, die seit der letzten Begegnung verflossene Zeit auszulöschen, die »Dinge in Ordnung zu bringen« …

»Herr Šarić vom ersten Stock ist gestorben …«

»Woran?«

»Am Hirnschlag.«

»Das tut mir Leid …«

»Und den Božičević vom siebenten Stock ist der Sohn umgekommen.«

»Wie denn das?«

»Ein Verkehrsunfall. Du wirst sehen, Frau Božičević ist um zwanzig Jahre gealtert. Sie ist über Nacht grau geworden … Aber ich rede hier nur von traurigen Dingen … Es gibt noch eine Neuigkeit«, sagte sie.

Sie testete mich, sie wollte sehen, wie viel Mitgefühl sich in meinem Gesicht abzeichnete. Zeigte ich genug oder bekam sie Gelegenheit, mich der Gleichgültigkeit zu beschuldigen (*Dich haben unsere Nachbarn nie interessiert,* als ob sie sich da immer engagiert hätte). Ihre Empfindlichkeit kam mit dem Alter, früher hatte sie über jede übertriebene Gefühlsäußerung gespottet.

Sie stand auf, verschwand kurz und kam mit einem Notizblock zurück. Mit dem Eifer eines Kindes, das sein neues Spielzeug vorführen will, zeigte sie mir ihr »Tagebuch«. Es war bis zur Hälfte mit Daten und Zahlen gefüllt.

»Was ist das?«

»Mein Zuckertagebuch.«

»Dein was?«

»Ich habe Zucker und messe ihn jeden Tag.«

»Hoch?«

»Ziemlich. Ich spritze Insulin.«

»Warum?«

»Die Ärztin hat gesagt, ich solle gleich mit Insulin in kleinen Mengen anfangen, sonst könne es zu spät sein.«

Sie sprach über ihren Alterszucker so intim, so kompetent und so besorgt, als ginge es um ein geliebtes Haustier. Mit dem Daumen zeigte sie mir die Daten und erläuterte detailliert, wann und warum der Zucker angestiegen und wann der Zuckerspiegel zufrieden stellend war.

»Ich zeig's dir, wie ich ihn messe«, sagte sie und fügte hastig hinzu: »Wie lange bleibst du?«

»Eine Woche.«

»Du wirst viel zu erledigen haben«, sagte sie und presste die Lippen zusammen.

»Was zum Beispiel?«

»Du musst deinen Personalausweis umtauschen. Sie haben neue eingeführt. Man muss dort furchtbar lange warten. Ich bin fast in Ohnmacht gefallen. Auch müsstest du zum Anwalt gehen wegen eurer Wohnung und außerdem deinen Gesundheitspass umtauschen. Die sind auch neu. Ständig wird etwas verändert«, schwatzte sie.

Sie war voller unerklärlicher Angst, dachte ich, und hatte offensichtlich gelernt, sie mit Worten zu vertuschen.

Als sie eine Schublade der Vitrine öffnete, um mir zu zeigen, wie die neuen Ausweise aussahen, bemerkte ich, dass sie dort noch immer das Foto von mir und Goran in Berlin aufbewahrte.

»Du solltest bei Gorans Eltern vorbeischauen. Marko geht es nicht gut«, sagte sie, als sie meinen Blick auffing.

Wir räumten den Tisch ab und spülten das Geschirr. Ich packte meine Sachen und die Geschenke für sie aus, einen warmen Hausmantel und Pantoffeln. Als sie den Hausmantel in den Schrank hängte, zeigte sie mir, was sie an Kleidung inzwischen gekauft hatte.

»Ich habe mir viel Neues angeschafft ... Das hier habe ich nur einmal getragen, an meinem Geburtstag. Als ob ich noch groß ausginge«, seufzte sie.

Später sahen wir uns zusammen eine brasilianische Telenovela an, deren Inhalt sie mir vergeblich zu erläutern versuchte. Auch das war mit dem Krieg gekommen, das stundenlange Fernsehen, das übersteigerte Interesse an den Hauptheldinnen Marisol, Kassandra oder wie auch immer sie hießen. Mutter hatte drei Fernsehgeräte, eins im Schlafzimmer, eins im Wohnzimmer und das dritte im so genannten Gästezimmer. Die

Fernsehhysterie, die Flucht in die Welt der billigen Seifenopern, die allgemeine Verzauberung, die hartnäckige Weigerung, der Wirklichkeit ins Auge zu blicken – das alles war eine Strategie der Selbstverteidigung. Die Wirklichkeit schlich sich in die Wohnungen nur über die Untertitel ein, die knapper waren als Marisols und Kassandras Dialoge, so wenig Raum wurde ihr gegeben. Die Soaps waren der Schaum, mit dem man die Angst löschte, man sah sie zweimal täglich, meist in Gesellschaft: Mutter, die Nachbarin Vanda und Frau Buden. Mit der Zeit wurden sie von der brasilianischen Droge abhängig.

Mutter, die Vertraulichkeiten mit Nachbarinnen nie hatte ausstehen können, sprach jetzt ständig von ihnen. An der Art, wie sie sie nannte, konnte ich erraten, wo sie auf Mutters Gefühlsskala standen. Wenn sie Frau oder Herr sagte (*Frau Frančetić vom fünften Stock sagt, dass die Amerikaner die Firma INA gekauft haben*), stand sie mit ihnen in guten Beziehungen. Sagte sie »Nachbarin« (*Die Nachbarin Vanda kann es kaum erwarten, dich zu sehen*), handelte es sich um eine vertraute Person. Wenn sie nur den Familiennamen benutzte (*Marković vom dritten Stock ist in letzter Zeit ständig betrunken*), hielt sie nicht viel von dem Betreffenden. Allmählich hatte sie sich aus Leuten um sie herum eine Familie geschaffen (*Sie sind, wie sie sind. In meinem Alter darf man nicht mehr wählerisch sein. Wenn mir etwas geschieht, werden sie mir beistehen. Du bist ja so weit weg …*). Das war ein schwerer Vorwurf: ihre Eltern habe sie vor langer Zeit verloren, ihren Bruder vor zehn Jahren, ihren Mann kurz vor dem Krieg, und ich sei möglichst weit von ihr fortgezogen.

Sie tat, als habe sie über nichts mehr eine eigene Meinung. Sie, die früher zu allem einen Standpunkt vertrat, mehr noch, nichts darauf gab, dass auch andere einen haben könnten, berief sich jetzt ständig auf andere (*Frau Ferić sagt, dass Amsterdam kleiner ist als Zagreb*). Sie verstellte sich natürlich. Sie saß in ihrem unsichtbaren Rollstuhl und forderte von den Leuten Respekt vor ihrer »Invalidität«. Dafür gab sie ihnen in allem Recht.

»Um fünf kommt Vanda. Du könntest duschen und dich umziehen«, sagte sie.

Gehorsam ging ich ins Bad, duschte und wechselte die Kleidung.

Wir tranken mit Vanda Kaffee. Mutter erklärte ihr lebhaft, wie es mir in Amsterdam erging.

»Tanjica sagt, Amsterdam ist eine der schönsten Städte der Welt. Ich habe neulich einen Dokumentarfilm gesehen … Es ist viel schöner als Venedig«, erklärte sie.

Tanjica sagt dies, Tanjica sagt das … Das war ihre Art, Vanda etwas zur Kenntnis zu geben und dabei auch mir eine Botschaft zu übermitteln. Als Vanda gegangen war, strich ich ein wenig durch die Wohnung. Ich lobte das neue Schränkchen im Bad und bemängelte, dass dort ein gelber Fleck an der Decke war. Sie erregte sich: Das sei von den Ivićs durchgelaufen, aber die hätten es nicht besonders eilig, das in Ordnung zu bringen. So seien die Menschen, sie richten dir einen Schaden an und wollen es dann nicht gewesen sein. Ich mach das, sagte ich. Sie errötete fast vor Freude, nahm mein Versprechen wie eine Liebeserklärung auf. Ich würde mich um alles kümmern, ich würde für sie Sorge tragen (*Gott sei Dank ist meine Tanjica gekommen und hat alles in Ordnung gebracht … Danke, Nachbarin, nicht nötig, meine Tanjica macht das schon*).

Wir sahen uns die Fernsehnachrichten an. Sie instruierte mich, erklärte mir, wer wer und was was war: der neue Moderator des neuen Quiz, die neue Sprecherin, die neue Serie …

»Du weißt nichts! Als wärst du hundert Jahre weg gewesen und nicht bloß ein paar Monate«, sagte sie. Das war kein Vorwurf, das war eine Aufforderung, das Gespräch fortzusetzen. Sie hatte Recht. Ich wusste nichts mehr. Das Leben auf dem Bildschirm schien wirklich neu.

»Ich weiß nicht, was ich tun soll«, seufzte sie auf einmal. »Alles ist sehr teuer geworden. Meine Rente ist nicht so klein, trotzdem frage ich mich, wie das Leben weitergehen soll. Vielleicht muss ich unser Ferienhaus verkaufen«, sagte sie.

»Verkauf es«, sagte ich.

»Und das wäre dir egal?«, sagte sie.

Wieder testete sie mich.

»Das nicht, aber verkauf es, wenn du es für nötig hältst«, sagte ich.

»Es ist doch auch dein Haus!«

»Nein, es ist dein Haus«, sagte ich.

»Diesen Sommer hat es wieder leer gestanden. Ich dachte, du würdest mit Goran zurückkommen, dann hättet ihr etwas Eigenes am Meer gehabt, und wir alle hätten dort Ferien machen können. Aber so hat es keinen Sinn. Schade, dass das Haus leer steht.«

Sie spann ihre Geschichte weiter. Goran und ich hatten ohnehin selten dort Ferien gemacht. Es war ihre Projektion eines Familienidylls. Sie verbrachte in diesem Haus die Sommer mit ihrem Mann, bis ihr Mann kurz vor dem Krieg ebendort einen Infarkt bekam. Seitdem war sie selten dort gewesen. Das Haus auf der Insel Cres stand wirklich leer.

Wir schwatzten noch ein bisschen über das Fernsehprogramm, über die hohen Preise, und dann ging Mutter, müde geworden, zu Bett. Sie schlief sofort ein wie ein Kind. Ich schaltete den Fernseher aus, löschte das Licht und begab mich in mein »Gästezimmer«.

Ich legte mir Mutters wollene Stola um und trat auf den Balkon. Lange starrte ich in die Dunkelheit. Ich dachte daran, dass ich in ihrer Wohnung kaum vorhanden war. Fotos, ein paar alte Kleider, das war alles. Der Gedanke tat mir nicht weh. Ich fragte mich, warum denn mehr von mir da sein sollte. Auch als ich mit ihr zusammenwohnte, füllte sie den ganzen Raum. Ich war immer irgendwo in der Ecke.

In ihrer Wohnung existierte ich in versteinerten Fragmenten. Und die wählte sie aus. Sie war die Herrscherin auf ihrem Gebiet, arrangierte und rearrangierte die Dinge, als wäre das Leben eine Fotosammlung in der Vitrine. Deshalb hatte sie auch das Foto von mir und Goran aufbewahrt. Sie hatte beschlossen, unsere Verbindung aufrechtzuerhalten, sie war die Regisseurin ihrer häuslichen Seifenoper. Unsere Trennung erkannte sie nicht an, sie passte nicht in ihr Konzept.

Ja, ich war »nach Hause« gekommen. Ich kaute den Gedanken an »Zuhause« wie einen alten Kaugummi, aus dem ich den letzten Rest Geschmack heraussaugen wollte. »Zuhause« war nicht mehr »Zuhause«. Geblieben war Mutter. Goran war nicht mehr da, viele Freunde waren in der Welt verstreut, die verbliebenen waren keine Freunde mehr. Das war von selbst gekommen, ohne dass ich oder sie es gewollt hätten.

Ich starrte auf die dunklen Gebäude, die das unsere wie ihr Spiegelbild anschauten. Dieses Versinken in die Finsternis tat mir wohl, ich versuchte, an nichts zu denken. Dann schlüpfte ich ins Bett mit Mutters Stola. Ich umklammerte sie wie ein Plüschtier, und so schlief ich ein.

2.

Seit ich weg bin, meine Seel, gerät bei mir alles durcheinander, ich weiß nicht mehr, wie spät es ist, sagte Meliha. Das Leben meiner Schüler war aufgeteilt in das *vor dem Krieg* und das *nach dem Krieg*. Während sie die Zeit *vor dem Krieg* leicht rekonstruieren konnten, herrschte in der Zeit *nach dem Krieg* das Chaos. Wobei die Zeit *nach dem Krieg* den Krieg selbst einschloss. Die einfachsten Fragen konnten sie in Verlegenheit bringen.

»Sie meinen, wann ich das *Land* verlassen habe?«

So sagten sie, möglichst neutral, das *Land*.

»Ja.«

»Aber ich bin nicht gleich hierher gekommen ...«

Zuerst war dies oder jenes geschehen, zuerst war der Betreffende da und dort gewesen und dann *hier* gelandet, in den Niederlanden. In den Geschichten über die Vertreibung gab es keine Daten. Mit Daten gingen sie leichter im Holländischen um, denn die holländischen Beamten stellten ihnen immer dieselben Fragen. *Wann sind Sie zum ersten Mal in die Niederlande gekommen?* Und obwohl sie gelernt hatten, wie aus der Pistole geschossen zu antworten, machten sie sich den wahren Inhalt ihrer Antworten nicht zu Eigen. Die Zeit *nach dem Krieg* war wie eine mythische Zeit, in der es unwichtig war, ob hundert, zweihundert oder dreihundert Jahre vergangen waren. In dieser kurzen Zeit *nach dem Krieg* war zu viel geschehen. Unter dieser Last waren ihre mentalen Uhren zerbrochen. Alles war zerbrochen, zerfallen, zerteilt. Ort und Zeit waren geteilt in *vorher* und *nachher*. Ihr Leben war geteilt in dies *hier* und jenes *dort*. Auf einmal waren sie ohne Zeugen, Eltern, Verwandte, Freunde, Bekannte, nahe stehende Menschen, mit denen wir die Daten unseres Lebens immer wieder rekapitulieren. Aber ohne verlässliche Mittler zwischen uns und unserer Vergangenheit hängt das Erlebnis der Zeit und der Wirklichkeit allein von uns ab.

Als ich eintrat, spürte ich, dass sie die Uhrzeiger angehalten hatten. Sie hatten sich eingekapselt, um den Gedanken an den Tod zu verdrängen. Doch der Tod war schon da. Er war ihr unsichtbarer Untermieter, die Luft in der Wohnung roch nach Tod.

Papa empfing mich im Schlafanzug und einem abgetragenen Morgenmantel. Aus dem Schlitz der Schlafanzughose hing ein Schlauch, er trug einen Katheter mit sich herum. Dieser Mangel an Selbstkontrolle schockierte mich, ich erkannte ihn nicht wieder: mager, unrasiert, gelbgesichtig, mit dunklen Ringen unter den Augen. Mama war in besserer Form. Sie trug ein ordentliches Kleid und hatte sich die Lippen geschminkt. Mich rührte ihr Bestreben, mir zu zeigen, dass die Dinge noch immer unter Kontrolle waren.

Ich nannte sie Papa und Mama. Olga und Marko waren Lehrer. Goran hatten sie spät bekommen. Papa hatte die pädagogische Hochschule kurz vor Beginn des Zweiten Weltkriegs abgeschlossen und war zu den Partisanen gegangen. Nach dem Krieg bekleidete er eine hohe Position im kroatischen Volksbildungsministerium. Im Jahr achtundvierzig sagte er wie so viele andere etwas Unbedachtes und landete im Lager auf der Insel Goli Otok. Dort blieb er drei Jahre. Nach der Entlassung bot man ihm die Stelle eines Grundschullehrers in einem kleinen Ort im Gorski Kotar an. Als Goran zur Universität ging, schafften sie es, durch Wohnungstausch nach Zagreb überzusiedeln.

Papa war ein zurückhaltender und wortkarger Mann. Die Schweigsamkeit war eine Gewohnheit aus dem Lager. Goli Otok war lange ein Tabuthema, bis in den siebziger Jahren für kurze Zeit darüber öffentlich gesprochen wurde. So hatte Papa sein ganzes Leben lang geschwiegen. Er konnte seinem Gesprächspartner aufmerksam zuhören und stellte immer die richtigen Fragen. Goran liebte er unaufdringlich, irgendwie nebenbei, als überließe er Mama die Sache. Ich glaube, dass er auf seine Art auch mich mochte.

Jetzt ließ er keinen zu Wort kommen. Er redete ohne Pause. Stellte Fragen und beantwortete sie selbst.

»Ich höre, dass du Schüler hast? Ich habe versucht auszurechnen, wie viele es bei mir in dreißig Jahren Lehrtätigkeit waren. Und dann wollten wir Olgas Schüler dazuaddieren. Wir haben gerechnet und gerechnet und sind zu keinem Ergebnis gekommen. Ich sage zu Olga, wozu ist unser Sohn Mathematiker, schreib ihm, soll er doch die Zahl unserer Schüler errechnen …«

»Lass doch jetzt die Schüler … Tanja, du kannst mir in der Küche helfen«, rief Mama und zog mich mit sich.

»Du siehst ja selbst. Ich brauche dir nichts zu sagen«, flüsterte sie.

Ich schwieg.

»Er redet ohne Unterlass. Ich höre schon gar nicht mehr zu.«

»Warum hat er den Katheter?«

»Frag lieber nicht, da ist nichts mehr zu machen«, sagte sie und fuhr fort: »Nimm bitte die Keksschachtel aus der Speisekammer.«

Ich öffnete die Tür des Schranks, den sie »Speisekammer« nannte. Auf der Innenseite war das Titelbild eines Magazins ungeschickt mit Tesafilm befestigt. Es war ein Foto von Tito in Marschalluniform. Ich glaubte, Papa und Mama hassten Tito, obwohl sie es nie laut äußerten. Papa hatte vier Jahre bei den Partisanen für ein neues Jugoslawien gekämpft und wenige Jahre später unschuldig im Lager geschmachtet. Jetzt schmachtete sein »Exekutor« zwischen bescheidenen Vorräten an Reis, Mehl, Zwiebeln und Kartoffeln wie in einem häuslichen Schrein. Papa und Mama hatten ihn rehabilitiert. In der Speisekammer. Die Zeit mit Tito war offenbar besser als die heutige, nur dass sie das nicht laut zu sagen wagten, so wie sie zu Titos Zeiten vieles nicht sagen durften …

»Wann hat diese Logorrhö begonnen?«, fragte ich, während ich aus der »Speisekammer« eine runde Blechdose mit der Aufschrift »Danish Cookies« nahm.

»Ich weiß nicht. Wohl so nach und nach … Bis es so offensichtlich wurde, dass selbst ich es bemerken musste. Wenn ich nicht im Zimmer bin, redet er mit den Wänden. Er redet ständig. Es ist nicht mehr wichtig, ob ihm jemand zuhört. Ich halte es nicht mehr aus, glaub mir. All das habe ich tausendmal gehört. Selbst wenn er schläft, scheint mir, dass er etwas murmelt. Ich kann es kaum erwarten, dass all das aufhört«, sagte sie und biss sich auf die Lippe.

»Und Goran? Weiß er Bescheid? Und wie geht es ihm?«

»Wenn du willst, kannst du seine Briefe lesen«, bot sie mir an.

»Lieber nicht …«

Mama verschwand kurz und kam mit einem Foto wieder.

»Ich sollte dir das nicht zeigen … Aber es ist wohl besser, wenn du es weißt …«

Sie reichte mir das Foto. Es zeigte Goran und eine Japanerin.

»Sie ist schön …«

»Sie heißt Hito«, sagte sie erleichtert. »Ich und Papa nennen sie im Scherz Tito. Sie sieht sympathisch aus, nicht?«

Ich warf noch einen Blick auf das Bild und fühlte den leisen Stachel der Eifersucht.

Sie seufzte.

»Das Leben geht weiter, Tanja, was will man machen … Für uns Alte ist es egal, wir haben alles hinter uns. Aber wenigstens ihr Kinder solltet es besser haben … Ich höre von deiner Mama, dass du es gut getroffen hast.«

»So einigermaßen.«

»Du warst immer eine Musterschülerin.«

Eigentlich wollte sie etwas anderes sagen, dass sie »auf meiner Seite« stehe, wusste aber nicht, wie sie es ausdrücken sollte.

»Goran war traurig, als du nicht mit ihm gehen wolltest.«

»Ich weiß.«

»Zum Glück heilt die Zeit alle Wunden.«

In der Küchentür erschien Papa.

»Ihr tuschelt hier herum und lasst mich allein. Wo hast du das her, dass die Zeit alle Wunden heilt? Jede Dummheit plapperst du nach wie ein Papagei. Die Zeit heilt keine Wunden, sondern schlägt welche …«

Wir gingen ins Wohnzimmer. Tranken Kaffee. Mama öffnete die Keksdose. Sie enthielt Teekringel einstiger jugoslawischer Produktion. Ich knabberte einen an. Er war so alt, dass er nach nichts mehr schmeckte.

Papa hörte nicht auf zu reden. Mama wedelte ab und zu mit der Hand, als verjage sie Fliegen. Dann stand sie auf und schaltete den Fernseher ein. Papa murrte, dass sie ihm nie zuhöre und sich immer nur das dumme Fernsehen anschaue. Mama dämpfte den Ton. Sie sah sich eine amerikanische Seifenoper mit Untertiteln an. Der Ton war überflüssig.

Ich blickte mich in ihrem Wohnzimmer um. Mir schien, dass alles kleiner geworden war, wie auch die beiden. Zusammen mit ihnen war alles alt, grau, schäbig geworden, einschließlich des verstaubten Gummibaums in der Ecke.

Papas Worte überschwemmten den Raum. Er rechnete ab, stritt mit jemandem, murrte, protestierte. Die Worte kamen mit dem Alter, mit dem Katheter, mit der Unfähigkeit, seine Blase zu kontrollieren. Die Worte waren fast etwas Körperliches. Er war sich gar nicht bewusst, dass sie ständig aus ihm flossen.

Ich weiß nicht, wie viel Zeit verging. Dann stand ich auf, als erwachte ich aus einem Schlaf.

»Ich muss gehen, meine Mutter wartet mit dem Abendessen«, sagte ich.

Sie versuchten nicht, mich aufzuhalten.

»So leben wir eben, Tanja«, sagte Mama wie zur Entschuldigung.

»Hör doch auf, wir leben hervorragend, verglichen mit Menschen anderswo. Wäre nicht geschehen, was geschehen ist, würden wir besser leben als die Amerikaner«, knurrte Papa und zog schwer atmend drei Mappen unter dem Fernsehtisch hervor. Sie waren im DIN-A4-Format, mit Büroklammern zusammengeheftet.

»Hier, nimm. Lies das, dann wirst du sehen … Ein paar Kritzeleien von mir …«, sagte er.

Zum Abschied küsste ich die beiden. Papa kam mir verwirrt vor. Auf seinem Gesicht erschien ein Lächeln, das er vergeblich beizubehalten versuchte. Er schürzte den Mund wie ein Kind, das von allen verlassen wurde und nur mühsam das Gefühl der Kränkung unterdrückt. Er hatte denselben Gesichtsausdruck wie vermutlich ich bei der Ankunft auf dem Flughafen.

3.

Ich sah zu, wie sie sich in die Fingerkuppe stach, mit einer winzigen Pipette einen Tropfen Blut absaugte, es mit zitternder Hand in einen kleinen Apparat entleerte, gespannt auf die Zahlen im Display wartete und sie dann sorgfältig in ihr »Zuckertagebuch« eintrug. Datum, Uhrzeit, soundso viel Zucker. Ich sah zu, wie sie besorgt auf die Armbanduhr blickte, dann den Kühlschrank öffnete, die Lebensmittel fürs Frühstück herausnahm, den Tisch deckte, zwei Teller, zwei Tassen, zwei Löffel, zwei Servietten …

»Mach dir selbst Kaffee, ich trinke wegen des Zuckers keinen mehr.«

Ich verrührte Nescafé in kalter Milch.

»Mach dir die Milch warm. Willst du nichts essen?«

»Ich kann nicht …«

»Aber ich muss. Immer pünktlich. So ist das mit dem Zucker«, seufzte sie.

Sie knetete und zerkrümelte das Brot zwischen den Fingern, wie das Kinder tun. Auch das war eine ihrer neuen Angewohnheiten.

»Die ganze Zeit beobachtest du mich und uns alle, als wären wir Versuchskaninchen«, sagte sie in einem neuen Ton.

»Das ist nicht wahr«, sagte ich.

Sie nahm ein Stückchen Brot und rollte es hastig zu einer

Kugel. Es schnürte mir die Kehle zu. Gleich fange ich an zu weinen, dachte ich. Und sie auch.

»Als hätten wir dir was angetan! Als wäre ich schuld daran, dass Goran dich verlassen hat. Und dass alles so gekommen ist.«

Ich darf ihr nicht auf den Leim gehen, sagte ich mir immer wieder. Um keinen Preis ...

»Nach dem Frühstück muss ich packen und ein Taxi rufen«, sagte ich so ruhig wie möglich.

Sie wurde streitsüchtig.

»Die Holländer haben dieselbe Zeit wie wir?«

»Das weißt du doch.«

»Dort ist es jetzt auch halb neun?«, insistierte sie hartnäckig.

»Ja. Sie sagen auch halb neun, nur auf Holländisch.«

»Ich weiß nicht, warum, ich dachte, sie seien eine Stunde zurück«, sagte sie.

»Nein. Wir haben dieselbe Zeit.«

»Ich weiß nicht ...«, seufzte sie. »Irgendwie gefällt es mir nicht, dass du dort bist«, sagte sie mit Betonung auf dem *dort*.

»Warum?«

»Diese Kanäle stinken doch sicher?«

»Nein.«

»Das ist abgestandenes Wasser, es muss stinken.«

»Seltsamerweise stinkt es nicht.«

»Ich könnte dort nicht leben, auch nicht für Geld.«

»Warum?«

»Weil es ständig regnet und in den Kanälen Ratten schwimmen.«

»Wo hast du das her?«

»Aus dem Fernsehen«, log sie.

»Ich habe keine einzige gesehen.«

»Du siehst sowieso nichts. Du gehst durch die Welt wie ein blindes Huhn …«

Es drückte mir das Herz ab. Jetzt vor dem Aufbruch wollte sie mir einen Stich versetzen. Ich war dabei, sie zu verlassen, und sie wollte mich bestrafen. Früher hatten mich solche Gespräche zum Weinen gebracht, aber mit der Zeit hatte ich gelernt, mich zu schützen.

»Ich geh packen«, sagte ich, stand auf und ging zum Zimmer.

Sie folgte mir.

»Möchtest du etwas mitnehmen?«

»Was denn?«

»Was weiß ich … Vielleicht selbst gemachtes Pflaumenmus?«

»Woher hast du selbst gemachtes Pflaumenmus?«

»Von Frau Buden. Ich darf es wegen des Zuckers ohnehin nicht essen.«

»Na gut«, sagte ich versöhnlich.

Sie brachte das Glas in einer Plastiktüte.

»Steck es hier zwischen die Kleider, damit es nicht kaputtgeht … Mein Gott, du kannst immer noch nicht packen«, sagte sie und ordnete den Inhalt der Reisetasche.

»Möchtest du noch etwas von deinen alten Sachen?«

»Nein«, sagte ich, zog den Reißverschluss zu und sah auf die Uhr. Bis zum Start des Flugzeugs war noch reichlich Zeit.

»Gib die Sachen jemandem. Der Nachbarin Vanda«, fügte ich hinzu (*Wenn ich dorthin gehe, komme ich mir vor wie beim eigenen Begräbnis,* hatte Nevena gesagt).

Sie überhörte das absichtlich. Ich rührte mir noch einen Kaffee an.

»Ständig trinkst du diesen kalten Nes. Ich könnte dir die Milch warm machen.«

»Ich mag es so.«

»Du warst schon immer eigensinnig … Warum rufst du kein Taxi?«

»Wir haben noch Zeit.«

»Ruf an! Die brauchen lange, bis sie kommen …«

»Wir haben noch Zeit …«

Sie sah mich an und senkte dann den Blick. Wir versuchten krampfhaft, auf harmloseres Terrain zu gelangen.

»Ich könnte dir den Blutdruck messen. Das machst du doch nie«, schlug sie vor.

»Ja, gut«, sagte ich. Der Schlag war so heftig, dass ich kaum Luft bekam (*Ich fühl mich wie ein Punchingball, alles tut mir weh*, hatte Boban gesagt).

Sie brachte ein Plastiktäschchen mit dem Blutdruckmessgerät. Langsam schob sie die Manschette auf ihren linken Arm, zog sie fest und drückte mit der anderen Hand auf eine Taste. Sie lauschte auf das Summen des Apparats und verfolgte die Zahlen auf dem kleinen Display …

»Dein Blutdruck ist normal«, sagte sie mit einer abwesenden Heiterkeit und löste die Manschette von ihrem Arm.

Sie hob den Blick. Als sie meinen traf, zuckte sie zusammen.

»Ich habe es erst bei mir getestet, um zu sehen, ob es funktioniert«, sagte sie hastig, wie ein Kind, das man bei einer Lüge ertappt hat. »Gib deinen Arm.«

Ich streckte ihn aus. Sie streifte mir die Manschette über und zog sie fest. Den Apparat hielt sie im Schoß mit beiden Händen. Sie drückte auf die Taste. Auf dem Display erschienen drei Achten und verschwanden. Sie drückte auf Start. Wir verstummten. Mein Arm schwoll an. Wir lauschten dem Summen des Apparats und verfolgten mit dem Blick das Steigen und Sinken der kleinen Zahlen im Display, bis sie anhielten.

Ich verspürte plötzlich den Wunsch, für immer in dieser Lage zu verharren.

»Alles normal. Kein Grund zur Sorge«, sagte sie und nahm mir die Manschette ab.

Das war unsere Umarmung, unser Abschiedskuss. Der kleine Blutdruckmesser war der sichtbare Ersatz für die unsichtbare Nabelschnur. Unser Blutdruck war normal. Unsere Herzen schlugen regelmäßig. In diesem Augenblick hatten wir einander alles gesagt.

Ich rief ein Taxi. Es kam sofort. Sie begleitete mich bis zum Aufzug. Ich küsste sie auf die Wange.

»*Loveyouuu!*«, rief sie mir plötzlich nach, in einem Ton, den sie aus amerikanischen Fernsehfilmen hatte. Ich war verblüfft. Nie zuvor hatte sie diese Worte gebraucht, ich erinnere mich nicht, dass sie je das einfache *ich hab dich lieb* gesagt hätte. Dieses singende amerikanische *love youuuuu*, das sie mit rauer Stimme aussprach – wobei sie in diese Worte alles legte, was sie mir sagen wollte, aber nicht konnte oder wollte –, war der letzte Tiefschlag. Ich implodierte.

Durch das schmale Aufzugfenster sah ich wie durch eine Tauchermaske, dass sie ihre Hand ans Gesicht hob. Es schien, als wischte sie eine Träne weg. Ich drückte auf den Knopf. Ihre Pantoffeln glitten nach oben.

Loveyouuu – glaubte ich im gleichen Singsang zu erwidern. Aber statt der Worte kam aus meinem Mund etwas wie ein Wimmern.

4.

Im Duty-free-Shop kaufte ich »Bajaderen« und einige Schachteln »Kraš«-Pralinen im Design des neuen kroatischen Passes. Diese »süßen kroatischen Reisedokumente« mit dem kroatischen Staatswappen auf dem Deckel waren wie ein Pass zu öffnen.

Als das Flugzeug abhob, verspürte ich eine undefinierbare Erleichterung. Ich blätterte abwesend im Croatia-Airlines-Magazin, ließ meinen Blick über die angepriesenen Flugziele gleiten, las flüchtig über istrische Trüffel, über die Naturschönheiten Korčulas, über den Ruhm des Pianisten Ivo Pogorelić, die Tenniserfolge Goran Ivaniševićs.

In den sieben Tagen hatte ich nichts erledigt. Meinen Personalausweis hatte ich nicht umgetauscht. Den Rechtsanwalt nicht angerufen. Das mit der Wohnung war ohnehin aussichtslos, solche Fälle gab es zu Tausenden. Die Sachen, die dort geblieben waren, konnte ich leicht verschmerzen. Nur den Büchern, meinen und denen von Goran, trauerte ich nach. Aber selbst wenn der jetzige Mieter sie herausrückte, wüsste ich nicht, wohin damit.

Die Nachbarn, die über meiner Mutter wohnten, versprachen, einen Handwerker zu finden, der den hässlichen gelben Fleck an der Badezimmerdecke entfernen würde. Ich ließ meiner Mutter etwas Geld für solche dringenden Angelegenheiten und besorgte ihr einen neuen Wasserhahn.

In den sieben Tagen sah ich mit meiner Mutter sieben Folgen einer brasilianischen Telenovela und lernte, die Personen der vielköpfigen Familie auseinander zu halten. Einer der drei Fernseher in Mutters Wohnung lief immer schon vom frühen Morgen an.

»So fühle ich mich nicht allein«, rechtfertigte sie sich.

»Du könntest etwas lesen.«

»Kann ich nicht ... Meine Augen tun mir weh.«

»Hol dir eine neue Brille.«

»Hab ich schon, es nützt nichts! Es ist, als hätte ich Sand in den Augen.«

Ich hatte niemanden angerufen. Wen sollte ich auch. Mein Blick schweifte über die Namen in meinem alten Telefonverzeichnis. In den sieben Tagen griff ich nur einmal zum Telefon, wählte die Nummer einer alten Freundin, legte aber, ohne ihre Stimme abzuwarten, erleichtert wieder auf.

Ich dachte darüber nach, wie Mutter ihr Territorium verteidigt. Am wichtigsten ist ihr, dass der Fleck an der Badezimmerdecke verschwindet, dass die Wasserhähne nicht tropfen, dass die Gardinen sauber gewaschen sind, dass das Leben in geordneten Bahnen verläuft. Sie ist eine Kämpfernatur und hat ihren Feind gefunden, den »Zucker«. Anderen verwehrt sie den Zutritt zu ihrem Territorium. Schwach geworden, würde sie ohnehin den Kampf mit ihnen verlieren. Sie steckt ihre Koordinaten ab und ist auf ihrem Gebiet die absolute Herrscherin.

In der Vitrine in ihrem Wohnzimmer steht ein Foto von Goran und mir. Mutters Sammlung unterscheidet sich nicht wesentlich von denen der Emigranten. Deren zur Schau gestellte Souvenirs drücken nicht Nostalgie nach dem früheren Leben, Sehnsucht nach der »Heimat« aus. Im Gegenteil: Sie bekunden das Fehlen jeder Sehnsucht. All jene Lebkuchenherzen und Bildchen, Aschenbecher in Form von Opanken, montenegrinische, likanische, dalmatinische Miniaturkappen, Handstickereien und Spitzen, mit Leder bezogene Flachmänner und Adriamuscheln sind winzige Denkmäler auf kleinen Hausfriedhöfen, die besagen: Die Akte des Lebens ist geschlossen, die Wahl getroffen, der Verlust verschmerzt.

Ich war nicht sicher, ob ich meinen Verlust verschmerzt hatte. Fest stand nur, dass ich in den sieben Tagen ein permanentes Unwohlsein verspürte, nicht bei meiner Mutter, sondern draußen, auf der Straße. Ich ging durch Zagreb mit der unsichtbaren Ohrfeige im Gesicht und dem schrägen Blick. Vorsichtig schlich ich an den Häusern entlang. Alles kam mir grau und baufällig vor, mal wie etwas *Eigenes*, mal wie etwas *Fremdes*, mal wie etwas *Gewesenes.*

Ich verheimlichte meiner Mutter, dass ich mich beim Versuch, meinen Personalausweis umzutauschen, verirrt hatte. Das zuständige Amt hatte ich nicht gefunden, obwohl ich mehr als einmal in dem Gebäude gewesen war, den Stadtteil gut kannte und nie Probleme mit dem Ortssinn hatte. Die Passanten, die ich fragte, schickten mich nach links und nach rechts, aber ich fand das Amt nicht und drehte mich zwischen nur zwei, drei Straßen hilflos im Kreis. Als die Panik sich meiner völlig bemächtigte, begann ich zu heulen. Das Flüchtlingstrauma, diese Angst des Kindes, das die Mutter aus den Augen verloren hat, brach dort aus, wo ich nicht damit gerechnet hatte: »zu Hause«. Entsetzt stellte ich fest, dass ich mich in einer Gegend verirrt hatte, die ich wie meine Westentasche kannte.

Das erzählte ich einem Herrn neben mir im Flugzeug. Er war Zagreber, vielleicht ein wenig älter als ich, von Beruf Architekt. Einundneunzig hatte er Zagreb verlassen. Jetzt flog er über Amsterdam nach Amerika, wo er bei einer Firma arbeitete.

»Ich dachte, ich sei verrückt geworden …«

»Kein Wunder, dass Sie sich verirrt haben, man hat die Straßen umbenannt«, sagte er.

»Aber die Straßen sind dieselben geblieben!«

»Wenn sie andere Namen haben, sind sie nicht mehr dieselben«, sagte er.

»Unglaublich, dass mir so etwas passiert …«

»Ein kleiner Black-out. Zu viele Dinge haben sich in kurzer Zeit verändert«, tröstete er mich.

»Wie konnte ich mich nur in meiner Stadt verirren!?«

»Es ist eben nicht mehr Ihre Stadt.«

»Sie wird immer meine Stadt bleiben«, sagte ich trotzig, obwohl ich wusste, wie unsinnig das war.

»Nächstes Mal machen Sie sich die Mühe, die neuen Namen zu lernen, und alles wird gut. Je schneller Sie die alten vergessen, umso besser.«

»Glauben Sie, dass das so einfach ist?«

»Nein. Ich sehe nur, dass Sie sich plagen. Auch ich habe mich lange geplagt, aber dann hörte es von selbst auf. Denn wir – ich, Sie, viele andere – sind die Dummen. Aber wir sind unbedeutend, eine zu vernachlässigende Gruppe. Oder haben Sie etwa jetzt zu Hause festgestellt, dass die Menschen sich über all das, was passiert ist, übermäßig aufregen?«

»Ich weiß es nicht.«

»Einundneunzig spürte man eine Erleichterung in der Luft. Für viele war das Leben im ehemaligen Jugoslawien ein anstrengender Kampf gewesen. Ständig mussten sie sich für etwas einsetzen: für eine bessere Zukunft, für diese oder jene Reform; ständig die Nachbarn ausspionieren, ob deren Hühner vielleicht mehr Eier legten als die eigenen. Als Jugoslawien auseinander fiel, entspannte man sich. Die Menschen durften in der Nase bohren, sich am Hintern kratzen, die Füße auf den

Tisch legen, ihre eigene Musik hören, ausschließlich ihr Fernsehprogramm sehen. Die Kroaten verjagten die Serben, die Serben verjagten die Kroaten und erschlugen die Albaner, und die armen Bosnier bezogen die meisten Prügel, sowohl von den Serben als auch von den Kroaten. Jetzt haben alle ihre Kriminellen, die ihnen auf der Nase herumtanzen, und dennoch meinen sie, so sei es besser. Es sind schließlich die eigenen Kriminellen, und niemand zwingt ihnen mehr unerfüllbare Standards auf. Eigentlich müssten sich alle bei diesem Milošević bedanken. Er allein hatte den Mumm, Jugoslawien zu zerschlagen. Er hat das getan, was alle insgeheim wünschten.«

»Und das ganze Unglück? Wer kommt dafür auf?«

»Was geht Sie das an? Werden Sie dafür bezahlt, solche Fragen zu stellen? Wetten, dass in einem Jahr sich keiner mehr an Vukovar oder Sarajevo erinnert? Auch die Einwohner dieser Städte nicht. Es lohnt nicht, sich aufzuregen.«

»Ich rege mich aber auf.«

»Haben Sie mal Emigranten getroffen, die nach dem Zweiten Weltkrieg abgehauen waren oder die sich später, einundsiebzig, abgesetzt hatten?«

»Nein.«

»Ich schon. Ich hatte so einen Onkel in Amerika. Mir kamen diese politischen Emigranten vor, als wären sie aus dem Grab gekrochen, immerzu laberten sie irgendein langweiliges Zeug, das mit unserem Leben nichts zu tun hatte. Sie hatten eine andere Wahrnehmung der Zeit. Wenn man weggeht, wechselt man nicht nur den Ort, sondern auch die Zeit, die innere Uhr. Im Moment läuft die Zeit in Zagreb viel schneller als Ihre innere Uhr. Sie sind in Ihren Zeitwindungen stecken geblieben. Für Sie war der Krieg erst gestern, stimmt's?«

»Dummes Zeug! Natürlich war er gestern! Und er ist auch heute noch nicht zu Ende!«, brauste ich auf.

»Aber nicht für die Menschen, die daheim geblieben sind! Für die ist, was Sie für ›Gestern‹ halten, ferne Vergangenheit. Wissen Sie noch, wie die kroatischen Emigranten Anfang der neunziger Jahre aus Kanada, Australien, Westeuropa, Südamerika nach Kroatien strömten? Entsinnen Sie sich all jener zornigen Kroaten – Halbkriminelle, Legionäre, gedungene Mörder, Versager –, die von Tudjmans Schalmeien angelockt worden waren?«

»Sie sahen aus, als wären sie einem provinziellen Heimatmuseum entsprungen.«

»Genau. Wahrscheinlich kommen auch wir in ein paar Jahren den Daheimgebliebenen so vor. Deshalb müssen wir schleunigst alles vergessen.«

»Und wer soll dann die Erinnerung bewahren?«

»Wozu haben die Menschen denn die symbolischen Surrogate erfunden? Damit jemand an ihrer statt leidet und sich erinnert.«

»So schlimm wird es doch nicht sein …«

»Unsere Ansichten interessieren niemanden, nicht einmal die Zahlen sprechen für uns. Was wir für die große Sintflut halten, ist für die anderen ein kleiner Zwischenfall. Hunderttausende von Toten, eine oder zwei Millionen Vertriebene, all das Niedergebrannte, Zerstörte, Geplünderte – alles nur Peanuts. Bei Flutkatastrophen in Indien gehen mehr Menschen hops!«

»Sie sind verrückt.«

»Die Menschen sind nicht fürs Unglück geschaffen. Sie sind unfähig, sich mit großen Katastrophen zu identifizieren, sich länger mit einem Unglück zu befassen, selbst wenn es das eigene ist. Deshalb haben sie die Institution des Surrogats erfunden.«

»Ich verstehe wirklich nicht, wovon Sie reden!«

»Für die meisten Menschen ist der Tod von Elvis Presley schlimmer als die Zerstörung der Bibliothek in Sarajevo oder die Ermordung der Moslems in Srebrenica. Ich versichere Ihnen, das Unglück ist lästig.«

»Furchtbar.«

»Wenn ich Ihnen jetzt was vorjammerte, würden Sie mich schnellstens loswerden wollen.«

»Mag sein.«

In dem Augenblick wurde die Landung angekündigt.

»Na sehen Sie, Sie haben Glück«, sagte der Mann und lachte herzlich.

Am wohlsten fühle ich mich im Holländischen, hatte Nevena gesagt, als ginge es um einen Schlafsack und nicht um eine Sprache.

»Am wohlsten fühle ich mich in der Luft«, sagte ich. Der Mann neben mir überhörte das, als hätte ich eine unpassende Bemerkung gemacht.

Die Luft war kristallklar, der Himmel blau, die Sonne strahlte. Der Boden unter uns, aufgeteilt in schmale, regelmäßige schneebedeckte Flächen, mutete wie dünnes jüdisches Matzenbrot an. Holland sah aus wie Malewitschs *Weißes Quadrat* in Zehntausenden billigen Kopien. Mir fiel ein, dass in meinem Kopf kein Bild Zagrebs hängen geblieben war. Ich versuchte, Bilder zu beschwören, aber nur wenige kamen, seltsamerweise in Schwarzweiß. Mein Unterbewusstsein hatte, wer weiß, warum, die Dateien umsortiert und Zagreb in die Zeit vor dem Farbfilm verschoben.

»Sagen Sie«, wandte ich mich plötzlich an meinen Nebenmann. »Gibt es noch das ›Varteks‹-Geschäft auf dem Platz der Republik?«

»Sie meinen, auf dem Ban-Jelačić-Platz«, korrigierte er mich.

»Egal.«

»Nun ... Ich weiß es nicht.«

»Gestern war ich dort, aber ich kann mich nicht erinnern, das Geschäft gesehen zu haben.«

»Ich bin eigentlich nie zu ›Varteks‹ gegangen. Aber warum beschäftigt Sie das?«

»Es beschäftigt mich eben«, sagte ich.

Dritter Teil

1.

Eine Granate fiel genau
zwischen Bata und seinen Vater.
Der Vater verlor beide Hände,
für Bata war es das bittere Ende.
Batas Reste suchten sie auf der Flur,
verfluchten Gott dabei auf ewig,
denn übrig geblieben war herzlich wenig,
ein Turnschuh und ein Ohrläppchen nur.

Neno Mujčinović

Zurück in Amsterdam, ging ich am nächsten Tag zum slawistischen Seminar, um zu sehen, was es Neues gab. In der Woche darauf sollten die Vorlesungen beginnen.

»Man erzählt, einer Ihrer Studenten habe sich das Leben genommen«, sagte die Abteilungssekretärin emotionslos, als teile sie mir eine Änderung des Stundenplans mit.

»Was sagen Sie da?!«, stieß ich hervor.

»Das habe ich gehört.«

»Wer hat sich das Leben genommen?«

»Keine Ahnung.«

Die Sekretärin antwortete unwillig. Am liebsten hätte ich sie erwürgt.

»Von wem haben Sie das gehört?«

»Eine Ihrer Studentinnen hat es vorhin gesagt.«

Ich stürmte die Treppe hinunter zum Café gegenüber. Dort saßen Nevena und Igor.

Man sah an ihren Gesichtern, dass etwas geschehen war. Ja, sie hätten schon gehört, dass Uroš sich das Leben genommen habe. Nein, sie wüssten nicht, wie es dazu gekommen sei. Auch hätten sie erfahren, dass Uroš' Bruder nach Amsterdam gekommen sei, um alles zu regeln. Uroš' Vater sei vor einigen Tagen als Kriegsverbrecher vor das Haager Tribunal gestellt worden. Nein, davon hätten sie keine Ahnung gehabt, niemand habe das mit dem Vater gewusst ... Uroš war sehr verschlossen, das hatte ich auch bemerkt, sie sahen ihn nur in den Vorlesungen wie ich auch.

»Er hat sich vor Scham umgebracht, *drugarica*«, sagte Igor.

Die Selbstmorde kamen mit dem Krieg ...

Meine Mutter erzählte von einem knapp zwanzigjährigen Heimkehrer von der Front, der zu seiner ehemaligen Grundschule gegangen war. Den ganzen Tag soll er auf dem Schulhof verbracht, Bonbons an die Kinder verteilt, ihnen gezeigt haben, wie eine Handgranate aussieht. Am nächsten Tag lagen überall Teile von ihm herum. Einige hingen in den Ästen der umliegenden Bäume. Er hatte sich etwa um fünf Uhr morgens mit seiner Granate in die Luft gesprengt. Die Kinder mussten an diesem Morgen vor der Schule über die blutigen Reste steigen.

Ja, die Selbstmorde kamen mit dem Krieg. Sie geschahen still, leise, unbemerkt. Es gab zu viel Unglück und Tod, als dass man mit Selbstmördern noch Mitleid haben konnte. Selbstmord war ein Luxus, und Mitleid ist in Kriegszeiten Mangelware.

Man nahm sich auf verschiedene Weise das Leben. Die billigste war der Alkohol. Etliche starben auch an einer Überdosis; der Krieg hatte die Grenzen geöffnet, und Drogen strömten ins Land. Vielen »brach« einfach das Herz. Manche, die an schweren Krankheiten litten, verweigerten die Annahme ärztlicher Hilfe; auch das war eine Art, seinem Leben ein Ende zu setzen. Am Anfang des Krieges brachte sich eine Studentin um, deren Vater, ein serbischer General, ein Kriegsverbrecher war. Sie tat es aus Scham. Eine ältere Frau, die an einer Bushaltestelle in Belgrad ins Straucheln kam und fiel, wurde von den Menschen niedergetreten, die in den gerade angekommenen Bus drängten. Keiner fand sich bereit, ihr zu helfen. Im Krankenhaus hat man sie mit Mühe wiederhergestellt, aber nach Hause zurückgekehrt, sprang sie aus dem dritten Stock. Aus Scham.

Es nahmen sich auch Menschen das Leben, die vor dem Krieg geflohen waren. Viele solche Geschichten hatten wir in Berlin gehört. Eine Bosnierin erhängte sich einen Tag, bevor sie aus der Psychiatrie entlassen werden sollte. Ein bosnischer Flüchtling erstickte in Berlin mit einem Kopfkissen seine Frau und sein zweijähriges Kind und erhängte sich danach. Hier, in Amsterdam, drehte eine Kroatin in einem Zentrum für Asylanten den Gashahn auf und verbrannte. Die Menschen töteten sich aus Verzweiflung, aus Angst, aus Einsamkeit, aus Scham. Es waren stille und namenlose Tode. Kriegsopfer, die man weder dem Krieg noch den Opfern zuordnete.

Einzelheiten erfuhren wir von Darko, der ins Café kam. Er war der Einzige, der einigen Kontakt zu Uroš hatte. Uroš habe sich mit dem Revolver eine Kugel in die Schläfe geschossen. Ein Revolver sei leicht zu beschaffen, es genüge, jemanden aus den Kreisen der jugoslawischen Mafia zu kennen. Amsterdam war voll von Jugo-Waffen. Die Polizei fand gelegentlich in Parks weggeworfene Handgranaten. Erst vor kurzem wurden zwei Jungs in einem Amsterdamer Park von einer Granate *Made in Yugoslavia* getötet.

Uroš habe vor der Tat gründlich die Wohnung geputzt und Kleider, Bücher, seine ganze Habe, in den Müll geworfen. Geblieben sei nur ein Müllsack aus schwarzem Plastik, darin auch die Kleider, die er ausgezogen hatte, bevor er sich erschoss. Auf dem Müllsack klebte ein Zettel mit der säuberlich geschriebenen Adresse und Telefonnummer seines Bruders. Er habe sich am Samstag oder am Sonntag umgebracht, als seine Zimmerwirtin nicht in Amsterdam war. Am Montagabend habe sie ihn gefunden und die Polizei benachrichtigt. Er habe mitten im Zimmer gelegen, ganz nackt. Sein Körper habe ihm einen Gefallen getan: abgesehen von geringen Blutspuren und Urin sei alles sauber geblieben. Neben ihm hätten sieben Pappköfferchen (Diminutiva!) gestanden, solche, die es bei »Blokker« zu kaufen gibt. In jedem derselbe Inhalt: eine ungebrauchte Zahnbürste, ein neuer Schreibblock, ein sorgfältig gespitzter Bleistift und eine jüdische *Kipa*.

»War Uroš Jude?«, fragte Nevena.

»Ich weiß nicht. Sein Vater ist, das wisst ihr, ein bosnischer Serbe«, sagte Darko.

Die Inszenierung von Uroš' Tod, so wie Darko sie schilderte, kam mir kindisch und gleichzeitig eiskalt vor. Die Kinderkoffer aus Pappe waren das Gepäck, das Uroš auf die Reise mitnahm. Die *Kipa*, die Zahnbürste, der Bleistift und der Schreibblock – alles siebenfach. Das war Uroš' Testament in Hieroglyphen, denen hinterlassen, die gewillt waren, es zu entziffern.

»Und noch etwas«, sagte Darko. »In seinem Mund fand man eine Kugel.«

»Wieso eine Kugel?«, fragte Nevena.

»Was weiß ich …«

»Wirklich, wieso eine Kugel?«, wiederholte Igor gedankenverloren.

»Ich weiß nicht. Vielleicht hat es sich so zugetragen: Nachdem Uroš alles sauber gemacht, seine Kleider ausgezogen und den Revolverlauf an seine Schläfe gelegt hatte, fiel ihm ein, dass es wehtun würde. Er könnte vor Schmerzen schreien, und jemand würde ihn hören. Vielleicht sind ihm da Filme eingefallen, in denen man Verwundeten, bevor man sie ohne Betäubung operierte, einen harten Gegenstand zwischen die Zähne schob, damit sie nicht schreien. Uroš hatte aber schon alles weggeräumt. Deshalb nahm er eine Kugel aus der Trommel und steckte sie zwischen die Zähne. Die andere schoss er sich dann in den Kopf.«

Darko brachte mit Mühe die Worte heraus. Er war den Tränen nahe. Während er zu rekonstruieren versuchte, wie die Kugel in Uroš' Mund gelangt war, dachte er wohl, wie dumm und sinnlos Uroš' Tod sei, dann regte sich in ihm Protest, weil doch kein Tod klug und sinnvoll ist, worauf ihn großes Mitleid überkam. Das waren allerdings nur meine Vermutungen, mein eigener stummer Protest.

Igor zeigte uns eine knappe Notiz aus dem *NRC Handelsblad*, in der der Prozess gegen drei Kriegsverbrecher, darunter auch Uroš' Vater, angekündigt wurde. Das waren alles »kleine Fische«, die als Erste vor das Haager Tribunal kamen. Die größeren sollten erst einige Jahre später dran sein.

»Sollen wir nach Den Haag fahren, um ihn zu sehen?«, fragte er und meinte damit Uroš' Vater.

»Geht das?«

»Ich habe im Seminar zwei Passierscheine geholt.«

»Einfach so wie Kinokarten?«

»Dort sind sie der Meinung, ein Besuch im Haager Tribunal sei für die Studenten eine kostenlose Sprachübung«, sagte er ironisch.

»Wann?«

»Meinetwegen schon morgen, wenn Sie wollen.«

Wir verstummten. Im vergangenen Semester hatte ich, wie auch meine Studenten, den Krieg verdrängt. Die Nachricht von Uroš' Tod katapultierte mich jetzt wieder an den Anfang, in den Albtraum. Ich machte mir Vorwürfe. Wieso hatte ich von nichts gewusst? Weil ich nicht gefragt hatte. Und ich hatte nicht gefragt, weil ich Angst hatte, überhaupt etwas zu fragen. Jetzt zermarterte ich mir den Kopf mit Überlegungen, was ich tun könnte. Aber es war bereits zu spät …

»Uroš' Bruder hat mit Hilfe eines Freundes, der schon lange hier lebt, alles geregelt. Was könnten Sie oder irgendeiner von uns da noch tun? Wir können nicht einmal zu seinem Begräbnis gehen«, sagte Darko.

»Trinken wir einen auf sein Seelenheil. Das geht auf meine Rechnung«, sagte Nevena und ging zur Theke, um die Getränke zu holen.

Wir nippten schweigend am Genever. Ich dachte nicht an Uroš. In meinem Kopf lief eine Bildsequenz aus dem Fernsehen ab, die für mich den Anfang des Krieges markierte. Ein junger Mann in Uroš' Alter, ein Slowene in der Uniform der jugoslawischen Volksarmee, den die slowenische Territorialverteidigung gefangen genommen hatte, steht da mit erhobenen Händen und ruft weinerlich wie ein Kind: »Schießt nicht, Kameraden, ich bin einer von euch!« Ein paar Sekunden später soll der Slowene von den »Seinen« doch getötet worden sein.

Nevena, Darko, Igor und ich tranken aus und gingen auseinander. Amsterdam glich an jenem Tag einer Kulisse in Fellinis *Amarcord*. Der Schnee fiel in ungeheuren XXL-Flocken.

2.

Manchmal buddelt einer
unterm Strauch
durchgerostete Argumente aus
und wirft sie auf den Müll.

Wisława Szymborska

Ratlos drehte ich mich in meiner engen Wohnung im Kreis und zitterte von leichtem Fieber. Ich konnte mich nicht konzentrieren, der Gedanke an Uroš' Tod war hartnäckig wie Zahnschmerz. Dann blieb mein Blick an einer Mappe im Regal hängen. Es war eine von den dreien, die mir Papa neulich in Zagreb gegeben hatte. Zwei hatte ich bei meiner Mutter zurückgelassen, wohl wissend, dass ich weder Zeit noch Lust haben würde, sie zu lesen. Die dritte hatte ich mitgenommen, um mein Gewissen zu erleichtern. Jetzt zog ich sie aus dem Regal und blätterte darin.

Der Text, mit engem Zeilenabstand auf einer Schreibmaschine getippt, hatte fast keine Ränder, die Buchstaben waren nicht deutlich, es war wohl der dritte oder vierte Durchschlag. Papa hatte das Manuskript mit gewöhnlichen Büroklammern zusammengeheftet und es in eine weiche hellgrüne Pappe gesteckt, mit dem handgeschriebenen Titel: *Lehrtätigkeit in der*

Stadt N. Seine Hefte nannte er »Bücher«. Ich weiß nicht, wie das »erste Buch« hieß, ich nehme an, es bezog sich auf Papas Kindheit, das »zweite Buch« mochte den Titel haben *Von der Wiege bis zur Bahre – die Schulzeit ist das einzig Wahre.* Ich hielt das »fünfte Buch« in Händen mit der akkurat geschriebenen Widmung »Für meine künftigen Enkel«. Diese Widmung traf meine wunde Stelle. Papa rechnete nicht mit »künftigen Enkeln«, sie dienten ihm nur als romantisches Alibi. Dennoch sorgte er dafür, seine Lebensgeschichte in mehreren Kopien zu hinterlassen, in der Hoffnung, eines Tages würde sie jemand lesen.

Ich kam nach N., um in der Schule das zu tun, wozu ich ausgebildet war. Ich war ein Lehrer wie tausend andere. Im Unterschied zu ihnen kam ich an diese Schule und in den Ort N. von Goli Otok.

Papa schreibt seine Bekenntnisse nieder aus der Position des »ehemaligen Menschen«, des »Informbüro-Anhängers«, des »Goli-Otok-Häftlings«. Er spürt, dass er aus dem Leben herausgefallen ist, dass er, obwohl freigelassen, nicht freigesprochen wurde. Während er »abseits vom Leben« täglich »einen zehn Kilogramm schweren Stein fünfzig Meter bergauf schleppte, wo ihm, falls ihm der Wachposten an diesem Tag gnädig war, gestattet wurde, den Stein abzusetzen, Luft zu holen und erst dann mit demselben Stein in den Händen wieder fünfzig Meter bergab zu gehen«, lernten die Menschen »draußen«, wie man immer schamloser »den eigenen Staat ausnimmt«. Sein Leben nach der Haft bezeichnet Papa als ein »postumes« und sich selbst als einen »Toten«, der seine Gefängnisvergangenheit wie »Syphilis« verheimlichen muss. Er fühlt sich mehrfach aus dem Leben geschmissen: er ist kein ehemaliger Partisan mehr (an einer Stelle schildert er, wie man ihm seine militärischen Dienstgrade nimmt), auch kein Kommunist (er wird aus der Partei ausgeschlossen), er ist jetzt lediglich ein »Lehrer«.

Der Ton und die Stimmung wechseln: gelegentlich überwiegt das Selbstmitleid, gelegentlich der Paukerton, dann der verbitterte Ton eines Rechtgläubigen, schließlich der eines »gesellschaftlich-politischen Aktivisten« aus der Provinz. Anfangs hatte ich den Eindruck, Papa wende sich an unsichtbare Gefängnismauern, aber schnell wurde mir klar, dass seine Adressaten nicht seine künftigen Enkel, Tito, die Partei, die Udba, der jugoslawische Staat oder die brutalen Wächter von Goli Otok waren, sondern das Provinznest N.

Allmählich schälte sich aus Papas Beschreibungen der jugoslawische Alltag der fünfziger und sechziger Jahre in dem kleinen Ort N., einem von Hunderten, heraus. Papa führte Einzelheiten an: wie er die alte Schule, in der er mehrere Jahre unterrichtete, in Ordnung brachte; wie der schlammige Schulhof gepflastert, wie der Holzschuppen im Schulhof zu einer Werkstatt umgebaut wurde; wie er später, als Direktor der Volkshochschule, den Bau des Kulturhauses und die Gründung des Arbeitervereins für Kultur und Kunst anregte; wie sie ein Laientheater ins Leben riefen und Theaterscheinwerfer besorgten; wie der erste Kinosaal gebaut und Filme beschafft wurden; wie sie den alten, verwahrlosten Stadtpark in Ordnung brachten; wie sie die erste richtige Bücherei mit einem Lesesaal einrichteten und Bücher anschafften; wie sie am Bau einer Mittelschule arbeiteten; wie sie das erste Schwimmbad im Ort bauten; wie sie einen Basketballklub gründeten, wie die erste Musikschule des Ortes entstand … Am rührendsten waren die Beschreibungen seiner Schüler. An einer Stelle erzählt er, wie er einem Schüler irrtümlich »Komm auf die Tafel« statt »Komm an die Tafel« zurief und die Klasse in Lachen ausbrach. Während er einen Augenblick abgelenkt war, war der Schüler tatsächlich auf die Tafel gestiegen – damals standen die Schultafeln auf einem Holzgestell. Dieser Schüler, schreibt Papa, habe später sogar zwei Fakultäten absolviert.

Beim Eintritt in den Ruhestand, wenn das Arbeitsleben durch die Überreichung der üblichen Armbanduhr gekrönt wird, wurde Papa bitter enttäuscht, weil aus N., wo er die besten Jahre seines Lebens hergegeben hatte, kein einziges Zeichen der Anerkennung kam. Am Ende seines »Buchs« ergeht Papa sich in ausführlichen Beschreibungen verschiedener Schränke. Er erinnert sich an die Schränke seiner Kindheit, an Schränke aus Krležas Romanen, dann an Särge (die seiner Meinung nach auch Schränke sind), und am Ende verweilt er bei seinem Regal in der Zagreber Wohnung. Aus diesem Regal quellen plötzlich Urkunden, Plaketten und Medaillen ... Die Gedenkurkunde für »selbstaufopfernde Arbeit bei der Erziehung und Ausbildung junger Generationen und für die kulturell-aufklärerische Tätigkeit während des Volksbefreiungskampfes«, die Anerkennung für »selbstaufopfernde Arbeit bei der Entwicklung und Stärkung des gesellschaftlichen und kulturellen Lebens«, die Urkunde »Partisanenlehrer« (»Zur Erinnerung an die Zeiten, als die Kinder das ABC vor einer Geräuschkulisse lernten: aus einer Richtung dröhnten die deutschen Bomber, aus der anderen die fliegenden Festungen der Alliierten, etwas weiter weg donnerten die Kanonen, etwas näher ratterten die Maschinengewehre. Derweil saßen die Kinder unter einem Baum, die Schiefertafel auf den Knien, den Griffel in der Hand, und lernten Buchstaben, sie lasen und rechneten unter dem wachsamen Auge des Partisanenlehrers«, erläutert Papa voll bitterer Ironie).

Eines Tages stöbere ich in diesen vergilbten Dokumenten, da sehe ich auf einem kleinen gefalteten Karton das Staatswappen, darunter meinen Namen, mir wird der Orden für Verdienste für das Volk verliehen. Offenbar hatte ich für das Volk etwas so Bedeutendes und Nützliches getan, dass es mir einen Orden verlieh, und ich habe das völlig vergessen. Ich halte das Stück Papier in der Hand, in dem Augenblick taucht vor mir kurz der Schimmer eines versäumten Lebens auf. Ich öffne die Urkunde, schaue, rufe mir Dinge in Erinnerung, und auf einmal ist mir, als wäre es gestern gewesen … Ich fahre nach Zagreb und weiß nicht, warum, bin festlich gekleidet, habe sogar eine Krawatte umgebunden (eine größere Qual hätte mir kein Feind bereiten können). Im Saal, wohin man mich schickte, war alles feierlich, man sprach leise, man erzählte sich keine Witze, man wartete gespannt, und tatsächlich: der Präsident des Bundes der Volkshochschulen Kroatiens steigt auf die Bühne. In seinen Händen eine festlich gebundene Urkunde. »Die erste Ehrenurkunde für den Beitrag zur Förderung und Entwicklung der Bildung und Kultur in der Sozialistischen Republik Kroatien« wird hiermit ausgehändigt … Und da nennt er meinen Namen.

Papa gehörte zu jener Generation, die wirklich daran glaubte, eine bessere Zukunft aufzubauen. Als überzeugter Antifaschist ging er zu den Partisanen, als Sieger kehrte er aus dem Krieg zurück, landete dann aber in einem Lager für politische Gefangene. Dabei bestand seine ganze Schuld wahrscheinlich darin, dass er irgendwo öffentlich Zweifel an der Existenz stalinistischer Lager geäußert hatte. Nach der Haft baute er »mit unerschütterlichem Glauben ein besseres Morgen auf«, ging anschließend enttäuscht in Pension und schrieb seine »Bücher«.

Hinter ihm formierten sich leise die, die bald alles zerstören sollten, woran Papa glaubte. Unter diesen Zerstörern waren auch Menschen aus Papas Generation – dem Ruf der Herde war nun mal schwer zu widerstehen. Als Papa alles aufgeschrieben hatte, öffnete er das Fenster, um Luft zu schnappen, und sah Trümmer vor sich. Die Zeit war zurückgedreht worden. Wieder gab es Krieg und Lager mit Stacheldrahtzäunen.

Ich fragte mich, ob überhaupt jemand Papas Aufzeichnungen lesen würde. Seine Enkel, falls er welche bekommt, werden Japanisch sprechen. Olga, die alles schon tausendmal gehört hat, ist mehr daran interessiert, wann sie endlich die Wände ihrer Wohnung weiß streichen kann. Aus dem Opfer wurde mit der Zeit ein Folterer: Papa hat Mama zu seiner Gefangenen gemacht, die er tagtäglich mit Worten auspeitscht. Ich stellte mir Papa vor, wie er die Wände der Zagreber Wohnung mit Worten voll seibert, seine letzten nutzlosen Signale aussendet, sich rechtfertigt, jammert, mit den Wänden spricht, alle ihm zugefügten Kränkungen aufzählt, Beschwerdebücher in die Luft schreibt, das erste, das zweite, das dritte, das vierte, verbittert über einen kleinen, schmutzigen menschlichen Verrat. Im gestreiften Schlafanzug, aus dem der Katheterschlauch hängt, und im offen klaffenden Morgenmantel steht Papa mitten im Zimmer und gießt einen Schwall von Worten aus. Die Worte zerschellen an den Wänden wie Kamikazefliegen und hinterlassen kleine Blutflecken.

Ich dachte auch an Goran. Er nahm ebenfalls eine Kränkung mit, schmuggelte sie wie eine Kostbarkeit über die Grenze, bis nach Japan. Auch ihn vergiftete die Erfahrung des Ausgeschlossenseins »wie Galle« (*wie Galle*, schreibt Papa an einer Stelle). *Expunge – eliminate – delete – expel – excommunicate –*

ban – interdict – keep out – shut out from – prohibit from – banish – erase – exclude … Eene meene Maus, und du bist raus.

Goran hatte aufgehört, mich zu lieben, deswegen wollte ich nicht mit ihm gehen. Das war leise gekommen, unmerklich, von selbst. Goran kämpfte allerdings dagegen an. Er kniff sich ins Herz und beschleunigte seinen Puls, denn er wollte nicht glauben, dass alles so einfach ist, dass sich die Liebe über Nacht aus dem Herzen stiehlt. Meine Stelle nahm die Kränkung ein, sie hatte sich unbemerkt in sein Herz geschlichen. Vielleicht trage auch ich sie, mag sein, dass sie sich auch in mir eingenistet hat. Wir wissen nicht, wo in uns Risse sind und wann das Gift der Kränkung in unsere Adern dringt.

Goran war aus demselben Stoff gemacht wie Papa. Auch er wird, wo immer er sich befindet, in Gedanken jeden Sieg an die Adresse seiner »Stadt N.« melden. Und je größer seine Erfolge sein werden, umso tauber wird dafür sein Adressat sein. Lediglich für seine Misserfolge wird dieser ein offenes Ohr haben. Das wird beide nur in ihrer Überzeugung bestärken, dass sie im Recht sind. Auf diese Weise teilen sich die Kränker und die Gekränkten die Heimat. Mich beschlich der Gedanke, dass in diesem ehemaligen Land vielleicht nie andere als die Beleidiger und die Beleidigten gelebt hatten. Nur dass sie gelegentlich die Plätze tauschten.

Wie konnte man nach alldem daran denken, von der Vergangenheit freizukommen. Ich verlangte von meinen Studenten, sich mit der Vergangenheit abzufinden, ich glaubte, nur so könnten sie sich von ihr lösen. Ich bot ihnen ein schmerzloses Stück Vergangenheit an, wollte sie beschützen wie Eltern ihre Kinder, wie die Kinder ihre Kinder, wie meine Mutter mich, wie Papa Goran. Aber eine Befreiung gibt es nicht. Es gibt nur das Vergessen, bei dem uns all die gnädigen Scheibenwischer in unseren Köpfen helfen. Jeder von uns schleppt einen Schrank mit sich. Und in jedem Schrank schlummern Skelette. Und diese kommen eines Tages heraus, allerdings meistens in einer verkleideten, erträglichen Form wie jene Urkunden, die aus Papas Regal hervorquollen. Die Vergangenheit ist unsere »Installation«, ein Hobbywerk mit künstlerischem Anspruch. Eine kleine Retusche hier, eine kleine Retusche dort. Die Retusche ist unsere Lieblingstechnik. Jeder ist Kustos seines eigenen Museums. Wir finden uns mit unserer Vergangenheit nur ab, wenn wir sie beherrschen, wenn wir den Finger in das Loch im Deich stecken wie der berühmte Junge Hans Brinkers, der Holland vor der Flut rettete. Den Finger ins Loch im Deich stecken. Fotos in einer Vitrine aufstellen. Regelmäßig Staub wischen. Gelegentlich etwas ändern. Etwas in den Müll werfen. Etwas aufdecken, etwas anderes verbuddeln. Flecken entfernen. Die Zunge im Zaum halten. Sie als Waffe einsetzen. Das eine denken, das andere sagen. In wohlklingende Floskeln verpacken. So reden, dass nichts gesagt wird. So sagen, dass nichts verstanden wird.

Ich empfand Ekel beim Gedanken an all diese Wiederholungen, Ekel vor Worten, vor Beschuldigungen und Rechtfertigungen, vor dem Unglück, das wie ein Virus übertragen wird, vor diesen Nabelschnüren, die sich um uns wickeln und aus uns eine schreckliche, schmerzerfüllte, blutige Masse machen, in der wir alle strampeln: Eltern, Kinder, Enkelkinder, Opfer und Täter, Beleidiger und Beleidigte, Wärter und Gefangene, Richter und Verurteilte …

Ich brauchte Luft. Papas Notizbuch landete auf dem Boden, schnell warf ich mir meinen Mantel über und stürzte hinaus. Nach einem Spaziergang durch die Zeedijk ging ich zu *De verdwenen minnaar*, eine Bar, wo ich manchmal Kaffee trank.

Ich setzte mich an die Theke und bestellte etwas. Das Gemurmel der Leute und die warme Ausdünstung der menschlichen Körper taten meinen angespannten Nerven gut. Neben mir saß ein Mann. Wir tauschten einige Worte aus, tranken einige Gläser, warfen uns einige Blicke zu, berührten uns leicht. Etwas später sollten wir beide eine kleine Transaktion erledigen, einander helfen, Schleim und Spucke zu vermischen. Ich suchte einen warmen menschlichen Körper, in dem ich den Schmerz, der in meinen Schläfen hämmerte, wie eine Zigarettenkippe löschen konnte. Die Transaktion war erfolgreich, ich bekam, was ich suchte: den Trost der Selbsterniedrigung. Der Schmerz war weg.

Am nächsten Morgen streifte mein schlaftrunkener Blick einen Geldschein auf dem Tischchen neben dem Bett. Der Mann, an dessen Gesicht ich mich nicht einmal erinnerte, hatte hundert Gulden hinterlassen. Der Schein, in das matte Licht getaucht, das durch das vergitterte Fenster drang, entlockte mir ein Lächeln. *Snip voor een wip!* Ich hatte völlig vergessen, dass ich im Rotlichtviertel wohnte.

3.

Jemand, mit dem Besen in der Hand,
erinnert sich noch, wie es war.
Jemand hört zu und nickt
mit dem nicht geköpften Kopf.

Wisława Szymborska

Der Gebäudekomplex, in dem das ICTY, das International Criminal Tribunal for former Yugoslavia, untergebracht war, erinnerte mich an die sozialistische Architektur Jugoslawiens der sechziger und siebziger Jahre, die für die Funktionalität, aber auch für die Idee der besseren Zukunft, des Internationalismus und der Gerechtigkeit für alle stand. Die UN-Architektur war hier den Dimensionen des kleinen Hollands angepasst. Im Gebäude des Internationalen Gerichtshofs konnten sich alle wie »zu Hause« fühlen. Auch die Jugo-Kriminellen. Nur waren diese vermutlich von der Bescheidenheit des Interieurs holländischer Amtsgebäude enttäuscht.

Nachdem wir gründlich durchsucht worden waren, Besucherscheine bekommen, unsere Taschen in Schließfächern abgelegt und noch eine Kontrolle passiert hatten, stiegen Igor und ich über eine Metalltreppe, die an eine Schiffsleiter erinnerte, zum Gerichtssaal hinauf. Dieser war unterteilt, links saßen die Journalisten, rechts die Besucher. Am Eingang bekamen wir Kopfhörer. Ein kleines Schild informierte über die Kanäle und Sprachen, in denen man den Prozess verfolgen konnte. Der Kanal sechs war der Sprache vorbehalten, die da hieß: *kroatische, bosnische und serbische Sprache.* Vor uns war eine Glaswand mit heruntergelassenen Jalousien, die an Filmleinwände erinnerten. In den Ecken links und rechts standen Monitore, auf denen man den Prozess ebenfalls verfolgen konnte. Einige Minuten später, Punkt neun, gingen die Jalousien hoch. Die Richter betraten den Saal, und wir erhoben uns. Auf einem Podest in der Mitte des Saals saßen drei Hauptrichter in schwarz-roten Roben, etwas weiter unten drei Nebenrichter in schwarzen Roben mit weißen Kragen. Die Ankläger und Verteidiger saßen unten an der Seite, damit sie den Blick auf die Richter nicht versperrten. Alle hatten Monitore vor sich. Der Angeklagte saß neben seinem Verteidiger. Er war ein grau gekleideter Mann mittleren Alters mit einem kartoffelfarbenem Gesicht und stumpfem Blick. Er saß auch irgendwie tumb da wie ein Kartoffelsack. Ich war enttäuscht, Igor wahrscheinlich auch. Wir erwarteten einen Verbrecher, und vor uns saß ein Mann, dessen Gesicht man schon in der nächsten Sekunde vergaß. Bis auf ein Detail. Seine Kiefer waren fest aufeinander gepresst, und die Mundwinkel zeigten nach unten. Es war eine Kopie des Gesichts von Milošević, aber auch von Tudjman. Die gleichen aufeinander gepressten Kiefer, der gleiche bogenförmige Schnitt anstelle der Lippen. Diese Volksführer hatten anstelle von Lippen ein umgekehrtes U. Ihre Gesichter waren flach wie auf Kinderzeichnungen. Der Mund ein umgekehrtes U: ein böser Mensch.

Der Ankläger rief einen Zeugen auf, und alle Jalousien wurden sofort heruntergelassen und wieder hochgezogen, bis auf die eine, die den Rücken des Zeugen verdeckte. Das Bild des Zeugen auf dem Monitor war unkenntlich gemacht. Wir konnten nur seine Stimme hören. Schwenkten die Kameras gelegentlich zum Publikum, konnten wir auch unsere eigenen Gesichter auf dem Schirm sehen. Auf der Glaswand vermischten sich unsere Spiegelbilder mit den Gesichtern der Menschen hinter dem Glas.

Igor und ich verfolgten den Prozess durch die Scheibe und blickten nur ab und zu auf den Bildschirm. Mit der Zeit verharrte mein Blick immer länger auf dem Schirm, als wäre das Bild dort glaubwürdiger als das, was sich hinter der Scheibe live abspielte. Die Worte – wir wechselten von Zeit zu Zeit die Kanäle, um zu hören, wie sich das Ganze auf Englisch, Französisch oder Holländisch anhörte – klangen ebenfalls unwirklich. Die Wirklichkeit, von der uns die Glaswand trennte, flößte nicht mehr Vertrauen ein als die »wirkliche« Wirklichkeit. Beide – diejenige, die Lügen, Lügen, nichts als Lügen produzierte, und die andere, die die Wahrheit, die volle Wahrheit und nichts als die Wahrheit bewies – waren in gleicher Weise phantastisch, falls dies das richtige Wort ist.

Da war die Rede von einer Karpfenzucht in einem kleinen bosnischen Ort, deren Chef Uroš' Vater war; von der Reparatur einer undichten Stelle am Dach des Verwaltungsgebäudes; von Blechen für die Dachabdeckung und deren Besorgung; von jemandem, der mit dem Kauf dieser Bleche beauftragt gewesen sein sollte; von einem Lastwagen und von seinem Fahrer und so weiter und so fort. Die lange und langweilige Aufzählung der für uns sinnlosen Details sollte klären, ob Uroš' Vater in seiner Freizeit mit noch zwei Männern in eine nahe liegende Baracke ging und seine dort eingesperrten muslimischen Nachbarn zu demütigenden Sexspielen zwang, wobei er angeblich solche wie »Vater mit dem Sohn« oder »Sohn mit dem Vater«

bevorzugte, sie anschließend mit seinen nach Fisch stinkenden Händen zu Tode prügelte und ihre Leichen im Karpfenteich versenkte.

Alle an dieser Vorstellung Beteiligten redeten wie Laienschauspieler. Die Pausen waren länger als die Antworten. In einer Robotersprache schilderten die Akteure dieser Gerichtsperformance das Böse als eine mechanische Handlung, so mechanisch wie jede andere. Keiner der Angeklagten fühlte sich schuldig. Unter all diesen Leuten, die ein ganzes Land zerstört hatten, unter all den Volksführern, Politikern, Generälen, Soldaten, Kriminellen, Mördern, Lügnern, Dieben, Nullen und Freiwilligen gab es nicht einen, der einfach sagte: »Ich bin schuldig.« Diesen Satz hatte ich bislang nicht gehört, ich hörte ihn jetzt im Gerichtssaal nicht, und ich werde ihn auch später nie hören. Alle wollen nur ihre Arbeit getan haben. Fühlen Sie sich schuldig, weil Sie den Nagel in die Wand geschlagen haben? Nein. Fühlen Sie sich schuldig, weil Sie an diesen Nagel ein Bild gehängt haben? Nein. Fühlen Sie sich schuldig, weil sie hundert Menschen umgebracht haben? Nein. Natürlich nicht.

Ich fragte mich, wo die hunderttausend namenlosen Menschen geblieben waren, ohne deren leidenschaftliche Unterstützung es den Krieg nicht gegeben hätte. Fühlen die sich schuldig? Was ist mit den ausländischen Politikern, Diplomaten, Beamten im diplomatischen Dienst, Soldaten, die scharenweise durch dieses Land gezogen sind? Sie waren sehr gut bezahlt. Außer Geld erwarben sie sich den Ruf als Retter sowie die Chance, in der Hierarchie der UN oder einer anderen Organisation eine Stufe höher zu klettern. Kroatien und Bosnien – das waren für sie lediglich Arbeitsplätze mit vielen Vorteilen. Die Hotels waren nicht schlecht, das Essen gut, die Adria nahe. Fühlten sie sich schuldig? Auch sie taten nur ihre

Arbeit. Der Scharfschütze in den Bergen, der auf eine Frau auf einer Straße von Sarajevo zielte, auch er tat nur seine Arbeit. Der ausländische Reporter, der eine Aufnahme von dieser Frau machte, wobei ihm nicht in den Sinn kam, die erste Hilfe zu rufen (der für seine erschütternden Aufnahmen jedoch den ersten Preis bei einem Wettbewerb für das beste Kriegsfoto des Jahres bekam), tat ebenfalls seine Arbeit. Und sogar die arme Frau, die sich auf dem Bürgersteig krümmte und verblutete, tat ehrenamtlich und ohne es zu wissen ihren Teil der Arbeit bei der authentischen Darstellung des Krieges. Wer ist schuld am Tod von Selims Vater? Wer ist schuld an Uroš' Tod? Wer ist schuld daran, dass Igor und ich jetzt hier wie angenagelt saßen und auf eine Lösung warteten?

Igor und ich starrten auf den Monitor. Wir sahen dort eine perverse Wirklichkeit, an der wir alle, selbst pervers geworden, teilhatten. Und es gab keinen Unterschied zwischen mir, die ich reflexartig den Blick auf den Bildschirm richtete, und Uroš' Vater, der mit metallischer Stimme seine Antworten herunterleierte. In dieser mehrfach verfremdeten Welt war keiner schuld. Das Verbrechen war unwirklich. Alles war unwirklich. Mir schien, es genüge ein Klick mit der Computermaus, um die Richter, die Angeklagten und uns Beobachter zu löschen. Ein heilsames, versöhnliches *delete*. Nur der Schmerz war wirklich. Er war der stumme, unbrauchbare, aber einzig wahre Zeuge. Der Schmerz, der aus der Tiefe an die Oberfläche drang und durch die Ader an Selims Schläfe schoss. Der Schmerz, der dumpf in meiner, in Igors Schläfe pochte. Der blinde, stumme und taube Schmerz, der uns plötzlich einen Peitschenhieb versetzte und signalisierte, dass etwas nicht in Ordnung war …

Ich stellte mir vor, wie das wäre, wenn der ganze Schmerz in den schwachsinnigen Mund eines Oskar Matzerath flösse und dieser jetzt aufstünde, den Mund aufmachte und seine Stimme erschallen ließe? Ich stellte mir vor, wie die Glaswand vor uns in tausend Stücke zerfiel, wie die Bildschirme, die Lampen, die Brillen auf den Nasen, die Porzellanprothesen in den Mündern zerbarsten; wie dieser grelle, schneidende Schrei den grauen Kartoffelkopf von Uroš' Vater, die Köpfe all dieser vom Blut angeschwollenen Mörder wegfegte, die verhärteten Trommelfelle und trägen Herzen sprengte …

Ich schaute zu Igor. Er spürte meinen Blick und sah mich fragend an. Ich nahm ihm den Kopfhörer ab.

»Gehen wir raus«, sagte ich.

4.

Wir verließen den Prozess wie ein Begräbnis, bei dem nicht klar war, wer eigentlich zu Grabe getragen wurde.

»Wohin gehen wir?«

»Zurück nach Amsterdam«, sagte ich.

Wir setzten uns in eine Straßenbahn. Der Besuch des Gerichtshofs war eine Enttäuschung. Wir hatten eine sofortige Bestrafung von Uroš' Vater erwartet und gingen nun leer aus.

»Das war definitiv kein Nürnberger Prozess«, sagte Igor, der meine Gedanken erriet.

»Nein.«

»Auch nicht der Eichmann-Prozess in Jerusalem.«

»Hören Sie auf«, fauchte ich ihn an.

»Was ist los?! Warum sind Sie böse?«

»Weil ich es nicht richtig finde, die Institution der Gerechtigkeit zu verspotten!«

»Jeeeee! Eine starke Sache, Institution der Gerechtigkeit! Sie sind romantisch, *drugarica*.«

»Und Sie sind zynisch! Und zwar, wo es überhaupt nicht angebracht ist.«

»Schon gut. Sie brauchen nicht gleich so ein Theater zu machen.«

»Hier bemühen sich Leute, unsere Scheiße wegzumachen, weil wir selbst das nicht für nötig halten! Weil uns unsere

Scheiße nicht stinkt! Zugegeben, das war kein Hollywoodfilm. Auch ich hatte gehofft, Uroš' Vater hängen zu sehen …«

»Vielleicht lassen sie ihn sogar laufen«, sagte er.

»Verurteilt man auch nur einen Einzigen, hat es sich schon gelohnt.«

»Der ganze Aufwand wegen eines Verbrechers!?«

»Das soll nicht Ihre Sorge sein! Das Geld kommt doch nicht aus Ihrem Steuersäckel, oder?!«

»Jeeeee, was für einen Zirkus Sie veranstalten! Ich bin doch nicht Karadžić oder Mladić!«, fuhr mich Igor an.

»Die Leute in diesem Tribunal tun etwas Nützliches, aber wir gucken zu und kichern blöd! Wir beide haben es dort nicht länger als drei Stunden ausgehalten!«, ereiferte ich mich.

»Aber das Haager Tribunal ist doch keine Kirche!«

»Es wäre nicht einmal schlecht, wenn das unsere Kirche wäre, wenn wir alle dort Buße täten!«, sagte ich.

»Ich hab doch ganz ruhig da gesessen, mind you …«

Ich errötete. Er hatte Recht. Ich hätte ihm am liebsten eine geklebt. Igor sah mich durchdringend an, als lese er meine Gedanken. Die Leute in der Straßenbahn drehten sich nach uns um. An der ersten Haltestelle nahm Igor mich an der Hand.

»Steigen wir aus!«

»Warum?!«, protestierte ich draußen.

»Erstens, weil Sie so laut waren, dass es mir unangenehm wurde. Und zweitens, weil ich Ihnen meine Freundin vorstellen möchte.«

»Sie haben eine Freundin in Den Haag?«, sagte ich wie eine Anfängerin im Kroatischkurs für Ausländer.

»Ja, warum wundert Sie das? Es ist dasselbe, als hätte ich eine Freundin, sagen wir, in Bjelovar.«

Ich bemühte mich, tief zu atmen. Ein plötzlicher Anfall hilfloser Wut blieb mir wie ein Kloß im Hals stecken.

»Nur nicht hyperventilieren«, neckte mich Igor.

Ich würgte den unsichtbaren Kloß heraus und holte Luft.

Igor und ich standen vor dem Mauritshuis.

»Wollen Sie mich schon wieder in ein Museum führen?«

»Meine Freundin arbeitet in diesem Museum«, sagte er.

Wir stiegen auf einem dicken roten Läufer eine Holztreppe hinauf. Auf der ersten Etage bog Igor nach links. Im ersten Saal gleich neben dem Eingang hing Vermeers berühmtes *Mädchen mit dem Perlenohrring*.

»Das also ist Ihre Freundin?«

»Yes, this is my chick!«

Ich kannte das Bild, ich war schon einmal im Mauritshuis-Museum gewesen, verschwieg das aber. Nun stand ich wieder wie verzaubert vor dem Gemälde. Das Original sah aus wie ein verblichenes Exemplar seiner zahlreichen Reproduktionen. Als ich das Bild zum ersten Mal sah, wunderte ich mich, wie hell die Farben – das Hellblau des Turbans und das Goldgelb des Kleides – waren, viel heller als auf den Reproduktionen.

»Sie haben Ähnlichkeit mit ihr«, sagte er vorsichtig.

»Ich bin Ihnen nicht mehr böse. Und eine Eins haben Sie sowieso schon bekommen, Sie brauchen mir also nicht zu schmeicheln.«

»Als wären Sie eine ältere Schwester von ihr, Ehrenwort! Ich meine, Sie beide haben im Gesichtsausdruck etwas von einem Grottenolm.«

»Sie reden Stuss. Haben Sie je einen Grottenolm gesehen?«

»Nur auf Fotos«, gab er zu.

»Ich schon. Zu meiner Zeit pilgerten alle Grundschulen Jugoslawiens zu der Höhle von Postojna.«

»Und? Wie sieht er aus?«

»Wie ein Höhlenwesen. Und er ist einmalig. Es gibt ihn sonst nirgends.«

»So was nennt man eine ausführliche Beschreibung«, spottete er.

»Also, *proteus anguinus* oder Grottenolm. Zehn bis fünfundzwanzig Zentimeter lang. Eine Art Ausschuss unter den Amphibien, der einzigartige Fall einer misslungenen Metamorphose. Atmet hauptsächlich durch Kiemen, aber auch über die Haut. Lunge rudimentär vorhanden. Er ist blind. Besitzt Arme und Beine, aber auch sie sind unterentwickelt. Anstelle der Beine hat er Stümpfe und an den Ärmchen je drei Finger. Soll mehrere Jahre ohne Nahrung auskommen können. Äußerst langlebig, kann bis zu hundert Jahre alt werden. Die pigmentfreie milchig-blasse Haut ist fast durchsichtig. Man kann kleine durchblutete Kiemen sowie feine Äderchen erkennen, die seinen Körper und das winzige Herz durchziehen. Kurzum, es handelt sich um einen missglückten Mutanten zwischen Eidechse, Fisch und menschlichem Embryo. Der Grottenolm war unser, das jugoslawische Wunder. Den hätten wir statt des roten Sterns auf unsere Staatsfahne setzen sollen. Er war unser E. T.«

»This is impressive, Teach!«

»Da ist noch etwas ... Ich glaube, der Grottenolm reproduziert sich als Larve, aber sicher bin ich nicht.«

»Wo haben Sie das alles her?«

»Keine Ahnung. Und noch etwas ...«

»Was?«

»Der Grottenolm ist ein Kannibale. Manchmal frisst er seine Kinder.«

»Jeeeee!«, sagte Igor, obwohl ihn das offensichtlich nicht beeindruckte. Er dachte über etwas anderes nach.

»Ich hatte doch Recht!«, sagte er.

»Wie meinen Sie das?«

»Meine Freundin taucht aus dem Dunkel der Grotte auf als ein absolut einmaliges endemisches Exemplar.«

»Erzählen Sie mir mehr von ihr.«

»Am meisten gefällt mir ihre Hautfarbe, die Farbe der Stalaktiten ...«

»Oder der Stalagmiten?«

»Wollen Sie mich jetzt verarschen?!«

»Es gefällt mir nicht, wie Sie sie beschreiben. Aber reden Sie weiter ...«

»Ihre Haut scheint trocken und feucht zugleich. Ich mag diesen Ausdruck einer hingebungsvollen, weichen Hilflosigkeit. Auch gefällt mir ihr halb offener Mund und der trockene, glänzende Film auf ihren Lippen, und dann der kleine Tropfen Spucke im Mundwinkel. Der etwas feuchte Blick, die kaum wahrnehmbare Bereitschaft, in Tränen auszubrechen ... Dann diese bezaubernde Verzweiflung, die Abwesenheit und doch stetige Anwesenheit in ihrem Blick. Sehen Sie, ihr Blick folgt dem Betrachter ... Und dann dieser kleine weiße Kragen, der sich zärtlich um ihren Hals schmiegt ... Dieses anmutige Gesicht, das es nicht erwarten kann, sich in jemandes warme, schützende Hände zu legen ... Oder unter ein Fallbeil ... In der Tat, sie hat etwas Unvollendetes, genau wie der Grottenolm. Haben Sie bemerkt, dass sie keine Augenbrauen hat? Meine Freundin ist eine schöne Larve, die auf ihre Metamorphose wartet.«

Igor trat hinter mich, packte mich an den Schultern und schob mich langsam zum Bild hin.

»Und schauen Sie sich jetzt ihren Ohrring genau an«, sagte er.

»Ich schaue ...«

»Und was sehen Sie?«

»Nichts. Eine Perle.«

Im Glas vor dem Gemälde erblickte ich unser Spiegelbild. Igors Hand ruhte auf meiner Schulter.

»Schauen Sie genauer hin.«

»Ich sehe nichts.«

»Das habe ich mir gedacht. Warten Sie, hier ist ein Vergrößerungsglas ...«

»Sie haben ein Vergrößerungsglas?«

»Ich habe es zufällig in meiner Jackentasche.«

»Was tragen Sie sonst noch zufällig in ihren Taschen?«

»That's none of your business! Schauen Sie durch das Vergrößerungsglas ...«

»Ich sehe die Perle.«

»Und darin?«

»Einen Reflex.«

»Sie sind wirklich blind. Schauen sie genauer hin.«

»Ich weiß nicht, bei diesem Bildgenre könnte sich in der Perle vielleicht der Tod spiegeln.«

»Sie haben keine Ahnung! Die Perle spiegelt das Gesicht Vermeers!«, verkündete er feierlich.

»Woher haben Sie das?«

»Sehen Sie es immer noch nicht?«

»Nein. Geben Sie zu, Sie haben sich das soeben erst ausgedacht.«

»Ist das nicht phantastisch?«

»Selbst wenn es so wäre, es könnte ein malerischer Brauch jener Zeit sein.«

»Er, ihr Schöpfer, spiegelt sich in der kleinen Perle an ihrem Ohr!«

»Manche behaupten, das Mädchen auf dem Bild sei Vermeers Tochter Maria. In diesem Fall wäre das die erste symbolische Darstellung der DNA.«

»Dann ist alles noch phantastischer! Wie ist der Alte nur in sie hineingeschlüpft. Ein tolles Piercing!«

»Andere meinen, dies sei nicht das Bild einer bestimmten Person, sondern eine Charakterstudie. Solche Porträts mit Turban gibt es auch bei Rembrandt. In diesem Museum ...«

»Die Ersteren haben Recht.«

»In diesem Fall trägt Ihre Freundin ihren Vater am Ohr.«

»Und wen tragen Sie am Ohr?«, fragte er plötzlich.

»Ich weiß nicht. Auch Ihre Freundin weiß nicht, dass sie an ihrem Ohrring das Spiegelbild ihres Schöpfers und hypothetischen Vaters trägt. Auch die Betrachter sehen das nicht. Nicht alle laufen mit einem Vergrößerungsglas durch die Gegend wie Sie«, sagte ich.

»Wie ich und der alte Sherlock Holmes.«

Igor stand hinter mir, eine Hand auf meiner Schulter. Sein warmer Atem streifte meinen Nacken. Ich bekam eine Gänsehaut. Behutsam nahm ich seine Hand von meiner Schulter und drehte mich um.

»Und Sie? Wo ist Ihr Tattoo?«, fragte ich.

»Ich habe keins.«

»Und Uroš?«

»Was hat Uroš damit zu tun?«

»Uroš trug einen Stempel, seinen Vater ...«

»Der war ein Mörder und kein Vater!«

»Erinnern Sie sich an den Fragebogen, den ich in der ersten Unterrichtsstunde verteilte ...?«

»Ach, der blöde Fragebogen«, sagte Igor, wobei er *blöd* betonte.

»Auf die Frage, was er von meinen Vorlesungen erwarte, antwortete er ›Zu mir zu kommen‹.«

»Das klingt etwas corny. Uroš war auch sonst nicht the sharpest tool in the shed.«

»Was soll das heißen?«

»Dass er nicht besonders helle war.«

»Das ist hässlich, was Sie jetzt gesagt haben.«

»Sorry.«

»Uroš sendete Hilferufe, aber wir hörten sie nicht. Oder wollten sie nicht hören. Ich bin schuld daran ...«

»Und jetzt plagen Sie Gewissensbisse?«

»Die Kinderköfferchen, sie enthalten eine Botschaft, nur können wir sie nicht entziffern. Wir laufen alle wie blind herum, dabei wimmelt es rund um uns von kleinen Signalen. So wie Ihr hypothetischer Vermeer in der Perle eines ist. Die Welt würde vielleicht anders aussehen, wenn wir alle mit einem Vergrößerungsglas herumliefen. Oder wenn wir wie Märchengestalten plötzlich die Gabe hätten, die Sprache der Pflanzen und der Tiere, aber auch die der Menschen zu verstehen. Wirklich zu verstehen, was die Menschen uns sagen.«

»This really sucks, Prof! Die Menschen sprechen nicht, sondern faseln. Aber wir müssen hier raus. Gleich schließen sie. Ich lade Sie auf eine heiße Schokolade ein, okay?«

Igor und ich waren die letzten Besucher. Beim Verlassen des Museums gelang es mir noch, ein Souvenir zu kaufen, einen eiförmigen Briefbeschwerer aus Glas. Darin sah man die Reproduktion von Igors Freundin.

Draußen rieselte Schnee. Wir gingen über einen kleinen Platz zu einem Café, setzten uns neben ein Fenster und bestellten die Schokolade. Ich war auf Uroš' Tod programmiert und konnte nicht damit aufhören.

»Wer weiß, vielleicht habe ich den Finger am Abzug gehabt«, sagte ich.

»An was für einem Abzug?«, fragte Igor barsch.

»Ich meine, vielleicht bin ich an Uroš' Tod schuld. Er hat mir ein Signal gesandt, und ich habe es nicht gehört ...«

»That's a load of crap! Das kann man sich nicht mehr anhören, *drugarica*. Sie romantisieren Uroš' Tod und wissen selbst nicht, warum. Damit es Ihnen leichter wird? Wer weiß, warum er sich umgebracht hat. Vielleicht war er übergeschnappt. Vielleicht war er die Reise leid und ist aus dem Zug gestiegen. Er hat sich schön verabschiedet, Auf Wiedersehen gesagt, tschüss, zbogom, zdravo, tot zhiens, good-bye, adieu, fuck you all. Welcher Teufel reitet Sie, warum müssen Sie dauernd davon quasseln?!«

»Weil niemand sonst das tut«, sagte ich.

»Werden Sie endlich vernünftig ... Ihre Tränen tropfen schon in die Schokolade!«

»Ich hör ja schon auf ...«

»Wohin bin ich nur geraten, in welchen Film! In the movie of the week? Oder in einen Roman von Danielle Steel?«, brummte Igor.

Ich wischte die Tränen weg.

»That's a good girl! Es fehlte wenig, und Sie hätten sich in einen Tintenfisch verwandelt.«

Ich lachte. Das verschaffte mir Erleichterung.

»Erzählen Sie von sich«, sagte ich vorsichtig.

»Wie meinen Sie das?«

»Sagen Sie einfach etwas über sich. Haben Sie Eltern? Wo wohnen Sie? Mit wem leben Sie? Haben Sie eine Freundin? Mit wem verbringen Sie Ihre Freizeit?«

»Schon wieder Ihre blöden Fragebögen! Sie können es nicht lassen. Sie müssen keine Angst um mich haben. Erstens, ich würde mir nie wegen eines solchen Verbrechers, den wir heute im Gerichtssaal gesehen haben, das Leben nehmen. Zweitens, ich gehöre nicht zur Kategorie der Selbstmörder. I'm a player. I'm sharp as a tack!«, sagte er.

Im Zug nach Amsterdam sprachen wir wenig. Jeder war mit sich selbst beschäftigt. Igor blätterte in holländischen Zeitungen, ich packte mein Souvenir aus und streichelte das gläserne Oval. Dabei dachte ich an die Fotos in der Vitrine meiner Mutter. Darunter war kein Foto meines Vaters. Ich konnte mich nicht an ihn erinnern, denn ich war erst vier, als er sich das Leben nahm. Mutter weigerte sich, über ihn zu sprechen. Sie hatte alle Bindungen gekappt und erlaubte auch mir keinen Zugang zu ihm. Ich wusste überhaupt nichts von ihm, trug nicht einmal seinen Namen, sondern den meiner Mutter. Auch damit hatte sie dafür gesorgt, jede Spur zu verwischen. Sie versagte ihm einen Platz auf dem Hausfriedhof, bei den Fotos in der Vitrine. Sie war fest davon überzeugt, dass sie mich »beschützte«, indem sie Vater aus meiner Biographie tilgte. Wovor, das wusste nur sie allein. Keine Ritze hatte sie gelassen, durch die ich hindurchgekommen wäre, keinen Faden, an den ich mich hätte halten können. Sie kontrollierte streng einen Teil meiner Vergangenheit und besetzte nicht nur ihren, sondern auch den Platz meines Vaters.

Die unsichtbare Perle an meinem Ohr war leer. Ich prüfte ihre matte Oberfläche auf der Suche nach jenem, dem einzigen magischen Bild. Ich war mir nicht sicher, ob das Bild, das manchmal aus der dunklen Tiefe meiner Erinnerung auftauchte, einem realen Ereignis entsprach und ob der Mann in diesem Bild mein Vater war. Er könnte es sein. Ich bin drei Jahre alt, sitze auf den Schultern des Mannes und halte mich an seinen Haaren fest. Der Mann hält meine Füße in seinen Händen, als zöge er an beiden Enden eines Schals. Um uns herum Schnee, es ist Abenddämmerung, alles leuchtet in einem magischen Licht. Dann sinkt der Mann mit mir auf den Schultern im Zeitlupentempo in den tiefen Schnee. Das Glücksgefühl, das ich dabei empfinde, ist unbeschreiblich …

»Sie kratzen sich am Ohr«, sagte Igor, der den Blick von der Zeitung gehoben hatte.

»Ich war mir dessen nicht bewusst.«

»Woran denken Sie?«

»Keine Ahnung … An nichts …«

Am Bahnhof trennten wir uns, jeder ging seiner Wege. Ich drehte mich um und sah Igors hoch gewachsene Gestalt etwas gebeugt unter seinem Rucksack, die Hände in den Hosentaschen. In der Dunkelheit, von hinten gesehen, umschwärmt von kleinen Schneeflocken, kam er mir größer und erwachsener vor.

»He, wir sehen uns am Montag in der Vorlesung«, rief ich ihm nach.

Er drehte sich um und hob nur die Hand zum Zeichen, dass er mich gehört hatte.

5.

Ines und Cees hatten mich eingeladen, zum ersten Mal, seit ich in Amsterdam war. Allerdings war ich mit Ines nie eng befreundet gewesen. Dass sie mich aufforderten, nach Amsterdam zu kommen, war eher ein Zufall. Ein gemeinsamer Bekannter aus Berlin traf Ines in Amsterdam, sie unterhielten sich über dies und jenes, darüber, wer wo gelandet sei, und so erfuhr sie meine Adresse. Wir hatten gemeinsam studiert und gingen eine Zeit lang zusammen aus. Ines war mit Vladek, ich mit Goran befreundet, die beiden kannten sich aus der Schule. Ines und Vladek heirateten als Studenten und verschwanden gleich nach dem Studium aus Zagreb. Man erzählte, sie seien nach Amsterdam gegangen. Während des Studiums hatte Vladek Geld mit dem Verkauf von Bildern kroatischer Naiver verdient, hauptsächlich in Italien. Später hieß es, er habe in Amsterdam eine Galerie eröffnet.

Ich hatte erwartet, Ines würde sich gleich nach meiner Ankunft in Amsterdam melden. Ich rief sie mehrere Male an und schlug ihr ein Treffen vor, aber jedes Mal entschuldigte sie sich freundlich: im Moment habe sie keine Zeit, da seien doch die Kinder, aber wir beide würden uns bestimmt treffen und *nach Herzenslust plaudern, wie früher.* Ich konnte mich nicht erinnern, dass wir beide uns jemals allein, ohne Goran und Vladek, getroffen hatten.

Ines war ein echtes *Zagreber Mädchen*, attraktiv und von sorgsam gepflegtem Äußeren. Sie hatte *ihre* Kosmetikerin (*Geh zu ihr, sie wird dich super herrichten*), *ihren* Friseur, *ihren* Zahnarzt, *ihre* Schneiderin. Die Garderobe kaufte sie in London (*In Triest kleiden sich doch nur Bauern ein!*). Alles war *ihres*, angefangen von der Angestellten in der Visaabteilung (*Vikica hat uns in fünf Minuten die Visaangelegenheiten geregelt!*), über *ihre* Ärzte und *ihren* Fußpfleger bis hin zu *ihrem* Metzger und *ihrer* Putzfrau (*Milkica ist super, sie kann wunderbar Fenster putzen und sagenhaft bügeln. Wenn du Hilfe benötigst, brauchst du es nur zu sagen*). Dieses intime Verhältnis zu ihrer Umgebung, diese Art, die Umgebung ihren Bedürfnissen völlig unterzuordnen, diese Leichtigkeit, mit der sie sich in ihrem Kreis bewegte, als wäre der Kreis die Butter und sie das Messer, das Desinteresse an der Welt, die nicht so lebte wie sie, die Effizienz und Qualifiziertheit, mit der sie schon in der Studentenzeit ein Erwachsenenleben führte, gerade so, als verrichte sie einen gut bezahlten Job, stieß mich ab und zog mich zugleich an. Als *Zagreber Mädchen* besaß Ines jene Weiblichkeit, die man entweder von der Mutter erbt oder mit dem Eintritt in die Klasse der Privilegierten erwirbt. Sie redete affektiert, etwas nasal, sprach die Zischlaute weich aus, betonte die Endsilben, flötete mit anderen und mit sich selbst wie eine echte *Zagreberin*. Und immer gab sie durch ihren Tonfall zu verstehen, dass sie auf der Seite der Person stand, mit der sie sich gerade unterhielt. Dieser Tonfall war voller Mitgefühl und Verständnis, verpflichtete aber zu nichts.

Ich war nicht gerade erpicht darauf, sie zu treffen, aber es wurmte mich doch, dass sie sich in den paar Monaten seit meiner Ankunft in Amsterdam nicht gemeldet hatte. Wohl, weil Ines die einzige Person in dieser Stadt war, die ich von früher kannte.

Schon lange hatte ich mich nicht so herausgeputzt. Ich schminkte mich, was ich schon ewig nicht getan hatte, schmückte mich mit Ohrringen, zog Schuhe mit hohen Absätzen an. Alles wegen Ines. Sie sollte mich in möglichst guter Form sehen. Mit der Kleidung und der Schminke wollte ich meine tatsächliche Lage vertuschen.

Ines hatte sich kein bisschen verändert. An der Tür hielt sie mir herzlich ihre Wange zum Kuss hin, nahm mich an der Hand und führte mich ins Haus. Dabei plapperte sie ohne Pause. *(Tanjicaaaa! Dreh dich mal um, damit ich dich richtig sehe! Super siehst du aus, wie ein Mädchen! Auch das Kleid ist super! Du hast es hier gekauft? Ich mache immer noch einen Sprung nach London, wenn ich was brauche. Cees ärgert sich, er meint, es stimme nicht, dass man hier nichts finden kann. Aber das ist wirklich so! Das bisschen, was sie zu bieten haben, ist auf den armseligen hundert Metern PC Hooftstraat zu sehen. Und Bijenkorf ist nur eine Spur besser als unsere NaMa ... Mein Gott, erinnerst du dich an unsere NaMa? Unsere Mädchen aus Virovitica sind doch hundertmal besser gekleidet als die Holländerinnen. Das ist dir doch sicher auch als Erstes aufgefallen, nicht wahr?)*

Man konnte meinen, Ines und ich seien alte Freundinnen, die sich nach langer Zeit wiedersehen. Ines' Plappern bewirkte, dass ich für einen Augenblick glaubte, es sei wirklich so, wir seien gute alte Freundinnen, nur hätte ich, inzwischen weniger sentimental, die Freundschaft vernachlässigt.

Bevor wir uns an den Tisch setzten, führte Ines mich durchs Haus. Zunächst zeigte sie mir die Kinderzimmer (*Die Kinder sind bei Cees' Mutter. Piet ist gerade sieben und Marijke ist drei. Hier sind sie, Piet und unsere Marica,* sagte sie und zeigte auf ein Foto). Das geräumige Haus in der Bloemstraat war schlicht eingerichtet. Nur die Wände hingen voller kroatischer Naiver (*Damit ich etwas von daheim habe. Damit die Holländer sehen, dass wir keine armen Teufel sind,* sagte sie, als sie meine Reaktion bemerkte). Auf dem Bücherregal streifte mein Blick die gesammelten Werke von Miroslav Krleža, Tin Ujević und Gustav Matoš (*Vor dem Schlafengehen lese ich gern ein paar von Ujevićs Gedichten. Und du? Du liest sicher viel mehr als ich. Mir rauben die Kinder die letzte Kraft ...*). An den Küchenfenstern hingen Vorhänge aus slawonischer Spitze. Da gab es auch ein kleines Holzregal mit Lebkuchenherzen aus dem Zagorje, zu denen Ines sofort auch die süßen kroatischen Schokoladenpässe von »Kraš« stellte, die ich ihr mitgebracht hatte.

»Und er ist wirklich verschwunden?«, fragte sie in der Küche mit affektierter Stimme.

»Wer?«

»Goran!«

»Er ist nicht verschwunden. Er ist in Japan.«

»Aber ihr seid nicht mehr zusammen?«

»Nein ...«

»Man kann eben nie sicher sein! Dabei wart ihr ein super Paar. Ich hätte nie gedacht, dass euch so etwas passiert.«

»Es ist passiert.«

»Das hast du davon, dass du dich mit diesem ›Milošević‹ eingelassen hast!«, sagte sie scherzhaft.

Ich verkniff mir eine Antwort. Wie gut Ines sich daran erinnerte, dass Goran Serbe war!

»Komm, hab dich nicht gleich so, ich habe doch nur Spaß gemacht ... Ich sehe, meine Liebe, du hast ihn in dein Herz geschlossen ... Verloren ist das Schlüsselein, nun muss er immer drinne sein ...«

Diese Verse aus alten Poesiealben entlockten mir ein Lächeln, und meine Anspannung ließ nach.

»Du hättest einen Kroaten heiraten sollen, so wie ich, dann ginge es dir besser«, sagte sie heiter und fügte hinzu: »Jetzt wärst du zum zweiten Mal verheiratet!«

»Das habe ich versäumt.«

»Nachdem wir hierher gekommen waren, wurde Vladek verrückt. Er begann wie besessen irgendwelche Klebstoffe zu schnüffeln, wirklich übertrieben«, sagte sie. Das Verb *schnüffeln* sprach sie wie einen Euphemismus aus, im Flüsterton, als sollten unsere Eltern es nicht hören.

»Und wo ist Vladek jetzt?«

»Das weiß nicht einmal die Polizei! Es ist mir egal. Das ist wirklich nicht mehr mein Problem. Gehen wir zu Tisch!«

Cees sprach ganz ordentlich Kroatisch. (*Hast du gesehen, wie ich ihn hingekriegt habe? Tatsächlich hat seine Schwiegermutter ihn so weit gebracht, nicht wahr, Cees? ... Wie geht es eigentlich deiner Familie? Ich weiß gar nicht, wen du da unten noch hast ...*). Ines schwatzte die ganze Zeit und war dabei auch noch eine perfekte Gastgeberin. Auf dem Tisch lag Silberbesteck (*Ich habe es deinetwegen gedeckt, um dir unsere guten Sitten in Erinnerung zu rufen ... Das Beštek stammt von meiner Großmutter ...*). Der Wein war *unser* Wein, das Olivenöl *unser* Öl (*Wir fahren jeden Sommer runter. Auf Korčula haben wir ein Ferienhäuschen, du musst uns dort einmal besuchen ... Und zurück fahren wir immer bepackt wie Zigeuner! Wir nehmen Wein und Olivenöl und Schinken und alles Mögliche mit ... Cees liebt es, unten zu sein. Die Kinder auch. Es ist mir sehr wichtig, dass sie Kroatisch sprechen. Aber wir tun es auch wegen meiner Mutter. Sie verbringt jedes Jahr volle zwei Monate mit den Kindern ...*). Man sprach über den Urlaub, über die Kinder, über ihre Mutter, über Cees' Mutter, über die Holländer. Hauptsächlich sprach Ines.

Diese Unterhaltung, die mich sonst gelangweilt hätte, entspannte mich. Ines' affektiertes, nasales Geplapper empfand ich als wohltuend. Zum ersten Mal nach langer Zeit erschien mir das Leben *normal.* Die Zeit ebenfalls. Diese schien an ihren Nähten zusammengewachsen zu sein. Ich fühlte mich auf sicherem Boden. Ines' Worte erzeugten eine angenehme, einlullende Wärme. Mir war, als säßen wir alle, zwar ein wenig gealtert, noch zusammen in Zagreb, anstelle von Vladek war jetzt Cees da, und Goran sollte jeden Augenblick kommen, er war nur eine neue Flasche Wein holen gegangen …

»Du musst unbedingt meinen Mohnstrudel probieren. Den habe ich deinetwegen gebacken. Ein Glück, dass wir in die k. u. k. Kultur hineingeboren wurden, sonst wüssten wir nicht, was richtige Mehlspeisen sind. Auch den Mohn habe ich aus Zagreb mitgebracht. Hier bekommt man Mohn nicht einmal bei den …, na, wie soll ich sie nennen …, bei den Türken«, sagte sie und erwartete, ich würde ihr kleines rassistisches Signal einfangen und es mit einem Augenzwinkern gutheißen.

»*Burek, Baklava und Mohnnudeln …*«, sagte ich.

»Schon wieder kommst du mit deiner Jugonostalgie!«, fuhr sie mich an. Ihre Bemerkung verletzte mich. Ich konnte mich nicht erinnern, dass ich im Gespräch irgendetwas erwähnt hatte, was sie zu diesem *wieder* berechtigte.

Beim Mokka ging Ines aus unbekannten Gründen zum Plural über.

»Wir haben alles über deine Studenten erfahren … Es freut uns, dass wir dir helfen konnten. Man hat so selten Gelegenheit, jemandem zu helfen. Du warst doch unter den Besten unseres Jahrgangs, und so sagte ich zu Cees, nimm Tanja … Wir haben von diesem Jungen gehört, das ist ja schrecklich.«

Wieder spürte ich einen Stich. Ich ahnte, dieses Geplapper sollte die Einleitung zu etwas anderem sein.

»Der Junge hieß Uroš«, sagte ich.

»In jedem Jahrgang nimmt einer sich das Leben«, sagte sie.

»Wie meinst du das?«

»Auch bei uns brachte sich einer während des Studiums um …, der …, wie hieß er noch … Erinnerst du dich vielleicht?«

»Nenad.«

»Er war nach Indien gegangen, und kurz nach seiner Rückkehr hat er sich das Leben genommen. Sein Vater war General der jugoslawischen Volksarmee. Aber ich glaube eher, er war drogenabhängig geworden. Jesus, wenn ich nur daran denke, wie viele damals nach Indien pilgerten! Wir beide sind zum Glück nicht diesen Mantras und Chakras auf den Leim gekrochen, nicht wahr?«

»Konnten Sie etwas Näheres über diesen Studenten erfahren?«, unterbrach Cees seine Frau, wofür ich ihm dankbar war.

Ich erzählte alles, was ich wusste.

»Wissen Sie«, sagte Cees, »es ist mir wirklich unangenehm, Ihnen das sagen zu müssen, aber über Sie sind Beschwerden von Studenten eingegangen.«

Cees' Bemerkung kam unvermittelt wie ein Hieb in die Magengrube und verschlug mir den Atem.

»Was für Beschwerden?«

»Die Studenten haben bei uns das Recht auf Beschwerde, wenn sie meinen, ein Lehrer sei nicht so, wie er sein sollte. Und wir sind verpflichtet, ihre Meinung ernst zu nehmen. Die Studenten sind insgesamt nicht damit zufrieden, wie Sie Ihre Vorlesungen gestalten.«

»Das kann nicht wahr sein!«, brachte ich hervor.

»Leider doch.«

»Worüber beschweren sie sich?«

»Sie bemängeln, dass in Ihrem Unterricht das Fachliche zu kurz kommt, dass viel Zeit vergeudet wird …«

»So?«

»Dass Sie kein klares Programm haben und Ihre Vorlesungen chaotisch sind. In einer Beschwerde heißt es, die Studenten säßen oft mit Ihnen in Cafés herum. Sie bestünden darauf.«

»Wer hat sich beschwert?«

»Das darf ich nicht sagen«, sagte Cees ruhig.

»Unmöglich, dass alle sich beschwert haben!«, rief ich aus, die Tränen zurückhaltend.

Cees antwortete nicht. Ines versuchte mich zu trösten. Ich sei blind, ich wolle nicht einsehen, dass die Dinge sich geändert hätten, sie hielten es hier, in Holland, mit niemandem, sähen aber, dass *eins plus eins doch zwei sei.* Ich hätte ein zu großes Herz und sei mit den Studenten zu intim geworden. *Aber man wisse doch: Wer sich mit Kindern schlafen legt, wacht bepinkelt auf …* Das Wort *bepinkelt* und die Art, wie Ines es aussprach, rief in mir eine starke, fast körperliche Abneigung gegen sie hervor. Sie sagte weiter, ein Vorschlag – Cees habe ihn persönlich formuliert – sei schon dem holländischen Bildungsministerium zugeleitet worden. Danach sollten in den holländischen Slawistischen Abteilungen unsere Sprachen und Literaturen endlich getrennt werden, was übrigens auch von der *politischen Realität diktiert* würde. Akzeptiere man Cees' Vorschlag, würden vom Herbst an in der Slawistik in Amsterdam kroatische und in Groningen, wo es auch schon die Bulgaristik gebe, serbische Sprache und Literatur gelehrt werden. Alles in allem bestünden für mich im Herbst gute Chancen. Nein, sie hätten niemand anderen in Aussicht genommen, absolut niemanden. Sie selbst könne es nicht wegen der Kinder, aber auch wegen eines Gesetzes, wonach Eheleute nicht in der gleichen Abteilung tätig sein könnten, zumal Cees jetzt auch noch Leiter geworden sei. Außerdem habe sie noch nicht diese Doktorarbeit runtergekritzelt. Ich solle an mich denken, man würde nicht jünger. Ich gedächte doch nicht etwa, nach Zagreb zurückzugehen! Dort würde man mir keine Arbeit geben, ich wisse doch selbst, wie die *Unsrigen* seien. Wer einmal weggeht, sei für immer fort. Was letzten Endes in Ordnung sei. Man könne nicht auf zwei Stühlen sitzen, selbst wenn man einen noch so großen Popo habe. Genau so sagte sie es, *Popo*, und ich verspürte erneut eine starke körperliche Abneigung gegen sie. Cees schätze mich, aber er entscheide nicht allein. Die Studenten seien viel, viel empfindlicher gegenüber *nationalen Unterschieden*, als ich das eingeschätzt hätte. Sie wundere sich, wie naiv und blind ich für die *politische Realität* sei. Und dann noch dieser unglückselige Serbe, dieser, der sich umgebracht habe, na, dieser Uroš ... Man könne sehen, was für schreckliche Dinge diese Kinder mit sich schleppten, selbst dann, wenn sie meinten, allem entkommen zu sein ...

»Wir haben Sie nicht geholt, damit Sie Gruppentherapie betreiben«, sagte Cees.

»Ich habe keine Gruppentherapie betrieben! Sie wissen selbst, wie unterschiedlich das Bildungsniveau ist. Ich musste von einem Punkt ausgehen, mit dem sich alle identifizieren konnten. Begreifen Sie denn nicht, dass ihnen alles weggenommen wurde! Wie kann ich Menschen, die dem Schlachthof entkommen sind, Vorträge über Držić halten?!«, sagte ich.

»Als wenn nicht auch dir alles weggenommen worden wäre! Auch dir hat man alles weggenommen«, quakte Ines mit affektierter Stimme und fügte hinzu: »Ein Segen, dass es dieses Jugoslawien nicht mehr gibt!«

»Sie sind dafür nicht ausgebildet, noch werden Sie dafür bezahlt. Dafür gibt es in diesem Land Fachleute, die man Psychotherapeuten nennt. Ihre Aufgabe hingegen ist es, die Arbeit zu verrichten, wegen der man Sie hierher geholt hat. Und für die Sie bezahlt werden«, sagte Cees ruhig.

»Hör auf, Cees. Er meint es ehrlich mit dir«, sagte Ines.

»Sie haben unangemessen gute Noten gegeben. Alle in der Abteilung haben es gemerkt. Sie wollen doch nicht behaupten, dass alle so hervorragend waren?«, sagte Cees.

»Doch ...«, stammelte ich.

»Gott, ich kenn dich doch, du hattest schon immer ein weiches Herz. Tanjica hat ein großes Herz«, sagte jetzt Ines zu Cees. »Ich kann mich noch gut daran erinnern, wie du eine Brosche abnahmst, die mir gefiel, und sie mir schenktest.«

Ich konnte mich an nichts Derartiges erinnern und fragte mich, ob sie sich diesen Vorfall ausgedacht oder ob ich ihn vergessen hatte.

»Es hat sich doch gezeigt, dass man sie nicht mit guten Noten bestechen kann. Ihre Studenten bestehen darauf, dass Sie sich an das Programm halten. Vielleicht haben Sie sie unterschätzt. Sie wollen ernsthaft studieren, und das freut mich sehr«, sagte Cees.

»Hör bitte auf, Cees. Er will nur dein Bestes«, turtelte Ines, als spreche sie zu einem Kind.

»Ich habe sie nicht bestochen! Könnt ihr denn nicht verstehen, dass meine Studenten Rekonvaleszenten sind! Wir alle sind Rekonvaleszenten! Ich habe mit ihnen etwas durchgenommen, was für sie weitaus wichtiger ist als das Programm der Fakultät!«, sagte ich, wohl wissend, dass ich ins Leere sprach.

Cees zuckte mit den Schultern.

»Wäre es für sie so wichtig gewesen, hätten sie sich nicht darüber beschwert, dass bei Ihren Vorlesungen das Fachliche zu kurz kommt.«

Ich wusste, für Cees waren meine Antworten nur eine schwache Ausrede für die Vernachlässigung meiner Pflichten. Mein Hals schnürte sich zu, und ich brach in ein krampfhaftes Weinen aus. Ich fühlte mich verraten, von meinen Studenten und auch von mir selbst, weil ich mir erlaubte, vor Cees und Ines zu heulen. Ich konnte einfach nicht glauben, dass einer meiner Studenten Cees hintertragen hatte, was wir im Unterricht taten. Oder waren es mehrere? Cees hatte den Plural gebraucht, als hätte sich geradezu die komplette Klasse beschwert. Ein Gefühl der Scham, der Verlassenheit, der Verbitterung, der Wut überwältigte mich, alles in mir geriet in Aufruhr. Ich wusste nicht mehr, weswegen ich weinte, noch schaffte ich es, die Tränen zurückzuhalten. Statt möglichst schnell davonlaufen zu wollen, verspürte ich paradoxerweise den geradezu panischen Wunsch, bei Cees und Ines zu bleiben, mich auf ihrem Wohnzimmersofa zusammenzukauern und dort bis zum nächsten Morgen zu verharren. Der Gedanke an meine Kellerwohnung erfüllte mich mit zusätzlicher Verzweiflung.

Im aufrichtigen Wunsch, mir zu helfen, stürmte Ines hektisch zum Telefon, um ein Taxi zu bestellen, als gelte es, die erste Hilfe zu rufen (*Ich kann es nicht zulassen, dass du in einem solchen Zustand mit der Straßenbahn fährst!*). Als das Taxi kam, gab Cees mir die Hand.

»Ich hoffe, Sie haben mich verstanden«, sagte er ungeschickt. »Nächste Woche sehen wir uns in der Uni«, fügte er hinzu.

Ines hielt mir ihre Wange zum Kuss hin.

»Es wird schon alles gut. Komm, Tanjica, beruhige dich. Du weißt, dass wir dich lieben und dir nur Gutes wünschen«, sagte sie fürsorglich.

An der Tür drückte sie mir ein Päckchen in die Hand.

»Ein Stück Mohnstrudel, damit du morgen etwas zum Frühstück hast.«

Sie wartete, bis ich im Taxi saß, schickte mir durch die Luft einen Kuss und verschwand.

Am nächsten Morgen bemerkte ich eine Schürfwunde an meiner linken Handkante. Zuerst erschrak ich, weil ich nicht wusste, woher sie kam. Dann erinnerte ich mich dumpf daran, dass ich am Abend, als ich nach Hause gekommen war, noch lange im Sessel neben dem Heizkörper gesessen und mit der Hand über seine Rippen gestrichen hatte. Ich fragte mich jetzt, wie viel Zeit ich benötigt hatte, mir eine solche Verletzung beizubringen.

6.

Vor der Tür zögerte ich. Noch vor zwei Wochen konnte ich es nicht erwarten, den Unterrichtsraum zu betreten, jetzt fehlte mir die Kraft, die Schwelle zu überschreiten. Ich holte tief Luft, drückte die Mappe wie einen Schutzschild fest an die Brust und trat ein.

»Hallo, *drugarica*, wie war es in Zagreb?«

»Haben Sie uns ›Bajaderen‹ mitgebracht?«

»Schön, dass Sie wieder da sind!«

Die herzlichen Zurufe verunsicherten mich. Ich wusste nicht, was ich sagen sollte. Nachdem sie sich beruhigt hatten, verteilte ich schweigend ein Verzeichnis, das ich übers Wochenende zusammengestellt hatte; es war der Vorlesungsplan bis zum Ende des Semesters mit einer kurzen Beschreibung jeder einzelnen Unterrichtsstunde. Außerdem teilte ich Listen mit Büchern aus, die sie lesen sollten, etwa zweihundert Seiten pro Woche. Ich verkündete, ich würde mich streng an den Plan halten, was sie verpflichte, vor jeder Unterrichtsstunde die Texte zu lesen, die besprochen werden sollten. Es werde eine mündliche Abschlussprüfung geben, teilte ich ihnen mit. Jeder müsse im Laufe des Semesters zwei Hausarbeiten schreiben. Das Fehlen im Unterricht würde ich nicht mehr hinnehmen, jedes Fernbleiben werde sich also auf die Abschlussnote auswirken.

»Was ist denn das? Ein neues Regime?«, rief Meliha in scherzhaftem Ton.

Ich überhörte es.

»Wie sollen wir alle diese Bücher lesen, wenn es sie in der Bibliothek bestenfalls nur je einmal gibt?«, protestierte Mario, als er die Liste mit den Buchtiteln sah.

»Das müsst ihr untereinander regeln, oder ihr macht euch Kopien. So wie ich«, sagte ich. Das stimmte: Fast das ganze Wochenende über hatte ich in der Slawistischen Bibliothek der Universität die ersten der Bücher fotokopiert, die ich brauchen würde.

»Gibt es überhaupt alle diese Bücher?«, fragte Selim.

»Alle Bücher auf der Liste gibt es in der Bibliothek, sonst hätte ich sie nicht ausgewählt«, sagte ich.

Den Vorlesungsplan ließ ich auch Cees zukommen.

»Zweihundert Seiten pro Woche, ist das nicht ein bisschen viel?«

»Nein. Amerikanische Studenten lesen bis zu vierhundert Seiten in der Woche. Außerdem wollten Sie das doch so haben, oder?«, erwiderte ich. Die Information über amerikanische Studenten, die ich irgendwo aufgeschnappt hatte, machte offensichtlich Eindruck auf Cees, und er zuckte nur mit den Achseln.

Das Vorlesungsprogramm umfasste eine kurze komparative Übersicht über die slowenische, kroatische, bosnische, serbische und mazedonische Literaturgeschichte. Es war ein regelrechter Marathon durch Daten, Jahreszahlen, Namen. Die thematische Analyse einiger kroatischer Romane behielt ich mir für das Ende des Semesters vor.

Die Mienen der Studenten drückten Unglauben aus. Sie

dachten wohl, es handele sich nur um eine vorübergehende Laune von mir, die sie mir verziehen in der Hoffnung, beim nächsten Mal werde wieder alles sein wie immer. Auf der Suche nach meinem Denunzianten glitt mein Blick über ihre Gesichter wie über Texte auf dem Computerbildschirm. Mal meinte ich, es könne Meliha sein, mal Nevena, dann Igor, dann Boban ... Vielleicht war es nicht nur einer von ihnen, vielleicht waren es zwei, vielleicht informierten Meliha und Igor regelmäßig Cees darüber, was in unserem Unterricht passierte? Vielleicht war Selim derjenige, der Cees eifrig hintertrug, dass wir uns mit Phantomen befassten und im Unterricht ein Land auferstehen ließen, welches seine Bürger im Namen der historischen Notwendigkeit zu Fall gebracht hatten? Vielleicht Johanneke? Oder Ana?

Nach dem Unterricht ging ich gleich nach Hause. Ich hielt mich nicht mehr in meinem Büro auf, tat alles, um unerreichbar zu sein. Anfangs reagierten sie mit Ratlosigkeit, dann mit Enttäuschung. Oft warteten sie nach dem Unterricht, dass ich sie aufforderte, mit ins Café zu kommen. Meliha startete einen Versuch, Nevena ebenfalls.

»*Drugarica*, lassen Sie uns zum *kopje koffie* gehen. Die Klasse spendiert!«

»Danke. Ich habe leider keine Zeit«, antwortete ich.

Auf dem Weg zur Uni sah ich sie immer im Café gegenüber sitzen, ins Gespräch vertieft wie ein geheimer Kriegsrat. Ich wusste, dass sie über mich redeten. *Bitch*, die *drugarica* ist eine richtige *bitch* geworden. In meiner Phantasie sah ich unter ihnen meinen Denunzianten verschlagen schweigen. Wer würde als Erster meinen Vorlesungen fernbleiben? Igor? Ante? Nevena?

Nur einmal erlaubte ich mir, grob zu sein. Ich gab ihnen

auf, Ujevićs Gedicht *Tagtägliches Wehklagen* auswendig zu lernen. Vom Anfang zum Ende und vom Ende zum Anfang. Diesen dummen Trick hatte ich einem verhassten Kroatischlehrer abgeguckt, der uns mit ähnlichen Gemeinheiten schikanierte. Damals schwor ich mir, ich würde von meinen künftigen Studenten nie etwas Derartiges verlangen.

Nevena lehnte es ab, das Gedicht auswendig zu lernen. Ich forderte sie auf, es laut vorzulesen. Sie las wirklich schlecht. Dann bat ich sie, die Verse vom Ende her zu lesen. Sie kam durcheinander. Es war eine peinliche und erniedrigende Szene. Schließlich stand Igor demonstrativ auf und trug mit Leichtigkeit das Gedicht so vor, wie ich es haben wollte.

»Danke, Igor. Und Sie, Nevena, melden sich wieder, wenn Sie das Lesen beherrschen.«

Ohne ein Wort zu sagen, packte Nevena ihre Sachen zusammen, stieß ein *Bitch!* aus und verließ den Raum, die Tür hinter sich zuknallend. Auf dem Korridor brach sie dann wahrscheinlich in Tränen aus. Sie tat mir Leid, aber es war zu spät. Ich konnte nicht mehr aus der Rolle heraus, in die ich geschlüpft war.

Ich spürte, wie die Unzufriedenheit der Klasse wuchs. Jedes Mal, wenn ich den Unterrichtsraum betrat, spürte ich es beinahe körperlich, wie einen Temperaturwechsel. Diese Unzufriedenheit füllte manchmal den ganzen Raum aus. Es kam mir vor, als müssten die Fensterscheiben von diesem stillen Unmut zerspringen. Sie schwiegen jedoch. Ich fragte mich, wann sie endlich das Schweigen brechen und rebellieren würden, wann jemand in offene Konfrontation zu mir treten und mich fragen würde, warum ich mich so verhielt. Aber sie schwiegen. Nur Igor schien unberührt zu sein. Er schaute mich mit offenem Blick an, als wöge er meine Seele. Manchmal setzte er die Kopfhörer seines Walkmans auf, die um seinen Hals hingen.

»Igor, nehmen Sie bitte ihren Walkman ab. Das hier ist eine Universität und kein Rockkonzert.«

»Zu Rockkonzerten nehme ich keinen Walkman mit.«

»Aber so können Sie nicht hören, was ich erzähle.«

»Keine Sorge, so höre ich viel besser, was Sie erzählen«, sagte er.

»Das wird sich noch zeigen. Bei der Prüfung ...«

Das Ganze war ein einziger Krampf. Ich sprach Sätze, die nicht die meinen waren, und hasste mich selbst dafür. Den Gedanken, dass sie mich verraten hatten, dass einer von ihnen Cees alles gepetzt hatte, was sich während des ersten Semesters in unserem Unterricht abspielte, wurde ich jedoch nicht los.

Die Routine des neuen Lernens linderte mit der Zeit meine Verbitterung, ja ich fand sogar Spaß an dem »echten« Unterricht. Meliha schlüpfte in die Rolle der Studentin, Igor kam regelmäßig zu den Vorlesungen, Ana verfolgte sie aufmerksam, und Johanneke legte eine solche Begeisterung an den Tag, dass mich das für einen Augenblick vermuten ließ, sie habe mich bei Cees angeschwärzt. Die Klasse hatte sich auf diese vier reduziert. Erst war Nevena ferngeblieben, dann nacheinander Mario, Selim, Boban, Darko ...

Die kurze literaturgeschichtliche Übersicht brachten wir mühelos über die Bühne. Der Galopp durch die verschiedenen Epochen und Richtungen, die literarischen Werke und ihre Verfasser hatte eine betäubende Wirkung. Das Thema der Heimkehr behielt ich mir für den Schluss vor. Niemand von ihnen wusste, ob er bleiben oder zurückkehren würde. Alle waren überzeugt, »nur vorübergehend« hier zu sein. Ihre ganze Energie war auf die Beschaffung von »Papieren« ausgerichtet. Wenn sie eines Tages erst die Papiere hätten, dann könnten sie leicht eine Entscheidung treffen, dachten sie. Die »Heimat« glimmte immer noch tief in ihnen wie ein vages »Exit«-Signal.

Wieder schnürte ich wie im ersten Semester das Fluchtgepäck meiner Studenten zusammen, nur war sein Inhalt diesmal keine »Schmuggelware«. Ich machte sie mit ihrer literarischen Familie, mit ihren literarischen Vorfahren bekannt. Die Beispiele aus der Literatur, die ich ausgewählt hatte, waren Biographien fiktiver Helden, in der ersten oder in der dritten Person erzählt. Oft begann die Geschichte in der dritten und endete in der ersten Person in Form eines Tagebuchs oder von Briefen, die der Held einem Freund schrieb. Diese kroatischen Helden waren entfernte Nachfahren Werthers und Childe Harolds und nahe Verwandte russischer Helden, die die literarische Kritik später als »überflüssige Menschen« bezeichnete. Nervös, übersensibel, gebildet, entfremdet, nicht angepasst oder aus ihrem Milieu gerissen. Wie Gribojedows Tschatskij, Puschkins Eugen Onegin, Ljermontovs Petschorin, Turgenjews Gestalten Rudin, Lavreckij, Kirsanow und Bazarow, wie Gontscharows Oblomow, Tschechows Iwanow und Kavalerows Oleschin krabbelten diese Helden in den slawischen Literaturen gleich kleinen Krebsen umher. Soweit die männliche Linie. Den Frauen waren in diesen Werken drei typische Rollen zugedacht: das junge, schöne, heimatliebende Mädchen, das in der Regel von dem Helden sitzen gelassen wird, die *femme fatale*, die mit dem Helden ein Spiel treibt, ihn aber auch inspiriert, und die stille Leidende, die den Helden bis ans Lebensende treu begleitet.

Die Regelmäßigkeit, mit der sich die Züge der literarischen Helden wiederholten, frappierte mich. Bei der Durchsicht dieser Romane hatte ich das Gefühl, ich befasste mich mit Genen und nicht mit literarischen Texten. Als entdecke man etwas, was man schon immer gewusst, aber nicht für wichtig gehalten hatte, zum Beispiel ein Muttermal, das sich an genau der gleichen Stelle befand wie bei unseren Eltern oder Kindern oder Enkelkindern. Oft kam mir das wie die Fortsetzung einer Seifenoper vor, die sich über hundert Jahre hinzieht. Nur durfte ich das nicht laut sagen.

Wir lasen Ksaver Žandor Gjalski und seine Romane *Janko Borislavić* und *Radmilović*, deren beide Helden im Wahnsinn und im Tod enden; *Zwei Welten* und *Tito Dorčić* von Vjenceslav Novak sowie Nehajevs Roman *Die Flucht*. Die Helden dieser drei Romane nehmen sich alle das Leben. Auch Krležas beispielhaften Roman *Die Rückkehr des Filip Latinovicz* nahmen wir durch. Alle diese Romane handeln vom Exil, in dem der Held sich deplatziert fühlt, und von der Heimkehr, die in der Regel mit dessen tragischem Tod endet.

»Ich meine, eine uns nahe stehende Geschichte über die Heimkehr kann doch nur eine Gastarbeiterstory aus den siebziger Jahren sein«, sagte Meliha. »Damals gingen unsere halbgebildeten Arbeiter und Bauern nach Deutschland, Schweden, Frankreich und Holland und rackerten sich dort für wenig Lohn ab. Das bitter verdiente Geld steckten sie in riesige Häuser, die jahrelang leer standen wie Denkmäler der Utopie von einer glücklichen Rentnerzukunft. Sie bauten sich Grüfte und Pyramiden, um eine Spur aus Steinen zu hinterlassen, um es nach dem Tod schön zu haben. Aber dann kam der Krieg und verwandelte alles in Schutt und Asche!«

»Schon gut, aber das ist nicht unsere Story«, wandte nicht allzu überzeugt Ana ein.

»Wieso nicht, du arme Seel! Stell dir vor, deine Eltern waren Gastarbeiter, und jetzt hockt ihr alle arm wie Kirchenmäuse im Ausland mit einer Enttäuschung mehr auf dem Buckel. Frag mal meine Freundin Alda. Ihre Eltern haben dreißig Jahre lang in Deutschland geschuftet. Als sie in Rente gingen, überwiesen sie ihre ganzen Ersparnisse an ihre Bank in Sarajevo, damit wollten sie ein Haus kaufen und ihren Lebensabend genießen. Stattdessen hocken sie jetzt bettelarm in Köln! Bei uns fängt jede Generation bei null an und endet bei null. Meine Großeltern und auch meine Eltern fingen nach dem Zweiten Weltkrieg bei null an. Nach diesem Krieg landeten sie wieder bei null. Auch ich fange wieder bei null an ...«

Wir verstummten. Melihas schreckliche Null hing wie eine Schlinge über unseren Köpfen.

Anthropologen, die sich mit Migrationen befassen, haben aus populären Spionageromanen den Begriff *Schläfer* übernommen. Das sind Auswanderer, die ein »normales« Leben führen, die Sprache des Gastlandes erlernen, sich ohne Mühe integrieren, nicht auffallen, aber dann eines Tages aufwachen. Die Idee von der Heimkehr wird bei ihnen plötzlich so stark, dass sie ihr wie Roboter folgen. Manche verkaufen alles, was sie sich inzwischen angeschafft haben, und kehren zurück. Wenn es ihnen dann langsam dämmert, dass sie einen Fehler gemacht haben – und das ist bei den meisten der Fall –, gehen sie wieder in das Land zurück, in dem sie zwanzig oder mehr Jahre »verschlafen« haben. Sie durchlaufen wie bei einer psychoanalytischen Sitzung denselben Weg noch einmal, um sich schließlich zweifach geschlagen, aber auch zweifach getröstet, doch mit ihrem Leben abzufinden. Viele von ihnen führen ein Parallelleben: Sie projizieren das Bild ihrer Heimat auf die gleichgültigen Wände des Landes, in dem sie sich »nur vorübergehend« aufhalten, und empfinden diese Projektion als ihr »richtiges« Leben.

Meine Studenten waren keine »Schläfer«. Sie hatten noch

keine Zeit gehabt, es zu werden. Sie waren weder hier noch dort, saßen im »Schloss zwischen Himmel und Erde«, schauten hinab und rätselten, wo sie eines Tages Fuß fassen würden. Auch ich saß in so einem »Schloss«, weder hier noch dort. Im Unterschied zu ihnen schaute ich aber nicht hinab, weil mir davon schwindlig wird.

7.

Ich konnte mir nicht erklären, woher der Schwindel kam. Manchmal stand ich mitten auf der Straße und wusste nicht mehr, wohin ich wollte. Ich war einfach von der kindlichen Angst erfasst, ich wäre, falls ich mich rührte, raus aus dem Spiel. *Eene meene Maus, rührst du dich, dann bist du raus …* Vielleicht war ich deshalb so verwirrt, weil es wirklich egal war, wohin ich ging, weil ich nur rein zufällig in dieser Stadt lebte, weil ich genauso gut auf der Straße einer anderen Stadt hätte stehen bleiben können, weil alles sowieso nur Zufall war. Viele von uns fanden sich in Städten wieder, die ihnen nicht einmal im Traum eingefallen wären. Alles war über Nacht geschehen, als hätten wir uns in einem Leben schlafen gelegt und wären in einem anderen aufgewacht.

Manchmal weckte mich ein Schmerz. Ein starker, dumpfer, verheerender Schmerz, so etwas wie ein Schmerz ohne Schmerz. Dann stand ich auf, ging ins Bad, knipste das Licht an, füllte ein Glas mit Leitungswasser und trank es langsam, in kleinen Schlucken aus, als löschte ich einen uralten Durst. Die Stirn an den Spiegel gelehnt, sah ich zu, wie mein Atem sich als feiner Nebel auf der glatten Fläche niederschlug.

Du, meine Rana, du, meine Seele. Meine Rana, der Herbst ist da. Ach, meine Rana. Meine Rana, meine schmerzerfüllte Rana.

Rana, das ist für meine Landsleute eine nahe stehende Person, der Sohn, die Tochter, die Liebste, der Liebste. Rana ist die Liebe, Liebe ist der Schmerz. *Meine Rana, meine Sehnsucht*, grölt ein Landsmann in Turbofolk-Manier. Seine billige Kassette sahen Goran und ich bei einem Straßenverkäufer in Berlin. Ich glaube, Goran kaufte sie sogar. *Meine Rana, meine Sehnsucht ... Siehst du*, sagte Goran lachend, *die Rana ist jetzt unser Exportartikel.*

Deutschland, du unbekanntes Land, du fremdes Leben, dir habe ich meinen Bruder und meinen Schatz gegeben, schluchzen und wehklagen seit Jahrzehnten meine Landsleute: Arbeitssuchende in der Fremde, Asylanten, Emigranten, Exilanten, Migranten, Gastarbeiter, Abenteurer, verkommene Subjekte, Kriminelle, Kriegsflüchtlinge. Australien, du unbekanntes Land ... Amerika, du unbekanntes Land ... Kanada, du unbekanntes Land ... Nie konnte ich den touristischen, politpropagandistischen und musikalischen Videospots etwas abgewinnen, in denen sich heimgekehrte Landsleute wie in einer billigen patriotisch-nostalgischen Pantomime bemühen, die große Anziehungskraft der Heimat zu preisen. Diese dunkelhaarigen, schnurrbärtigen Kerle mit Aktenköfferchen in der Hand und goldenen Ketten um den Hals (mit einem Kreuz, das sich in den Haaren auf ihrer Brust verfängt) kraxeln über die heimatlichen Berge auf dem Weg zu ihrem Dorf, wo an rußigen Feuerstellen ungepflegte, schwarz gekleidete Greisinnen auf sie warten. *Heimaaat, du mein Mütterleieieiein*, grölen meine musikalischen Landsleute. Von dem Dorf aus bietet sich ihnen eine herrliche Aussicht – gewöhnlich das Einzige, was sie haben. Vielleicht sind alle Emigranten eine Art Schauspieler, dazu verurteilt, in einer »Seifenoper« aufzutreten, die Jahrzehnte dauert und nicht zu Ende gehen will. Möglicherweise erlaubt das Exil ihnen nicht, die Handlung, die Gefühle, den Ton zu verändern.

Erfasst mich mal die Exilantenschlaflosigkeit, zermartere ich mir das Hirn mit Fragen, was wäre, wenn. Dann denke ich an Menschen, die ich kenne, mische sie wie Spielkarten, nebenbei eine kuschelige Ecke für mich suchend. Ich stelle mir Goran vor, das Gesicht zwischen den Schulterblättern der Japanerin. Sie schlafen ordentlich, wie Löffelchen. Die Japanerin wird von Gorans Stöhnen wach. *Tut dir etwas weh?*, fragt sie. Das Stöhnen hört auf. Goran atmet ruhig, und die Japanerin kehrt in ihre Stellung zurück. Manchmal stelle ich mir Olga vor, die sich in der Küche ein Glas Milch holt, einen Keks aus der Dose mit der Aufschrift *Danish Cookies* nimmt, kurz überlegt und sich noch zwei nimmt. Und dann noch einen. Die Kekse lassen sich nicht gut in die Milch tunken, Olga taucht sie mit dem Zeigefinger unter und isst sie mit einem Löffel. Der süße Brei beruhigt sie. *Ich weiß nicht, was mit mir los ist, ich esse immer mehr, vor allem nachts*, klagt sie. Ich stelle mir Gorans Vater vor, den Katheterschlauch hinter sich herziehend und die Wände der Zagreber Wohnung mit seinen Worten voll seibernd. Die Worte zerschellen an den Wänden wie Kamikazefliegen und hinterlassen kleine Blutflecken. Ich stelle mir vor, wie ich selbst zusammengekauert auf dem Bett in Mutters »Gästezimmer« das Tappen von Mutters Pantoffeln höre, das Quietschen der Tür und dann das Plätschern des Urins in die Toilettenschüssel. Das Bad liegt neben dem Gästezimmer. Das lang anhaltende, selbstgefällige Geräusch überdeckt jedes Bild. Im Klo nebenan uriniert meine Mama. Dann hört das Geräusch auf, Mutter geht ins Bett zurück und setzt ihren Traum fort, in dem sie ihre Vergangenheit wie Ostereier färbt, lang und selbstgefällig …

Erst dann bin ich imstande, auch zu sehen, wie ich auf der Bettkante in meiner Amsterdamer Souterrainwohnung wie in einem Wartesaal sitze und gelegentlichen Schritten lausche. Ich schlüpfe in meine Hose, ziehe eine Windjacke über das Schlafanzugoberteil und stürze aus meinem Keller auf die Straße hinaus. Ich brauche Luft, aber sie ist warm und klebrig wie Zuckerwatte. Ein subtropischer Wind treibt auf der Straße Müll vor sich her. Die an den Ästen naher Bäume hängen gebliebenen Plastiktüten rascheln und glänzen blass in der Dunkelheit wie Botschaften aus einer anderen Welt.

Auf der Straße kommt mir eiligen Schritts eine kleinwüchsige Landsmännin entgegen, eine große grauhaarige Frau auf Krücken hinter sich herziehend. *Komm, Mama*, kommandiert sie, und ihre schrille Stimme bohrt sich mir in die Ohrmuschel wie eine Nadel. Die Landsmännin ist allen *Unsrigen* wohl bekannt, diese kleine Frau sei eine wahre Meisterin, behaupten sie. Mal schleppe sie eine Schar falscher Kinder mit sich, mal laufe sie mit einem falschen Bauch umher, eine Schwangerschaft vortäuschend, mal zerre sie ihre falsche Mutter auf Krücken hinter sich her. Ein düster dreinschauender Mann, die Hände in den Taschen seiner kurzen Windjacke, folgt ihr immer wie ein Schatten. Diese Frau, erzählt man, klaue alles, was die *Unsrigen* bei ihr bestellen: Kleider, Schmuck, Videorekorder. *Komm, Mama, komm*, brummt die Diebin.

»Hast du Feuer?« Eine junge, betrunkene Engländerin packt mich am Ärmel.

»Nein.«

»Fuck you!«, knurrt die Engländerin und torkelt weiter.

Ich bleibe vor dem Schaufenster eines Tattoo-Ladens stehen. Der Laden ist zu, aber im Schaufenster läuft noch ein Fernseher. Auf dem Bildschirm wiederholt sich endlos ein Film über Tätowierungen. *Ich fing mit den Tattoos an, weil ich den Schmerz erfahren wollte. Jedes einzelne Muster erinnert mich an den Schmerz*, sagt ein junger Japaner und wendet der Kamera seinen reich tätowierten Rücken zu. *No pain, no gain!*, pflichtet ihm heiter ein zweiter tätowierter Japaner bei.

In der Gracht an der Ecke glänzt das schwarze, suppige Wasser. Plötzlich taucht aus der Dunkelheit ein weißer Schwan auf und steht unbeweglich da wie ein Gespenst. Im selben Augenblick geht im Schaufenster das Licht aus, und der Bildschirm versinkt in der Dunkelheit. Ich bleibe noch eine Weile davor stehen. Die im Geäst hängenden Plastikbeutel rascheln wie Drachen aus Papier. Der subtropische Wind leckt an meinen Wangen. Der Schweiß läuft mir den Rücken hinunter. *Eene meene Maus, rührst du dich, dann bist du raus ...* Mit Mäuseschritten kehre ich in meinen Keller – gleich hier um die Ecke – zurück.

8.

Die ganze Fibel haben wir durchgenommen. Wir haben alle Buchstaben in Block- und in Schreibschrift gelernt. Jetzt können wir unser Lesebuch und andere schöne Kinderbücher lesen. Alles können wir lesen. Auch schreiben können wir. Wir können aufschreiben, was wir gesehen haben. Jetzt können wir alles selbst.
Wer mehr weiß, ist mehr wert.

Fibel für die erste Grundschulklasse

Dann kamen die Prüfungen. Auf dem Korridor vor meinem Zimmer saßen nur vier: Johanneke, Meliha, Ana und Igor. Als Erste war Johanneke dran. Ich stellte ihr einige Fragen, sie beantwortete sie richtig und bekam ein »sehr gut«. Johanneke hatte sich mehr als alle anderen in der Gruppe bemüht und sich immer diskret zurückgehalten. Mir fiel ein, dass ich nie ernsthaft mit ihr gesprochen hatte. Wir hatten sie als eine *Unsrige* aufgenommen, und dies schien uns zu genügen.

»Ich hoffe, Sie bleiben auch im nächsten Jahr«, sagte Johanneke.

»Vielleicht«, sagte ich, bemüht, heiter zu klingen.

Ich begleitete sie zur Tür und reichte ihr zum Abschied die Hand. Sie wurde verlegen.

»Good luck«, sagte ich blöd und begriff, dass ich das eigentlich mehr mir selbst gewünscht hatte.

Als Meliha hereinkam, war mir klar, dass ich meine Rolle nicht weiterspielen konnte.

»Vergessen Sie die Prüfung, Meliha«, sagte ich.

»Was soll das jetzt?«

»Es ist mir unangenehm, Ihnen Prüfungsfragen zu stellen, Sie haben ohnehin die Note ›sehr gut‹ verdient«, sagte ich aufrichtig.

Melihas Anspannung ließ nach.

»Erst jetzt sagen Sie mir das, dabei habe ich so feste gepaukt wie nie seit meiner Studienzeit. Und fühlte mich super dabei. Ehrenwort! ... Also, bleiben Sie auch das nächste Jahr?«, fragte sie.

»Vielleicht ...«

»Wenn Sie bleiben, komme ich auch wieder!«, sagte sie fröhlich.

Wir unterhielten uns kurz über ihre Eltern, über ihre Pläne, darüber, ob sie das Studium fortsetzen wolle.

»Keine Ahnung, im Ernst. Ich habe mich verliebt«, verplapperte sie sich.

»In wen?«

»In einen Dačer!«, schoss es aus ihr heraus.

Wir unterhielten uns auch kurz über ihren »Dačer«, einen super Typ, vernarrt in Bosnien, für eine NGO tätig, bei etwas, was mit Gewalt zu tun habe, halte sich mehr in Sarajevo auf als hier, spreche sogar Bosnisch. Möglicherweise fahre sie zu ihm, es sei eine Schande, dass ein Dačer aufkreuzen müsse, damit sie Lust bekomme zurückzukehren. Und da sei noch etwas ...

»Mein Vater ist in der letzten Zeit etwas kindisch geworden. Ständig wiederholt er: Das Leben ist nur Scherz und Ulk. Ich frage ihn, Papa, was möchtest du frühstücken, Spiegelei oder Rührei, und er wie ein Papagei: Das Leben ist nur Scherz und Ulk. Vielleicht sollte ich allmählich doch etwas von meinem alten Herrn lernen«, sagte sie und stand auf.

Auch ich stand auf und gab ihr die Hand. Meliha hatte schon die Türklinke gepackt, da hielt sie inne. Ein müder Schatten flog über ihr Gesicht. In dem Augenblick sah sie zehn Jahre älter aus.

»Was ist, Meliha?«

»Nichts. Manchmal denke ich, ich werde verrückt. Ich laufe umher, sammle Stücke von mir ein, finde da ein Bein, dort einen Arm, oh, das ist ja prima, und hier liegt auch mein verrückter Kopf. Ich freue mich jedes Mal, wenn ich ein Stück von mir finde. Dann klebe ich alles zusammen. Eine Zeit lang hält das, ich bin schon beruhigt, denke, alles ist in Ordnung, aber dann falle ich wieder auseinander und fange wieder von neuem an, setze die Teile zusammen wie ein Puzzle, bis mich wieder etwas aus der Bahn wirft«, sagte sie und öffnete die Tür.

»Jetzt hab ich Ihnen die Bude voll gejammert. Ich muss weg, mein Dačer wartet auf mich!«

Sie setzte ein Lächeln auf und huschte hinaus.

Vor der Tür wartete Ana.

»Ich bin nicht wegen der Prüfung gekommen«, sagte sie, als sie im Zimmer war.

»Wieso das ...?«

»Es hat doch keinen Sinn. Ich habe nicht vor, mit dem Studium weiterzumachen.«

»Wie kam es zu dieser plötzlichen Entscheidung?«

»Ich gehe nach Belgrad zurück«, sagte sie.

»Langsam, Mädchen. Warum wollen Sie auf einmal zurück?«

»Geert wollte schon immer in Belgrad leben, und ich bin es hier auch leid.«

»Werden Sie es nicht bereuen?«

»Nein.«

»Aber hier haben Sie doch mehrere Jahre verbracht.«

»Das hätte ich anderswo auch getan.«

»Sind Sie sicher, dass Sie keine Note haben möchten?«, sagte ich.

Ana schien meine Frage überhört zu haben.

»Ich bin nur gekommen, um mich von Ihnen zu verabschieden«, sagte sie und fragte plötzlich: »Sie sind hier alleine?«

»Warum fragen Sie das?«

»In der Fremde ist es viel schwerer, wenn man allein ist.«

»Wie man's nimmt«, sagte ich. Ich hatte keine Lust, dieses Thema zu vertiefen.

»Wissen Sie, dazu wäre es in jedem Fall gekommen«, sagte sie.

»Ich verstehe nicht.«

»Ihretwegen hat unsere Gruppe zusammengehalten, obwohl Sie sich dessen nicht bewusst waren. Aber früher oder später wären wir doch auseinander gegangen.«

»Wieso?«

»Weil das normal ist. Am Anfang waren wir alle in einer Hochstimmung, hatten einen ›Kick‹, dachten, das Leben sei eine permanente Fete. Dann wachten wir eines Tages auf und spürten eine Leere um uns herum.«

»Was meinen Sie mit Leere?«

»Ich weiß nicht genau, ein hässliches Gefühl: hinter einem steht niemand, vor einem auch niemand …«

»Aber Sie haben doch Geert.«

»Die Holländer sind auf fremdem Territorium viel besser als zu Hause.«

»Wie meinen Sie das?«

»In der Fremde schwimmen sie wie Fische im Wasser, zu Hause wissen sie nichts mit sich anzufangen.«

»Und was erwartet Sie ›zu Hause‹?«

»Vermutlich das Grauen.«

»Und hier?«

»Das Ausbleiben des Grauens.«

»Für viele Grund genug, zu bleiben.«

»Auch Holland ist in gewisser Hinsicht schwer zu ertragen«, sagte sie ruhig.

Sie nahm aus ihrer Handtasche einen Briefumschlag und legte ihn auf den Tisch.

»Was ist das?«

»Der Wohnungsschlüssel.«

»Von welcher Wohnung?«

»Wir brauchen die nicht mehr, und Sie bleiben vielleicht hier.«

»Dessen bin ich mir nicht sicher.«

»Sie können ja sehen, wie sich die Dinge entwickeln.«

»Ist das Ihre Wohnung?«

»Das ist Geerts Sozialwohnung. Sie brauchen nur die Nebenkosten zu übernehmen, und die sind wirklich gering. Die Wohnung liegt nicht zentral, darauf muss ich Sie hinweisen. Im Umschlag finden Sie auch die Adresse, die Telefonnummer und alle nötigen Informationen. Einige alte Möbel sind noch drin, aber Sie können sie alle rauswerfen. Sie können auch ändern, was Ihnen nicht gefällt. Geert und ich fahren in einer Woche. Wenn Sie sich entschieden haben, geben Sie mir Bescheid. Falls Ihnen die Wohnung nicht zusagt, werfen Sie einfach den Schlüssel in den Briefkasten.«

Ana ließ mich sprachlos zurück. Ich spürte einen Stachel des Neids, denn sie schien ein Wissen zu besitzen, das mir fehlte. Ich starrte noch eine Weile auf den Umschlag, steckte ihn dann in meine Handtasche. Anas Schlüssel öffnete für einen Augenblick eine Tür, aus der meine Ängste herausquollen.

Es blieb noch Igor, aber ich hatte keine Kraft mehr. Ich dachte an Ana und Meliha, über deren Leben ich so wenig wusste. Obwohl ich sie schon kannte, blätterte ich abwesend in Igors Arbeit, die vor mir lag. Zum Thema Heimkehr hatte Igor ein völlig unerwartetes Beispiel gewählt, das Märchen der kroatischen Schriftstellerin Ivana Brlić-Mažuranić *Wie Potjeh die Wahrheit suchte.*

Auf einer Lichtung in einem alten Buchenwald lebt der greise Vjest mit seinen drei Enkeln Ljutiša, Marun und Potjeh. Denen erscheint eines Tages der Gott Svarožić, den Igor den »slawischen Superman« nennt, und rät ihnen, den Großvater nicht zu verlassen, bevor er sie verlassen habe, und nicht in die Welt hinauszuziehen, ehe sie seine Liebe erwidert hätten.

Als der Großvater später seine Enkel fragt, welchen Rat der Gott Svarožić ihnen gegeben habe, kann Potjeh sich nicht mehr erinnern (Igor nennt das einen Black-out), verlässt daraufhin das Haus und geht in den Wald, in der Hoffnung, dort die Erinnerung wiederzufinden. Im Wald greifen ihn die Waldgeister an, die Igor als die »Adjutanten von Lex Luthor« bezeichnet …

Ich rief Igor herein. Als er mir gegenübersaß, sah ich in seinem Gesicht wie in einem Spiegel mein eigenes. Igor hatte alles registriert, was ich während des zweiten Semesters gesagt hatte, und ließ jetzt das Band ablaufen. Das trockene Schulrepertoire, mit dem ich sie das ganze Semester über gefüttert hatte, schleuderte er mir jetzt ins Gesicht, wobei er nicht einmal sonderlich bemüht war, seine Verachtung zu verbergen.

»Ihre Hausarbeit hat mich verwirrt«, unterbrach ich ihn.

»Das Märchen ist verwirrend«, sagte er ernst.

»Was meinen Sie damit?«

»An welche wichtige Wahrheit kann Potjeh sich ums Verrecken nicht erinnern? An das, was Svarožić ihm gesagt hat, nämlich schlicht und einfach, zu Hause zu bleiben. As simple as Käse.«

»Und?«

»Svarožić erscheint Potjeh noch einmal und wiederholt, er solle nach Hause gehen. Als Potjeh sich dann endlich wieder erinnert, kommt er um. ›Ich will mir schnell noch das Gesicht waschen, bevor ich zu meinem teuren Großvater eile‹, sagt er, neigt sich über einen Brunnen, fällt hinein und ertrinkt. Just like that!«, sagte Igor und schnippte mit den Fingern.

»Und wie interpretieren Sie das?«

»Nach allen Regeln des Genres, das da heißt *there is no place like home*, müsste das Märchen ein Happy End haben. Aber irgendein Teufel hat die Autorin daran gehindert, die Geschichte ordentlich zu beenden. In den Märchen werden die Helden normalerweise mit Verstand, Mut, Reichtum und einer Prinzessin belohnt und ersaufen nicht in einem Brunnen.«

»Potjeh endet im Schloss von Svarožić.«

»Die Brlić-Mažuranić erhebt Potjeh in das himmlische Schloss, was einem Happy End im Tod gleichkommt. Das ist ein falsches Ende, denn das Paradies oder die Hölle blühen uns allen auf jeden Fall. In technischer Hinsicht ist diese Erzählung bullshit, aber psychologisch ist sie genial.«

»Wieso?«

»Ihre Botschaft lautet: Das Verharren im ›Exil‹ bedeutet die Niederlage. Potjeh verbringt mehrere Tage im Wald in totaler Amnesie, im Vergessen. Seine Heimkehr bringt ihm das Gedächtnis zurück, aber auch den Tod. Den Triumph menschlicher Freiheit gibt es anscheinend nur in der ironischen Sekunde des Weggehens in die eine oder die andere oder in eine dritte Richtung. Dieser inneren Wahrheit zuliebe verlässt die Autorin das Genre und schreibt ein miserables Märchen.«

Igor betrachtete mich von der Seite. Sein dunkler, etwas schräger Blick wog meine Seele.

Ich war niedergeschmettert. Er hatte mir etwas gezeigt, worauf ich nie gekommen wäre. Man konnte das Märchen zwar auf die eine oder die andere Art auslegen, aber Igors Interpretation schien mir erstaunlich überzeugend und erschütternd. Was, wenn das stimmt? Was, wenn die Heimkehr tatsächlich den – symbolischen oder wirklichen – Tod bedeutet? Was, wenn das Bleiben in der Tat eine Niederlage ist und wir einzig im Augenblick des Weggehens wirklich frei sind? Wenn es so ist, was fangen wir mit dieser Erkenntnis an? Und wer sind »wir«? Sind wir nicht doch alle zerstückelt und suchen wie Meliha unsere Körperteile, kleben sie mit Spucke, legen uns selbst wie ein Puzzle zusammen?

»Was ist, *drugarica*, … ähm … Frau Professor Lucić?«, sagte er etwas spöttisch, als lese er meine Gedanken.

Igor stieß mich grob in die Rolle zurück, die ich inzwischen vergessen hatte. Das Gespräch, das wir gerade geführt hatten, sollte die zur Versöhnung ausgestreckte Hand sein. Ich hatte sie als Erste gereicht, jetzt zog ich sie jäh zurück.

»Danke, Igor, das genügt. Die Noten werde ich noch heute festlegen. Morgen oder übermorgen können Sie sie von der Sekretärin erfahren«, sagte ich und hasste mich dabei wie noch nie.

Er zuckte mit den Achseln und nahm seinen Rucksack, bereit zu gehen.

»Just a footnote, Frau Professor«, sagte er an der Tür. »In der Literatur sind es immer die Männer, die ausziehen, dann zurückkommen und als verlorene Söhne Tränen vergießen. Aber wie steht es mit den Frauen?«

Ich antwortete nicht. Ich schaute ihn an, konnte aber seine Umrisse kaum wahrnehmen. Mit meinen rudimentären Beinstümpfen am Boden haftend, nahm ich die Farbe meiner Umgebung an und blinzelte in seine Richtung – blind, taub und stumm. Tief in mir zitterte der Grottenolm, *proteus anguinus*, das Wesen, das in seiner Metamorphose stecken geblieben war. Ich atmete durch Kiemen, unter meiner durchsichtigen Haut verliefen feine Äderchen, mein winziges Herz pochte kaum hörbar. Hilf mir, rief es, berührst du mich, so verwandle ich mich in ein wunderschönes Mädchen, gehst du aber, bleibe ich eingekerkert in meiner Dunkelheit …

Nachdem Igor gegangen war, blieb ich noch lange im Zimmer sitzen. Langsam bestimmte ich die Noten. Nevena, Selim, Mario, Darko, Boban, Amra – sie alle bekamen ein »ausreichend«. Meliha, Johanneke und Ana die Note »sehr gut«. Einzig bei Igor tat ich mich schwer. Ich weiß nicht, warum, und glich darin Ivana Brlić-Mažuranić, die offensichtlich nicht wusste, wie sie einem bewährten Genre gerecht werden sollte. Irgendetwas in ihr hatte sie gehindert, diese Erzählung so leicht und auf die vorgeschriebene Art abzuhandeln wie die bisherigen. Ich weiß nur, dass ich einen unwiderstehlichen Drang in mir fühlte, in die falsche Richtung zu gehen. Als ich dann nach langem Zögern in Igors Prüfungsbogen ein »ungenügend« eintrug – dem ich eine kurze, verlogene Begründung hinzufügte –, verspürte ich Übelkeit, gepaart mit einem starken Schamgefühl, verspürte ich Scham, gepaart mit einem vagen Gefühl der Erleichterung.

Es blieb nur noch, die Noten und den Zimmerschlüssel bei der Sekretärin zu hinterlegen und mich von Cees zu verabschieden. Ich blickte mich im Zimmer um. Da war eine Leere. Hinter mir Öde, vor mir auch nichts. Das Einzige, was mir blieb, war der Schlüssel in dem Briefumschlag tief in meiner Handtasche.

Als ich dann die Schreibtischschublade aufmachte, um nachzusehen, ob ich etwas vergessen hatte, entdeckte ich ganz hinten ein gefaltetes Blatt Papier. Es war der anonyme Brief, den ich vor einigen Monaten in meinem Postfach in der Uni gefunden hatte. Ich hatte ihn tief in die Schublade gesteckt und völlig vergessen. Jetzt las ich ihn wie zum ersten Mal.

»Dir zeig ich es noch, du elende Jugo-Hündin. So viele Menschen mussten sterben, weil sie aus dem kommunistischen Schweinestall ausbrechen wollten, und du willst jetzt wieder den Gestank von Brüderlichkeit & Einigkeit verbreiten. Hör auf mit diesem jugoslawischen Scheiß!
Tod dem Volke, Freiheit dem Faschismus.
Hauptmann Leši (der dich bald auf seinen Schwanz aufspießen wird)«

Kein Sprachfachmann hätte mit Sicherheit sagen können, ob der Briefschreiber ein Serbe, ein Kroate oder ein Bosnier war. Seine Sprache des Hasses verstand ich sehr gut, darin hatte ich wohl oder übel Übung bekommen, darin war ich mittlerweile eine Expertin geworden. Es würde mir aber schwer fallen, den Inhalt des Briefes einem Holländer zu übersetzen. Wie sollte man jemandem verständlich machen, was alles hinter den Worten »Brüderlichkeit und Einigkeit« oder der Parole »Tod dem Volke, Freiheit dem Faschismus« steckte? Wie ihm erklären, wer Hauptmann Leši war?

Dieser anonyme Brief, der in meiner Schublade ruhte, war ein aus dem Krieg übrig gebliebener Granatsplitter. Mittlerweile war es mir egal, aus welcher Richtung er geflogen kam. Ich nahm einen roten (sieh an, roten!) Filzstift und korrigierte mit fast zärtlicher Gelassenheit die Rechtschreibfehler. Danach zerriss ich den Brief in kleine Fetzen, die ich wie Konfetti in die Luft warf. Der Krieg war zu Ende.

9.

Langsam stieg ich von der fünften Etage die Treppe hinunter und lief im Erdgeschoss Laki in die Arme, Laki Linguist, der im ersten Semester manchmal in meinem Unterricht aufgetaucht und dann verschwunden war. Er blieb stehen, wusste nicht, was er sagen sollte, blinzelte, brachte schließlich, den Blick zur Seite gerichtet, träge hervor:

»Wie geht es Ihnen, Frau Lucić?«

»Gut, und Ihnen?«

»So-so. Ich wusele noch immer an der Uni herum.«

»Das tun wir alle, sonst wären wir uns jetzt hier nicht begegnet.«

»Ab Herbst werde ich jeden Tag hier sein.«

»Ja?«

»Die Fakultät hat mir ein kleines Zimmer zur Verfügung gestellt, damit ich endlich mein Wörterbuch zu Ende bringen kann.«

»Gratuliere.«

»Ja, nicht schlecht ... Und wenn es erst veröffentlicht ist, müssten sich die Dinge doch zum Besseren wenden.«

»Aber sicher«, sagte ich.

»Wenn wir das im Kommunismus schon nicht geschafft haben. Stimmt's?«

»Stimmt«, bejahte ich ironisch, aber Laki war offensichtlich nicht empfänglich für Nuancen.

»Das kroatische Fremdenverkehrsministerium hat etwas Geld lockergemacht, die sind am meisten an diesem Wörterbuch interessiert, klar, wegen der holländischen Touristen. Etwas konnte ich auch beim kroatischen Kultusministerium loseisen. Und die hiesige Fakultät greift mir Gott sei Dank auch unter die Arme. Es ist nicht viel, aber wenigstens werde ich ein eigenes Zimmerchen haben. Vielleicht lassen sie mich nebenbei Sprachübungen mit den Studenten abhalten ...«

»Das klingt sehr gut.«

»Ja, nicht schlecht. Werden Sie im Sommer unten sein?« Er gebrauchte das Wort *unten* als neutralen Ersatz für das Land, das die Gastarbeiter, als es noch existierte, Juga nannten, wobei sie den Vokal *u* doppelt lang dehnten.

»Vielleicht.«

»Ich kann es nicht abwarten, hinunterzufahren. Meine Eltern haben ein Ferienhäuschen auf Hvar. Jeden Sommer verbringe ich dort zwei Monate ...«

»Also dann. Auf Wiedersehen«, unterbrach ich ihn.

»Glück Ihnen, Frau Lucić«, sagte er.

Lakis Blinzeln, mit dem er es vermied, dem Gegenüber länger als eine Sekunde in die Augen zu schauen, sein antikommunistisches Zuzwinkern, das mit dem Regierungswechsel in Mode gekommen war – dabei hatte Laki unter dem Kommunismus nicht im Geringsten gelitten –, dieses Zagreber *so-so*, dieses aufgesetzte *Frau Lucić*, dieses unerträgliche Sprachgemisch, der Gegensatz zwischen seinem Alter und seiner halb kajkawischen Redeweise, als sprächen aus demselben Mund Großvater und Enkel, sein *Glück Ihnen,* das ich bislang im Alltag nie gehört hatte – all das löste in mir eine leichte Übelkeit aus, wie bei einer schlimmen Vorahnung.

Statt hinauszugehen, drehte ich mich um, fuhr mit dem Aufzug wieder nach oben und klopfte an Cees' Tür. Er war allein.

»Kommen Sie herein, Tanja«, sagte er. »Gut, dass Sie da sind, ich wollte Sie sowieso in diesen Tagen aufsuchen.«

Seit dem Abendessen in ihrem Haus hatten sich Cees und auch Ines nicht mehr gemeldet. Ich hatte ein- oder zweimal angerufen und mir Ines' gefühlstriefende Ausreden angehört, wie beschäftigt sie seien, wie wenig Zeit sie hätten, aber selbstverständlich an mich dächten, wie sie von meinen Studenten nur das Beste über mich hörten und wie wir beide uns eines Tages sicher treffen und *nach Herzenslust plaudern* würden. Dieses *nach Herzenslust plaudern* hatte sich schon fast körperlich angehört.

Cees legte mir behutsam auseinander, dass er mich trotz der hervorragenden Ergebnisse, die ich mit den Studenten im zweiten Semester erzielt hatte (Woher wusste er das? Hatte ihm wieder jemand berichtet, wie es in meinen Vorlesungen zuging, oder bediente er sich einfach einer liebenswürdigen Floskel?), im Herbst leider doch nicht weiter beschäftigen könne, weil es ihm nicht gelungen sei, die nötigen Mittel zu beschaffen. Das holländische Bildungsministerium schraube das Budget für die Hochschulen jedes Jahr weiter herunter. Bis das Geld für einen Lektor der kroatischen Sprache und Literatur aufgetrieben sei, wofür er sich doch persönlich einsetze, würde Ines ehrenamtlich einspringen. Bei all ihren Verpflichtungen im Haus habe sie sich dazu breitschlagen lassen, nur damit der Lehrstuhl nicht abgeschafft würde. Selbst Russisch, das Hauptfach der Slawistik, sei gefährdet. Von mir könne er doch unmöglich verlangen, unentgeltlich zu arbeiten, nein, das auf keinen Fall, er wisse, in welcher Lage ich mich befände, und wolle mich nicht ausbeuten. Ich würde mich sicher zurechtfinden, ich hätte ja den Doktortitel, ausreichend Erfahrung im Unterrichten und *ein großes Herz*. Und, was am wichtigsten sei: *Slavs are natural born teachers, aren't they?* Ines lasse mich grüßen, es täte ihr Leid, mich nicht mehr getroffen zu haben. Sie sei mit den Kindern ans Meer gefahren. Sobald die Benotung abgeschlossen sei, werde er ihnen folgen. An mich habe er nur noch die Bitte, in den nächsten Tagen freundlicherweise die Formalitäten im Zusammenhang mit dem Auszug aus der fakultätseigenen Wohnung und die finanziellen Angelegenheiten mit der Sekretärin zu regeln.

Cees' Ton war aufrichtig und bar jeder bösen Absicht. Er fragte mich allerdings nicht, wohin ich jetzt, nach meinem Aufenthalt in Amsterdam, zu gehen beabsichtigte. Vorsichtige Menschen stellen eben keine Fragen, deren Beantwortung sie zu etwas verpflichten könnte. Während Cees sprach, klingelte in meinem Kopf schrill wie eine Alarmglocke ein einziger Gedanke.

»Cees«, unterbrach ich ihn, »mein holländisches Visum läuft bald ab.«

»Ich wüsste nicht, wie ich Ihnen da behilflich sein könnte.«

»Indem Sie als Leiter der Slawistischen Abteilung mit einem Brief bescheinigen, dass ich auch in den nächsten zwei Semestern unterrichten werde.«

»Das hieße, das Gesetz umgehen. Dieses Risiko kann ich nicht auf mich nehmen.«

»Die Behörden interessiert doch nicht die Wahrheit, sondern die Bescheinigung. Außerdem ist das kein zu großes Risiko.«

»Ich weiß nicht«, wich er aus.

»Morgen komme ich die Bescheinigung holen. Sie können sie bei der Sekretärin hinterlassen«, sagte ich in einem Ton, der nicht der meine war.

Ich verließ das Zimmer, überzeugt, morgen die Bescheinigung mit seiner Unterschrift und dem Stempel der Fakultät vorzufinden. Ich lief schnell die Treppe hinunter, eilte im Café gegenüber zur Toilette und übergab mich, lang und mühsam wie noch nie.

Später fragte ich mich, warum ich mich mit dieser Bitte um die Bescheinigung einer unnötigen Erniedrigung ausgesetzt hatte und wozu ich die Verlängerung des Aufenthaltsvisums brauchte, wo ich doch ohne Arbeit war. Bislang hatte ich gedacht, ich sei immun gegen das Emigrantenfieber, dessen Symptome ich bei anderen, auch bei Goran, bemerkt hatte. Alle redeten von *Papieren* und waren zu allem bereit, nur um an *Papiere* zu kommen. Aber was danach? *Danach werden wir schon sehen.* Viel zu oft sah ich auf ihren Gesichtern den schnellen Stimmungswechsel zwischen Gerissenheit, Demut und Angst. Die krampfhafte Suche nach dem Loch, in das man noch hineinschlüpfen kann, verlieh ihnen einen besonderen Ausdruck, nervös, schwermütig und halb kriminell zugleich. Ich kannte die hitzigen Gespräche, die plötzlich in Schweigen umkippten. Ein unsichtbarer Schatten der Verzweiflung huschte kurz über ihre Gesichter, dann kamen die Menschen wieder zu sich und ritten, als wäre nichts gewesen, mit der gleichen Hartnäckigkeit auf demselben Thema herum.

Ich bin keine Emigrantin, ich besitze einen Pass. Warum also habe ich mich vor Cees erniedrigt? Und auch vor Ines, die die Geschichte mit der Visaverlängerung sofort erfahren wird (*Wir sind ihr wirklich entgegengekommen. Cees hat wirklich alles getan, was er konnte. Wir sind doch Landsleute. Erst in der Fremde merkt man, was das bedeutet. Den eigenen Leuten muss man doch helfen …*). Ach, Ines! Dieses Geplapper, diese k. u. k. Gespreiztheit, dieses Soft-Kroatentum, diese vorgegebene »südländische« Wärme, diese Zufriedenheit mit sich selbst und mit dem eigenen Heim, an dessen Wänden die Beute aus der ersten Ehe prangt. *Damit die Holländer sehen, dass wir keine armen Teufel sind.* Die beiden, Ines und Cees, wähnen sich in einer soliden bürgerlichen Festung, während sie in Wahrheit auf einer dünnen Eisscholle balancieren und dabei ständig lächeln, brabbeln, Tafelsilber aus dem Schrank holen. Das Tafelsilber und die Bilder kroatischer Naiver sind für Ines die einzigen Waffen gegen den bösen Blick, gegen alles Böse. Großmutters silbernes *Beštek* ist für sie der klare Beweis dafür, dass sie einer Klasse angehören, der nichts Schlimmes passieren kann. Ich hingegen, ich würde mich schon zurechtfinden, ich hätte den Doktortitel und ein großes slawisches Herz. *Slavs are natural born teachers, aren't they?* O ja, ich werde das Visum nehmen, so wie man sich Brosamen vom Tisch holt, und danach, *danach werden wir schon sehen …*

Als ich mich später beruhigte, kam mir in den Sinn, dass Cees mir eigentlich nichts versprochen hatte. Ihn traf keine Schuld. Ich war diejenige, die ohne äußeren und inneren Halt geblieben war. Ich war verwundbar, ich war verfügbar. Ein jeder konnte mich mit spitzen Fingern anpacken, auf den Rücken werfen, mit mir spielen oder mich zerdrücken. Deshalb kroch ich so leicht Ines' Worten auf den Leim, ging im süßen Schaum ihres Gebrabbels unter. Aber auch sie traf keine Schuld. Ich war diejenige, die angeschlagen war. Um ganz zu bleiben, hatte ich mich mit einem Schutzmantel umgeben, der mit der Zeit in mich hineingewachsen war und mich von innen zerfressen hatte. Ich war diejenige, die es nicht mehr gab.

Beim Verlassen des Cafés erblickte ich Igor. Er saß in seiner gewohnten Pose da, mit Kopfhörern, und las. Er hatte mich nicht bemerkt. Plötzlich musste ich an die Amerikaner denken, bei denen ich in Berlin gearbeitet hatte und die es nie unterließen, mich ihren Freunden und Gästen vorzustellen: *This ist Tanja, our babysitter. She comes from former Yugoslavia. Tanja is wonderful with children. She really has a way with them …*

10.

»Bist du eine *Unsrige*?«, fragt er, die Augen listig zusammengekniffen, und grinst. Ein Goldzahn blitzt auf. Im anderen Mundwinkel hängt eine feuchte Zigarette.

»Ja«, sage ich. »Und woher kommt ihr beide?«

»Ich bin aus der Umgebung von Smederevo, der da aus Kumanovo. Wie kommst du eigentlich hierher?«

»Direkt vom Mars gefallen«, sage ich.

Beide kichern.

»Das mag ich, keiner ist so schlagfertig wie die *Unsrigen*«, sagt der Zigeuner zu seinem Partner.

»Also, Schwesterchen, sollen wir etwas für dich spielen?«, fragt er.

»Warum nicht.«

»Etwas aus deiner Heimat, vom Mars?«

»O ja.«

Er greift zur Klarinette, der andere hängt die Riemen seiner Ziehharmonika über die Schultern, wirft die Zigarette weg und setzt ein breites Lächeln auf.

Ich nehme einen Hundertguldenschein aus meiner Handtasche und werfe ihn in den Hut.

Der Blick des Harmonikaspielers streift den Schein.

»Aber, Schwesterchen«, beschwört er mich weinerlich, »schmeiß doch nicht so mit deinem Geld herum, sei nicht dumm, heb es lieber für schlimme Zeiten auf. Ein, zwei Gulden genügen. Komm doch her, Schwesterchen, komm schon, koooomm, sei nicht dumm, nimm dein Geld zurück …«

Ich winke ab und verliere mich in der Menge. Das Zigeunerlied von der untergehenden Sonne hat zielsicher wie ein Geschoss mein Herz getroffen, das nun blutet. Das Eis, das es umgab, schmilzt langsam, und ich schleppe mich verwundet weiter über den Wochenmarkt.

Albert Cuyp im ehemaligen Arbeiterviertel Pijp ist der bekannteste und größte offene Markt Amsterdams. Die Marktstände, es sollen über dreihundert sein, schießen frühmorgens aus dem Boden und verschwinden am Spätnachmittag. Der Einkauf von Fisch, Gemüse und Obst diente mir nur als Vorwand, denn eine magnetische Kraft zog mich zu dem Markt hin. Eingetaucht in einen leichten Nebel von Blütenstaub, duftete der Markt betörend nach Gewürzen aus Übersee – Zimt, Nelken, Muskatnuss, die einen Hauch von Wind und Meersalz mit sich trugen. Die Luft glitzerte und flimmerte vom Glanz üppiger Ballen mit feiner Seide und schwerem Samt, von exotischen Juwelen, Gold und Perlen, vom Perlmutt wollüstig halb geöffneter Muscheln und dem silbrigen Schimmer frischer Fische. Die Äpfel auf meinem Lieblingsmarkt glänzten golden, die Trauben leuchteten wie winzige Lampions, die Milch war dickflüssig und weiß wie die Haut auf Vermeers Frauenbildnissen.

Doch mit einem Mal verflüchtigte sich meine hedonistische Phantasie. Jetzt lagen da nur noch tote Fische, die Äpfel waren zwar weiterhin rot und die Salatköpfe grün, aber der Glanz war weg. An den Ständen hockten schäbige Verkäufer billiger Klamotten, die Luft um sie herum war vor lauter synthetischer Fasern elektrisch geladen. An den Ständen hockten Verkäufer von allerlei Kram: Knabbereien, Schneidegeräte, Staubwischer,

Plastikkämme und -bürsten, falsche Haarteile in allen Farben, Rückenkratzer mit einer kleinen Plastikhand – alles Dinge, deren richtigen Namen niemand wusste. An den Ständen hockten Verkäufer von Seifen, Shampoos, Cremes, billigen Taschen, Kunstblumen, Schulterpolstern, Ellbogenflicken, Nadeln und Garnen, Kissen, Bettüberwürfen, Bildern und Bilderrahmen, Nägeln und Hämmern, Würsten und Käse, Hühnern und Fasanen, mottenzerfressenen Kleidungsstücken …

Ich kroch zwischen den Ständen herum, mein von dem Zigeunerlied getroffenes Herz blutete noch immer; da erblickte ich etwas, was ich nicht gesucht hatte: die rot-weiß-blau gestreifte Plastiktasche. Ana hatte Recht, sie kostete nur zwei Gulden. Danach bog ich wie ein ferngesteuertes Spielzeug zu der Metzgerei *Zuid* ab, wo sich, von Heimweh getrieben, Amsterdamer Jugos versammeln. Im Schaufenster lagen Schweinsfüße, die Regale boten eine bescheidene jugonostalgische Auswahl an: Ajvar aus Mazedonien, Würste aus Sirmien, Olivenöl aus Korčula, »Plasma«-Kekse (die wegen ihres selten blöden Namens im Handumdrehen zu einem Kultprodukt wurden), »Minas«-Kaffee (der allerdings aus der Türkei kam) und die »Negro-Rachenputzer«, Bonbons, die (ebenfalls wegen ihres Namens) ein Kultprodukt waren. Ich nahm ein Glas Ajvar und die Bonbons. Das war ein ritueller, symbolischer Kauf, denn ich vertrug keinen Ajvar und die Bonbons schmeckten bitter.

Tausende und Abertausende Migranten hatten ihre Heimat gegen ein Land wie dieses eingetauscht, dachte ich, um am Ende über einen solchen Markt zu streunen, Ajvar zu kaufen, den sie nicht vertragen, Bonbons, die bitter schmecken, eine Plastiktasche, die sie nie gebrauchen werden, einen albernen Rückenkratzer mit einer kleinen Plastikhand, ein falsches Haarteil …

Wie ein ferngesteuertes Spielzeug lief ich von Albert Cuyp zum Oosterpark, wo sich in einer schmalen Seitenstraße das bosnische Café *Bella* befand. Dort saßen finstere, schweigsame Typen und spielten Karten. Sie musterten mich mit trägen Blicken, die nichts ausdrückten, nicht einmal Erstaunen darüber, dass eine Frau diesen den Männern vorbehaltenen Raum betrat. Ich nahm an der Theke Platz, bestellte »unseren« Kaffee und blieb dort eine Weile sitzen, wie zur Buße. Ich setzte das Gesicht mit der unsichtbaren Ohrfeige auf und nahm die etwas geduckte Haltung an – wie sie.

Mit dem Glas Ajvar aus Mazedonien, den »Negro-Rachenputzern« und der rot-weiß-blau gestreiften Plastiktasche – Reliquien, aufgelesen auf meiner Pilgerfahrt – machte ich mich langsam auf den Weg nach Hause. Mein Herz blutete nicht mehr. Mir war aber nicht klar, ob ich mich von etwas verabschiedet oder ob ich eine imaginäre Beitrittserklärung zu etwas ausgefüllt hatte. *Komm, Schwesterchen, komm, sei nicht dumm ...*

Vierter Teil

1.

I'm like a stepping razor
Don't you watch my size
I'm dangerous, I'm dangerous

Treat me good
If you wanna live
You better treat me good

Peter Tosh, *The Stepping Razor*

Als es klingelte, wusste ich, dass Igor vor der Tür stand. Ich wusste, er würde kommen, um sich eine Erklärung zu holen. Er kam herein, drehte sich im Zimmer um, als wäre es ihm zu eng, als wüsste er nicht, ob er bleiben solle. Schließlich setzte er seinen Rucksack auf den Boden.

»Das ist also Ihre Bude?«

»Ja, das ist meine ›Bude‹.«

»Ein Zimmerchen, eine winzige Küche und ein Duschbad. Ein kleines Zimmer zwei mal drei«, sagte er ironisch. Das Letztere war ein gesungener Spot einer früheren jugoslawischen Fernsehreklame.

»Ich hoffe, Sie wohnen schöner.«

»So, Sie haben sich also im Keller Ihr Nest gebaut«, sagte er spöttisch.

»Im Souterrain«, sagte ich versöhnlich.

»Sie haben nicht gerade viele Bücher, wenn man bedenkt, dass sie zu Ihrem Beruf gehören«, sagte er, während er das Bücherregal musterte.

»Möchten Sie etwas trinken?«, sagte ich, seine Bemerkung überhörend.

»Kaffee. Etwas anderes haben Sie sowieso nicht im Haus, oder?«

Während ich den Kaffee aufgoss, überlegte ich, was ich ihm sagen sollte. Obwohl die Tassen sauber waren, spülte ich sie noch einmal. Es dauerte eine Ewigkeit, bis ich die Zuckerdose fand. Ich bummelte, gewann Zeit.

»Sie kommt aus Zagreb, Herr Graf, eine echte Zagreberin ist sie und ein in der Tat merkwürdiges Fräulein. Noch jung, aber schon mit einem eisernen Willen und einer heldenhaften Ausdauer ausgestattet. Nicht nur, dass sie die gewöhnlichen Schulfächer beherrscht, vielmehr ist sie auch noch des Französischen und des Italienischen mächtig, versteht sich aufs Musizieren und Malen und kann wunderbar sticken. Sie ist dergestalt von ihrem Beruf eingenommen, dass sie nahezu leidenschaftlich ihre Pflicht erfüllt; sie besitzt eine idealistische Ader, dieses Mädchen hat es sich zu seiner heiligen Aufgabe gemacht, die ihr anvertrauten Seelen zu verwandeln und zu veredeln …«

Das war ein Abschnitt aus August Šenoas *Branka*, einem kleinen romantischen Werk über eine Lehrerin, die, beseelt von den Idealen der kroatischen Wiedergeburt, aus Zagreb in das abgelegene Dorf Jalševo zog, um Bauernkinder zu unterrichten. Den Rücken ihm zugewandt, goss ich den Kaffee in die

Tassen und hörte Igor zu, wie er aus dem Buch vorlas, das ich mir in der Seminarbibliothek ausgeliehen hatte. Mein Kinn zitterte, ich befürchtete, in Tränen auszubrechen. Igor hatte eine kindliche Art gewählt, mir einen Stich zu versetzen. Ich ahnte, dass diese Einlage mit Šenoa nur die Ouvertüre zu einer vorbereiteten Vorstellung war.

»Und so glotzen Sie schon seit Monaten auf die Füße von Passanten?«, fragte er, nachdem er das Buch weggelegt hatte, mit dem Kopf zu dem vergitterten Fenster weisend.

»Man findet sich mit den Dingen ab, wenn man weiß, dass sie vorübergehend sind. Ich gehe ohnehin in ein paar Tagen weg«, sagte ich so gelassen, wie eben möglich.

»Warum sind Sie so sicher, dass die Dinge nur vorübergehend sind?«, fragte er. Wohin ich gehen würde, interessierte ihn nicht, oder er tat nur so.

Ich reichte ihm die Tasse Kaffee. Er wollte mich provozieren, deshalb beschloss ich, das Thema als Erste anzusprechen.

»Igor, es tut mir wirklich Leid ...«

»Well, you are sorry.«

»Setzen Sie sich«, sagte ich und setzte mich. Er blieb stehen, den Rücken mir zugekehrt, mit dem Blick auf das vergitterte Fenster.

»Ich weiß, dass Sie wegen der Noten gekommen sind.«

Er drehte sich um und richtete seinen dunklen, etwas schrägen Blick auf mich.

»Nehmen wir an, dass es so ist«, sagte er. »Und?«

»Ich weiß nicht«, sagte ich mit brüchiger Stimme. Mein Kinn begann wieder zu zittern.

Er drehte sich um, durchquerte das Zimmer, blieb bei einem Korb stehen, in dem ich Kleinigkeiten aufbewahrte, darunter auch die, welche meine Studenten mir zum Geburtstag geschenkt hatten. Igor wühlte im Korb.

»Dabei hatte alles so gut begonnen, nicht wahr?«, sagte er und nahm aus dem Korb zwei Paar Handschellen.

»Ja«, sagte ich vorsichtig.

»By the way, haben Sie jemals versucht, sich diese Handschellen anzulegen?«

»Wozu denn?«, fragte ich trocken.

»Hat es Sie nicht interessiert, wie man sie öffnet?«

»Nein ...«

»Aber, aber, *drugarica*, wo bleibt Ihre wissenschaftliche Neugier!«, rief er.

Bei diesem spöttischen Ton wurde ich rot. Schon wieder war ich den Tränen nahe.

Igor kam auf mich zu, nahm mir die Kaffeetasse aus der Hand und stellte sie auf das Tablett.

»Sollen wir sie jetzt mal ausprobieren?«, sagte er, packte mein Handgelenk und setzte einen leichten Kuss darauf. Seine Lippen waren kalt und trocken.

Geschickt fesselte er mein Handgelenk mit den Handschellen an die Armlehne.

»So, jetzt sind Sie meine Gefangene«, sagte er charmant.

»Sie machen Spaß.«

Mit Mühe brachte ich Sätze heraus, die nicht die meinen waren. Igor zog seinen Stuhl an den meinen heran, setzte sich und nahm meine freie Hand.

»Geben Sie's zu, meine Schnelligkeit hat Sie beeindruckt. Ich habe es stundenlang geübt«, sagte er.

Ich zog meine Hand zurück.

»Nehmen Sie bitte die Handschellen wieder ab. Wenn Sie schon so viel geübt haben, werden Sie wissen, wie das geht«, sagte ich und versuchte zu lächeln.

Er fasste wieder meine freie Hand, hob sie an sein Gesicht und streichelte mit ihr darüber.

»Ach, *drugarica*, Sie haben eine Neunzehntes-Jahrhundert-Hand …«

»Eine was?«

»Solche Hände werden in den Romanen aus dem neunzehnten Jahrhundert beschrieben. Kleine, weiße Händchen …«

Er drehte und wendete meine Hand in der seinen wie einen Handschuh.

»Sie kauen an den Nägeln. Wie ein kleines Mädchen … Jetzt könnten Sie Ihren Schüler doch ruhig ein bisschen streicheln«, sagte er und legte plötzlich seinen Kopf in meinen Schoß.

Ich war gespannt wie ein Bogen. Mit der freien Hand streichelte ich ihm über das Haar. Igor hielt in meinem Schoß ganz still. Dann hob er den Kopf, nahm meine Hand, strich mit der Zunge über die Handfläche und machte mit dem zweiten Paar Handschellen mein Handgelenk an der anderen Armlehne fest.

»Nun gehören Sie mir, nur mir«, sagte er verführerisch.

»Hören Sie auf mit diesem dummen Spiel«, sagte ich errötend.

»Sie hoffen immer noch, es ist ein Spiel?«, sagte er ironisch.

»Lassen Sie doch die Mätzchen, Igor. Wenn Sie meinen, dadurch zu Ihrem Recht zu kommen …«

»Aber welches Recht! Sie haben wirklich keine Phantasie, *drugarica*. Das Recht interessiert mich nicht.«

»Ich habe Ihnen eine schlechte Note gegeben, weil ich überzeugt bin, dass Sie mich bei Cees Draaisma verpetzt haben«, log ich.

»Ich?!«

»Nach dem ersten Semester hat einer von euch sich bei Cees beschwert, wir hätten im Unterricht nichts durchgenommen, ihr hättet mit mir nur Zeit vergeudet, ich hätte euch gezwungen, mit mir in Cafés herumzusitzen.«

»Don't tell me?«, sagte er spöttisch. Er schien nicht im Geringsten überrascht zu sein.

»Cees hat es mir gesagt.«

»Und Sie glauben im Ernst, ich sei es gewesen?«

»Einer von euch! Sie oder jemand anders.«

»So what?«

»Wieso so what? Ihr habt mich hintergangen, ihr habt mich verraten, ihr hattet nicht den Mut, mir offen zu sagen, was euch nicht passte, lieber seid ihr zu Cees gelaufen, um mich anzuschwärzen ...«

»Und deshalb beschlossen Sie, Rache an uns zu üben?«

»Nein. Ich habe meine Arbeit getan.«

»Und was, wenn niemand sich beschwert hat? Wenn Draaisma das Ganze erfunden hat?«

»Warum sollte er lügen?«

»Um ein Spielchen mit Ihnen zu treiben, um Ihnen zu zeigen, wie leicht es ist, Sie und uns alle zu manipulieren.«

»Nein, dazu klang er zu glaubwürdig. Er schien einen vollständigen Bericht über jede einzelne unserer Stunden bekommen zu haben.«

»Meine liebe *drugarica*, das Problem liegt nicht in Cees, auch nicht in uns, sondern in Ihnen. Sie konnten es kaum erwarten, ihm auf den Leim zu gehen. Sie hätten das überhören und vergessen können. Selbst wenn wir Sie angezeigt hätten, hätten Sie souverän darüber hinwegsehen können. Uns verzeihen können. Mit uns Mitleid haben können, denn wir sind *Unsrige*, wir sind Arschlöcher. Sie hätten mit uns darüber reden können. Wie Sie sehen, es gab eine große Auswahl möglicher Reaktionen. Aber Sie haben sich entschieden, einen little angry war gegen Ihre Studenten zu führen.«

»Was für einen Krieg, ich verstehe nicht, wovon Sie sprechen?«

»Okay, then … Warum haben Sie mir ein ›ungenügend‹ gegeben?«

»Ich weiß es nicht«, sagte ich. Es war die ehrlichste Antwort, die ich ihm geben konnte.

»Das wissen Sie, fucking-bitch-*drugarica*, nur allzu gut, Sie wollen es bloß nicht zugeben«, sagte er ruhig und streifte leicht mein Knie.

»Wie reden Sie überhaupt mit mir! Öffnen Sie sofort diese Handschellen, sonst rufe ich die Polizei!«

»*Drugarica*, Sie sind wirklich pathetic.«

»Wieso?«

»Wetten, dass Sie nicht einmal die Rufnummer der Polizei kennen!«

Er hatte Recht. Ich kannte sie nicht.

»Was wollen Sie eigentlich von mir?«

»Sie reden so, als läsen Sie die Dialogliste eines zweitrangigen Films runter, *drugarica*. Was ich will? Keine Ahnung. So wie Sie nicht wissen, warum Sie mir ein ›ungenügend‹ gegeben haben, so weiß ich nicht, was ich will. Eigentlich möchte ich Sie ein wenig antippen, um zu hören, wie Sie klingen, wenn Sie um Hilfe rufen, ich möchte Ihren echten Ton hören, das will ich.«

»Was für einen Ton?«

»Sie haben Schiss, *drugarica*, ich lese in Ihnen wie in einem offenen Buch, und dennoch hindert Sie etwas, die Maske der Lehrerin abzulegen. Als befänden wir uns in einem fucking Kurs der fucking Territorialverteidigung.«

»Genug jetzt! Gleich schreie ich«, sagte ich und spürte, wie ich in der eigenen Dummheit versank.

»Wenn Sie schreien, klebe ich Ihnen eine!«

»Das würden Sie nicht wagen!«, sagte ich.

»Wanna bet?«

Bevor ich zur Besinnung kam, versetzte Igor mir eine heftige Ohrfeige. Es verschlug mir den Atem.

»Sie sind wirklich nicht normal«, stieß ich hervor.

»Sie aber wohl?«

»Wie reden Sie mit mir?«, sagte ich atemlos.

»As I want to. Mind you, Sie sind keine ›Lehrerin‹ mehr. Hören Sie deshalb jetzt auf zu meckern und sich aufzuspielen.«

»Hören Sie zu, Igor, seien Sie kein Kind, ein Anruf bei der Sekretärin genügt, und ich kann Ihre Note korrigieren«, sagte ich.

»Meine arme Lehrerin! Ich bin ein viel zu guter Student, als dass mich Ihre schlechte Note erschüttert hätte!«, sagte er ironisch.

Ich verstummte. Er hatte Recht. Ich wusste nicht, wie ich mich wehren, was ich ihm sagen sollte. Auch hatte ich keine Kraft mehr. Ich war fertig und befürchtete, durchzudrehen.

»Igor, verzeihen Sie mir, bitte ...«, sagte ich vorsichtig, nachdem ich tief Luft geholt hatte.

»Es gelingt mir ums Verrecken nicht, das richtige Wort aus Ihnen herauszuholen«, wiederholte er ruhig.

»Das wird Ihnen auch nicht gelingen, denn ich habe es nicht! Ich weiß nicht, was Sie von mir wollen. Das richtige Wort? Ich kann seit Monaten kein richtiges Wort mehr hervorbringen!«

Ich zitterte vor Zorn. Wieder sprach ich wie eine Teilnehmerin des Kroatischkurses für Anfänger. Ich versuchte, meine Hände zu befreien, und musste vor Schmerz aufschreien.

Igor beobachtete mein Aufbegehren, als sähe er sich eine schlechte Theatervorstellung an. Dann nahm er Klebeband aus der Hosentasche.

»Wo haben Sie eine Schere?«

»Auf dem Regal«, sagte ich, Tränen in den Augen.

Igor schnitt ein Stück Band ab und klebte es geschickt wie ein Einbrecher über meinen Mund.

»So, jetzt haben Sie endlich, was Sie wollten. Kino. The movie of the week. Meine liebe *drugarica*, Sie sind ein stolzes Tierchen. Halten noch immer an sich. Wissen, dass Sie in der Patsche sitzen, meinen aber, Ihre Lage sei immer noch besser, als sie in Wirklichkeit ist. Noch immer glauben Sie, einen Status zu haben, noch immer rechnen Sie mit Ihrem Besitz, mit Ihrem Ehemann, obwohl er nach Japan abgehauen ist; mit Ihrer Wohnung, obwohl ein anderer darin lebt; mit Ihren Büchern, obwohl sie nicht mehr Ihnen gehören; mit Ihrem Doktortitel, obwohl er nichts wert ist. In einem verborgenen Winkel Ihres Hirns rechnen Sie noch immer damit, dass das Leben wieder die alte Gestalt annimmt. Sie meinen, was Ihnen jetzt passiert, sei nur ein kleiner, freiwilliger Ausflug, es reiche, mit den Fingern zu schnippen, und – hoppla! – alles würde wieder so sein wie früher. Ist es nicht so? Am I right? Obwohl Sie schon seit zehn Monaten in diesem Keller hausen und die Füße der Menschen zählen, die vor Ihrer Nase vorbeispazieren, obwohl Sie Tausende schlechte Filme gesehen haben, wette ich, dass Sie nie versucht haben, sich selbst in einem anderen Lebensskript zu sehen. Zum Beispiel, wie Sie im Rotlichtviertel in einem Schaufenster sitzen, in einem Mini-Zimmer mit einer Mini-Schüssel und einem Mini-Handtuch, und auf Kundschaft warten. Sie haben nie versucht, sich vorzustellen, wie Sie Toiletten putzen, obwohl Sie wissen, dass Selim das tut. Oder wie Meliha holländischen Tattergreisen Gesellschaft leisten …

Haben Sie je daran gedacht, Ihre Schüler könnten bessere Menschen sein als Sie? Ja? Sie sind doch nicht gefühllos, *drugarica*, möglicherweise haben Sie sogar daran gedacht, aber diesen Gedanken sofort verscheucht. Haben Sie daran gedacht, dass manche Studenten mehr wissen könnten als Sie? Nur sind die im Unterschied zu Ihnen durch die Schule der Erniedrigung gegangen und spielen sich daher nicht auf. Die haben am eigenen Leib gespürt, dass man die Dinge relativieren muss. Denn die Dinge sind relativ. Die Entfernung wurde bis gestern noch in Zentimetern gemessen. Eine Granate hätte auch Sie treffen können. Zufällig tat sie es nicht. Sie haben freilich Mitleid mit denen, die unmittelbar Bekanntschaft mit ihr machten, aber obwohl Sie es niemals zugeben würden, hegen Sie doch in einer entlegenen Windung Ihres Hirns den Gedanken, die Granate habe eine Auswahl getroffen. Und dafür müsse es doch einen fucking Grund geben. Irgendetwas hindert Sie daran, die Dinge in einen Zusammenhang zu bringen und zu begreifen, dass Sie nur, weil diese Granate Sie verfehlt hat, unsere Lehrerin wurden. Es hätte glatt auch umgekehrt sein können. Dann hätten Sie als Flüchtling die Bank gedrückt, und Meliha wäre Ihre Lehrerin geworden. Diese Granate hat aus uns allen Arschlöcher gemacht, aber Sie meinen immer noch, ein kleineres Arschloch zu sein. Sie klammern sich an einen winzigen augenblicklichen Vorteil wie an ein Gesetz Gottes …

Sind Sie jemals auf den Gedanken gekommen, dass Sie uns die ganze Zeit quälten? Dass Sie Ihre Schüler zwangen, sich zu erinnern, während die sehnlichst alles vergessen wollten? Dass die Gefühle vortäuschten, nur um es Ihnen recht zu machen? So wie die Papuaner sich kannibalische Rituale ausdachten, nur um den Anthropologen gefällig zu sein. Im Unterschied zu Ihnen haben Ihre Studenten dieses Land lieb gewonnen. Flach, feucht und nichts sagend, besitzt Holland doch etwas, was andere Länder nicht haben. Es ist ein Land des Vergessens, ein Land ohne Schmerzen. Hier verwandeln sich Menschen aus eigenen Stücken in Amphibien, sie nehmen die Tarnfarbe des Sandes an und stellen sich tot wie die fucking Amphibien. Dabei wollen sie nichts anderes, als sich tot stellen. Die holländische Ebene ist wie gutes altes Löschpapier, sie saugt alles auf: die Erinnerungen, den Schmerz, den ganzen crap …«

Als sei er müde geworden, hielt Igor inne. Er griff zu Šenoas Buch und blätterte abwesend darin. Über meine Wangen liefen Tränen. Ich wusste nicht, ob aus Erniedrigung, ob aus Selbstmitleid, ob wegen der Tragik oder der Komik der Lage, in der ich mich befand … Mein Gott, dachte ich, er ist ein erwachsener Mann, er ist doch die Person, die mir in diesem Augenblick vertrauter ist als je eine in meinem Leben, und ich bringe es nicht fertig, ihm das zu sagen. Selbst wenn mein Mund nicht zugeklebt wäre, hätte ich es nicht geschafft, ein sinnvolles und treffendes Wort hervorzubringen.

Als hätte er meinen Gedanken aufgefangen, drehte sich Igor zu mir. »Das Barometer Ihres Herzens fällt, und Ihre Augen sind mit Tränen gefüllt«, zitierte er.

Zwischen uns war eine unsichtbare Wand aus Eis. Ich fragte mich, ob er wusste, dass ich in diesem Augenblick nur noch den Drang spürte, mit der Stirn diese Eismauer zu durchbrechen. Denn ich brauchte Hilfe. Etwas stimmte nicht mit meinem Herzen, aber die Verletzung vermochte ich nicht abzuschätzen. Verzweifelt suchte ich nach Schutz, nach einem warmen Schoß, um mich hineinzukuscheln, dort meinen Schmerz zu tilgen, zu mir zu kommen …

»Was mache ich bloß mit Ihnen, *drugarica*?«, sagte er theatralisch und warf das Buch auf den Boden.

»Was bloß? Aber keine Angst. Don't you worry. Ihre kleine Literatur lohnt keine große Protestgeste. Eigentlich tun Sie mir Leid. Sie unterrichten kleine Literaturen, und die sind Ihnen in der letzten Zeit auch noch weggeschrumpft. Sie schleppen dieses Bündel mit sich herum, es ist das Einzige, was Sie besitzen. Jahre haben Sie darauf vergeudet, das war schließlich Ihr Beruf, und jetzt sollen Sie alles über Bord werfen? In der Tat, was konnten Sie anderes tun, als versuchen zu retten, was zu retten war. Im Stile von: Liebe Kinder, alles ist kaputtgegangen, kommt, räumen wir gemeinsam die Trümmer auf, spielen wir ein bisschen Archäologie …

Aber haben Sie sich mal gefragt, was denn so fucking Wichtiges kaputtgegangen ist? Ein Haufen Bücher in einer Sprache, die fast keiner braucht. Alle Ihre Šenoas, Gjalskis, Kumičićs, alle diese Lazarevićs, Šantićs und Glišićs, alle Ihre Župančičs, Voranсs und Cankars, das waren doch alles dörfliche Aufklärer. Alles, was diese literarischen Bauern geschrieben haben, hatte nur einen Zweck: dem Volk das Lesen und das Schreiben beizubringen. Die echte Literatur dient nicht dazu, sie wendet sich doch an gebildete Leser, right? Als Flauberts *Madame Bovary* erschien, war Zagreb ein Dorf mit 16675 Einwohnern, ganze 16675! Die große europäische Literatur – Goethe, Stendhal, Balzac, Gogol, Dickens, Dostojewski, Flaubert, Maupassant –, alles war schon da, als unsere lokalen assholes sich anschickten, die ersten Buchstaben zu lernen. Als Dostojewskis *Schuld und Sühne* herauskam, waren achtzig Prozent der Einwohner Kroatiens Analphabeten.

Get real, *drugarica*, kommen Sie zur Vernunft, sehen Sie sich um. Ihr Klassenzimmer ist leer! Ihre Schüler sind über Sie hinausgewachsen, sie sind in die Welt hinausgegangen, sie besitzen eine andere Werteskala, haben Fremdsprachen gelernt, lesen in diesen Sprachen, wenn sie lesen, und wenn das überhaupt wichtig ist. Sie hingegen sind eine ›Streiterin für die Volksaufklärung‹ geblieben, für die es ›keine hehrere Aufgabe gibt, als das Licht, das gute Benehmen und das Wissen unter das Volk zu bringen‹. In Ihrer Brust pocht das über hundert

Jahre alte Herz der Lehrerin Branka. Was sonst können Sie? Nicht einmal das fucking Holländisch haben Sie gelernt! Wenn nichts anderes, so haben Ihre Schüler Ihnen zumindest eine Fremdsprache voraus.

Und dann diese Erinnerungsspielchen, die Sie mit uns trieben! Sie forcierten diese fucking Erinnerung, dabei wird in ein paar Jahren dieser nostalgische crap überall angeboten. Die Slowenen verkaufen jetzt schon Kassetten mit Titos Reden, die haben als Erste den kommerziellen Wert der Nostalgie erkannt. Sie werden sehen, die Jugonostalgie wird uns allen in ein paar Jahren zum Hals raushängen ... Meine Erinnerung an dieses ehemalige Land ist die, dass die heimischen mother-fuckers mir ein Soldatenhemd überstreifen und mich in den Krieg schicken wollten! Damit ich die Errungenschaften meiner fucking Heimat verteidige! Aber welcher fucking Heimat? Früher war das alles mein, vom Vardar bis zum Triglav ...«

Igor geriet in Rage, überschlug sich beim Reden, schnappte nach Luft. Ich zerfiel in Stücke und befürchtete, nie wieder ganz zu werden.

»Niemand half mir. Niemand. Und wäre ich nicht geflüchtet, wäre ich heute eine Leiche. Auch Sie standen mir nicht bei, *drugarica* ... Denn wir brauchten weder Ihre fucking Zensuren noch Ihre fucking Literatur. Wir brauchten eine Person mit Verstand, die die Dinge richtig einordnete. Sie aber sind auf halbem Wege stehen geblieben. Anfangs haben Sie zwar etwas gezögert und gezuckt, geseufzt und Ihre Händchen gerungen, dann aber schnell aufgegeben. Sie hielten Vorlesungen über eine Kultur, unterließen es jedoch, klar und deutlich zu sagen, dass diese sich kompromittiert hatte! Ständig laberten Sie von etwas, was es nicht mehr gibt. Sie erzählten über Ivo Andrić, vergaßen aber zu erwähnen, dass die heimischen Kulturmetzger ihn in drei Teile zerstückelt haben, in einen kroatischen, einen serbischen und einen bosnischen Teil. Sie sprachen über die Literaturgeschichte und versäumten, laut zu sagen, dass sie in einen – realen wie auch symbolischen – Haufen Asche verwandelt wurde, nämlich in jenem Augenblick, als die Nationalbibliothek in Sarajevo in Trümmer fiel! Die Bücher wurden in Müllcontainer geworfen, die Bücher brannten, meine *drugarica*! Brandschatzungen – das ist die reale Kulturgeschichte der Jugo-Völker. Sie hätten Statistik und Topographie der Zerstörung unterrichten sollen. Stattdessen hielten Sie an Ihrem Programm fest. Sie haben sich selbst disqualifiziert, *drugarica*, so ist es doch. Sie haben nicht zu dem gestanden, wozu Sie hätten stehen sollen, und zwar hier, wo Sie volle Freiheit genießen ...

Zugegeben, am Anfang hatten Sie kapiert, dass wir alle und auch Sie krank waren, doch dann bekamen Sie Angst und beschlossen, sich selbst zu retten. Ihnen war am wichtigsten, an Ihrem Fach festzuhalten, dafür wurden Sie schließlich bezahlt. Dabei ist Ihr Fach klein, nichtig, tief in moralische Scheiße versunken. Sie hofften, als good girl eine Arbeit zu finden und davonzukommen, und sind dabei reingefallen. Sie gerieten an Draaisma, eine genauso armselige Kreatur wie Sie. Allerdings hat er den Vorteil, dass er Holländer ist. Er verteidigt sein mühsam erkämpftes Territorium, denn er weiß genau wie Sie, dass er überflüssig ist. Im Unterschied zu Ihnen verfügt er aber über eine gewisse Macht. Deshalb gibt er denen Arbeit, die er kontrollieren kann, seiner eigenen Frau und einem Typen, der dümmer ist als er, Laki ...

Sie tun mir Leid, *drugarica*. Schnappen Sie sich einen Holländer, solange Sie noch können. Dieses Land ist ganz okay, es wird Sie nicht im Stich lassen ... Und noch etwas. You are a lucky bitch, *drugarica*, Sie haben das Glück, dass ich Ihnen all das sage. Denn aus dem, was mit uns allen geschehen ist, kann man auf dreierlei Arten hervorgehen: als ein besserer Mensch, als ein schlechterer Mensch oder wie Uroš mit einer Kugel im Kopf. Also, Sie haben die Wahl …«

Plötzlich verstummte er. Eine heilsame Stille erfüllte das Zimmer. Igor beobachtete mich aufmerksam.

»He, *drugarica*, Ihnen scheint das alles sogar zu gefallen! Ein tolles Frauchen sind Sie, *drugarica*, ein tolles Tierchen«, sagte er, pflanzte sich vor mich hin und begann mit seinem Finger zärtlich Linien über mein Gesicht zu ziehen, als schriebe er eine Botschaft auf meine Haut.

»Meine kleine Kroatischlehrerin, meine kleine Serbischlehrerin, meine kleine Bosnischlehrerin«, sagte er wie zu einem Kind.

Ich atmete kaum.

»Was mache ich bloß mit Ihnen, *drugarica*? Sagen Sie's doch. Sie haben sich in sich verkrochen, halten still, haben einen Schutzpanzer angelegt, sich in eine Schildkröte verwandelt. Jetzt hocken Sie in Ihrem Häuschen, und keiner kann Ihnen was antun. Sie lugen aus ihrer unsichtbaren Burka wie eine muslimische Braut.«

Igor verstummte, machte einige Schritte, drehte sich zu mir um, nahm aus der Hosentasche eine Rasierklinge. Ich erstarrte. Er kam auf mich zu, packte meine rechte Hand am Gelenk und drückte behutsam die Klinge ins Fleisch. Schnell machte er einen kurzen, nicht tiefen Schnitt. Dann noch einen, und noch einen …

Ich spürte keinen Schmerz. Tränen liefen über mein Gesicht. Durch die Tränen beobachtete ich das Blut, das dünn an meinem Arm hinunterrann. Die blutigen Schnitte sahen aus wie ein natürliches Armband.

»Dies zur ewigen Erinnerung ... Am linken Handgelenk die Armbanduhr, am rechten Ihr liebster Schüler Igor. Ich gehe jetzt, *drugarica*. By the way, der Polizeinotruf ist eins-eins-zwei«, sagte er, stand auf, nahm seinen Rucksack vom Boden und ging zur Tür.

Dann kam er zurück und löste mit einem schnellen Ruck den Klebestreifen von meinem Mund, den er jetzt mit seiner Hand zuhielt. Ich stöhnte.

»Pssssst«, beruhigte er mich. Er zog langsam die Hand weg, beugte sich herunter und gab mir einen leichten Kinderkuss, wobei er mit den Lippen meine Tränen auflas.

»Noch haben Sie die Chance, etwas zu sagen, *drugarica*.«

Ich schwieg. Igor kam meinem Gesicht nahe und sagte ruhig, fast flüsternd:

»Und was, wenn ich das asshole war, das Sie bei Draaisma verpetzt hat? Was würden Sie dazu sagen? Ich könnte es auch gewesen sein. Ich hasste Ihre Selbstsicherheit, Ihre verlogenen Zweifel, Ihre Gekränktheit, die eigentlich nicht gerechtfertigt war, Ihre laue Teilnahme an allem. Ja, vielleicht war ich das! Denn auch ich bin inzwischen zum Terminator geworden. Wir alle laufen mit aufeinander gepressten Kiefern in der Weltgeschichte herum wie Schwarzenegger! Mörder, Verbrecher, unschuldige Menschen, Opfer, Überlebende, Flüchtlinge, diejenigen, die zu Hause geblieben sind, wir, die wir hier sind – wir alle sind nicht mehr dieselben Menschen. Dieser Krieg hat uns alle kaputtgemacht, auf die eine oder auf die andere Weise. Kein normaler Mensch kommt unbeschädigt aus einem Krieg heraus. Sie hingegen schienen so weiß zu sein, so heil wie eine Porzellantasse, ich musste Sie einfach zerbrechen, etwas aus Ihnen herausquetschen, einen Schimmer des Mitgefühls, eine Regung des Erbarmens, irgendetwas ...«

Igor sah mich an mit seinem dunklen, schrägen Blick, als wöge er meine Seele. Ich schwieg.

Als er wegging und die Tür hinter sich zuschlug, füllte sich das Zimmer mit einer drückenden Stille. Ich saß steif da und lauschte. Dann würgte ich und spuckte eine imaginäre Kugel aus, die wer weiß wie lange in meinem Hals gesteckt hatte. Ein lauter Schrei entwich meiner Kehle. Es war vermutlich der Ton, den er die ganze Zeit aus mir herausholen wollte. Aber Igor war nicht mehr da, um ihn zu hören.

2.

Nachdem Igor gegangen war, blitzte vor meinen Augen ein Bild aus dem ersten Schuljahr auf. Unsere Lehrerin schickte die Schüler zur Strafe nicht in die Ecke, sondern hinter die Tafel. Damals standen die Schultafeln auf einem Holzgestell. *Hinter der Tafel* war der symbolische Ort der Scham und der Buße.

Ganz hinten in meinem Bild stand ein kleines Mädchen, das die Lehrerin zur Strafe hinter die Tafel verbannt hatte. Zwischen den hölzernen Stelzen sah man die etwas gespreizten Beine des Mädchens mit weißen Kniestrümpfen und schwarzen Lackschuhen mit Spangen. Die Klasse hätte das Mädchen völlig vergessen, wäre nicht plötzlich ein leises Geräusch zu hören gewesen. Wir wurden still, atemlos sahen wir zu, wie ein dünner Urinstrahl auf den Holzboden plätscherte. Wir starrten lange auf die kleine goldgelbe Lache zwischen den Füßen des Mädchens, die sich langsam einen Weg bahnte und auf die Schulbänke zukroch.

Jetzt lief diese Szene im Großformat und in Zeitlupe vor meinen Augen ab. Der kleine Körper des Mädchens war durch die Tafel verdeckt, und ich konnte nur den Strahl sehen, der auf den Boden platschte und in tausend goldene Tropfen zerspritzte … Auf einmal merkte ich, dass ich nass war. Warmer Urin lief meine Beine hinunter. Eine Weile saß ich wie erstarrt und zählte die Schläge meines Herzens. Mit angehaltenem Atem lauschte ich seinem Rhythmus, als sei das Herz ein Vogel, der jeden Augenblick wegfliegen konnte.

Allmählich erreichten mich aus einer ungeheuren Entfernung auch andere Bilder. Eins davon war mir sehr vertraut, ein kleines Schwarzweißfoto, das meine Mutter in ihrem Album aufbewahrte. Als es aufgenommen wurde, mag ich vier oder fünf Jahre alt gewesen sein. Ich stehe da auf einem leeren Feld, den Blick auf den Fotoapparat gerichtet. Es ist Winter, jedoch ohne Schnee. Ich trage ein strenges doppelreihiges Tweedmäntelchen. Der kleine Kragen und die Taschenklappen sind aus Samt. Die eine Hand ist in der Tasche verborgen (man sieht die etwas angehobene Klappe), der andere Arm hängt neben dem schmächtigen Körper herab. Auf dem Gesicht ist der Anflug eines kaum wahrnehmbaren Lächelns zu erkennen. Hinter mir nichts. Neben mir nichts. Auf dem Foto gibt es nur mich, ein kleines, einsames Menschenkind, das jemand auf das freie Feld hinauskatapultiert hat. Obwohl ich das Foto kannte, erschütterte mich jetzt zum ersten Mal die harte und unverkennbare Einsamkeit, die es vermittelte.

Ein leichtes Frösteln riss mich aus meiner Erstarrung. Mühsam schleppte ich mich auf dem Stuhl bis zum Telefon, aber dann war ich am Ende meiner Kräfte. Nach einer Weile gelang es mir, das Telefon heranzuziehen, ich wählte die 112 und gab meine Adresse durch. Als schließlich ein Polizist in der Tür erschien und mich, die Hände mit den Handschellen an die Armlehnen gefesselt, mit drei blutverkrusteten Einschnitten auf dem rechten Handgelenk, in einem nach Urin riechenden Zimmer vorfand, entdeckte ich in seinem Blick etwas Vertrautes. In dieser Sekunde schob sich etwas übereinander, rastete etwas ein. Der Polizist sah mich mit dem gleichen Blick an, mit dem ich das Foto des einsamen Mädchens auf dem Feld betrachtet hatte.

Igor hatte Recht. Ich werde ihn nie vergessen. Er mich aber auch nicht, dafür habe ich gesorgt. Denn ich habe dem Polizisten seinen Namen nicht verschwiegen und auch noch eine Vergewaltigung hinzugedichtet. Auf Vergewaltigung, Belästigung und gewaltsamen Einbruch in eine fremde Wohnung stünden schon einige Jahre Gefängnis, dachte ich. Und auch eine Vorstrafe, die sein ganzes Leben an ihm haften würde. Hätte ich das nicht getan, würde er mich vergessen, aber so müsste er immer an mich denken. Ich hatte den Samen gelegt. Schließlich war ich Lehrerin!

Es gibt kein Erbarmen, kein Mitgefühl, es gibt nur das Vergessen. Die Erniedrigung und der Schmerz sind die einzigen Garanten für ein langes Erinnern. Das haben wir in dem Land gelernt, aus dem wir kamen. Schreie und Schluchzen sind Töne, die wir hören und die uns anrühren wie eine Pawlow'sche Glocke, für alles andere sind wir taub. Den Geruch der Angst erkennen wir unfehlbar und sofort, er vor allen anderen reizt unsere Geruchsnerven.

Die drei kleinen Narben auf meinem rechten Handgelenk, einem Armband gleich, und der scharfe Uringeruch werden die unsichtbaren Fesseln sein, die uns, mich und meinen Schüler, aneinander ketten. Im Zeitlupentempo sah ich mich in Zukunft mit einer neuen Geste, die ich wie einen Tick nicht mehr loswerden würde: Ich hebe den Arm, lege meine Lippen auf die drei kleinen Einschnitte am Handgelenk, drücke einen Kuss auf Igors Stempel, folge mit der Zungenspitze den drei kleinen Narben, als prüfte ich, ob sie noch da sind. Dann drehe ich das Handgelenk zum Licht hin. Feucht von meiner Spucke erstrahlen die Narben in magischem perlmuttartigem Glanz.

Fünfter Teil

1.

Humpty Dumpty sat on a wall,
Humpty Dumpty had a great fall.
All the King's horses and all the King's men
Couldn't put Humpty together again.

Lewis Carroll

Die Albträume waren mit dem Beginn des Krieges gekommen und suchten mich später nach Gorans und meinem Weggehen aus Zagreb wieder heim. Sie hatten immer die gleiche Struktur und bezogen sich auf das Haus, das Zuhause. Das hatte in meinen Träumen zwei Seiten: eine vordere und eine Kehrseite. Die vordere kannte ich, die Kehrseite entdeckte ich in meinen Träumen. Sie war »der doppelte Boden«, »die Faust in der Tasche«, »der Teufel aus der Kiste«. Manchmal entdeckte ich im Traum eine Treppe, eine Tür, einen Gang, die mich zu einem Parallelteil des Hauses führten, von dessen Existenz ich nichts wusste. Oder ich fand heraus, dass das Haus halb in der Luft hing, wie »das Schloss zwischen Himmel und Erde«. Rückte ich ein Regal von der Wand weg, so klaffte in ihr ein großes Loch, durch das heftig der Wind blies, oder ich stellte fest, dass eine ganze Außenwand fehlte oder dass das Haus an einem zerschlissenen, fadendünnen Strick hing.

Die Parallelräume waren in meinen Träumen immer bedrohlich, sie offenbarten sich mir wie eine Fratze, wie eine feindliche Warnung. Die Träume kamen unerwartet, Windböen ähnlich, blieben dann einige Zeit aus und kamen mit erneuter Wucht wieder. Irgendwann wurden sie seltener und verschwanden dann völlig.

Mit der Zeit verknoteten sie sich zu einem Albtraumknäuel, und ich vergaß sie. Nur an einen Traum erinnere ich mich gut. Darin glich das Haus einem Labyrinth, es hatte mehrere Stockwerke und setzte sich aus verschiedenen, nicht zueinander passenden Teilen zusammen. Die Decke war hoch, eher zu einer Kirche als zu einem Haus gehörend. Plötzlich wölbte sie sich vor, und an ihr bildete sich so etwas wie ein Trichter. Schon im nächsten Augenblick riss die Decke auf, und durch den »Trichter« ergossen sich – Bücher! Zunächst rieselten sie herab wie Körner, dann wurden sie zu einer ungestümen Lawine. Einzelne Blätter flatterten umher, die Luft wurde dick vom Bücherstaub. Goran war nicht da, aber ganz hinten im Raum erblickte ich meine Mutter, sie stand wie versteinert, das Gesicht zur Decke gerichtet. Ich lief zu ihr, packte sie fest an der Hand und zog sie hinaus auf die Straße. Das Gebäude stürzte hinter uns zusammen wie ein Kartenhaus.

»Und der Schlüssel?! Wo hast du den Schlüssel?«, rief Mutter.

»Ich habe ihn nicht«, sagte ich schuldbewusst und gleichzeitig von Mutters sinnloser Sorge gerührt. Wozu brauchen wir den Schlüssel, wenn wir kein Haus mehr haben, dachte ich.

»Siehst du, jetzt haben wir nicht einmal mehr den Schlüssel«, sagte Mutter verzweifelt.

Die Wohnung von Geert und Ana bestand aus einem Schlafzimmer, einem Wohnzimmer, einer kleinen schmalen Küche mit Balkon, einem engen Flur und einem winzigen Bad. Auf einem kleinen Tisch in einer Wohnzimmerecke standen ein Fernseher und ein Haufen Videokassetten, daneben ein Blumentopf mit einem halb vertrockneten Gummibaum. An einer Wand hing ein Regal mit wenigen Büchern, an der anderen stand ein altes Sofa, dessen Bezug eine undefinierbare Schmutzfarbe hatte. Über dem Sofa hing ein vergilbtes Plakat von Dušan Petričić, ein lustiger Stadtplan von Belgrad aus jugoslawischer Zeit. Auf dem Tischchen neben dem Sofa wartete auf mich eine Liste mit Anas Hinweisen: welche Nummern anzurufen waren, wenn etwas mit dem Telefon, dem Strom oder dem Gas nicht in Ordnung sein sollte, wo sich das Hauptventil für das Wasser befand und Ähnliches. Der Teppichboden im Wohnzimmer war schmuddelig und abgewetzt, die Tapeten befanden sich in einem jämmerlichen Zustand, die Fensterscheiben waren matt. An den Fenstern hingen keine Gardinen. Auf den Rollos lag eine dicke Staubschicht.

Ohne lange zu überlegen, ging ich in das nächste Geschäft und kaufte Putzmittel, verschiedene Bürsten, Schwämme und Schaber. Ich nahm mir zuerst das Schlafzimmer vor, inspizierte alle Ecken, drehte alles um, was nicht niet- und nagelfest war, putzte die Fenster und wischte die Tür ab. Den Schrank rieb ich mit Spiritus aus, um den muffigen Geruch zu vertreiben. Die Rollos nahm ich ab und wusch sie ebenfalls mit Spiritus. Mit dem Staubsauger entfernte ich den Staub sogar von den Wänden. Dann räumte ich meine Kleider in den Schrank und bezog das Bett mit meiner sauberen Wäsche. Das Schlafzimmer war jetzt erträglich. Ein Teil des Territoriums war sauber.

Dann kam der Müll dran. Ich räumte einen ganzen Stapel alter Zeitungen, abgenutztes Küchengeschirr und Lebensmittelreste weg, nahm das vergilbte Plakat von der Wohnzimmerwand, warf Überflüssiges aus dem Badezimmer raus. Alles packte ich in Plastiksäcke, die ich neben die Wohnungstür stellte, um sie am nächsten Morgen in den Müllcontainer zu werfen. Danach scheuerte ich gründlich das Bad. Meine Kosmetika räumte ich in das Schränkchen über dem Waschbecken, und auf dieses stellte ich eine Seifenschale aus Porzellan, die ich von früher hatte. Als ich fand, dass auch das Bad einigermaßen in Ordnung war, nahm ich eine Dusche, fiel danach todmüde ins Bett und schlief durch bis zum nächsten Morgen.

Am folgenden Tag machte ich mich an die Küche. Lange und mühevoll schrubbte ich Fettkrusten von den Küchenschränken, dem Kühlschrank, dem Gasherd, den Fliesen, dem Fensterrahmen und der Tür. Obwohl mir schon die Handgelenke wehtaten, nahm ich mir auch noch das Wohnzimmer und den Flur vor. Im Wohnzimmer saugte ich den Staub von den Tapeten, von dem verkommenen Teppichboden, vom Sofa. Das Sofa und der Teppichboden verströmten einen unangenehmen Geruch; ich bearbeitete sie so lange mit Bürste und Polsterschaum, bis ich meinte, ihn vertrieben zu haben.

Die Tapeten waren heillos verdreckt. Ich kaufte Wandfarbe, Pinsel und eine Leiter. Die zwei folgenden Tage verbrachte ich damit, dicke Schichten weißer Farbe auf die Tapeten aufzutragen. Sie waren zum Glück von der überstreichbaren Sorte. Die frisch gestrichenen Wände sahen jetzt gut aus, aber die schmutzig graue Farbe des Holzes hob sich noch stärker gegen sie ab. Ich schmirgelte es mit Glaspapier und bepinselte es mit farblosem Lack. Auch damit verbrachte ich zwei oder drei Tage.

Dann ging ich einkaufen. In einem Geschäft fand ich einen weiß-grauen Überwurf. Nachdem ich ihn über das Sofa gelegt, eine mitgebrachte Lampe auf den kleinen Tisch gestellt, frische

Blumen in eine Vase gesteckt und ein ordentlich gerahmtes Schwarzweißplakat – ein Foto von Lewis Hine mit Arbeitern, die auf dem Gerüst des Empire State Buildings hoch in der Luft sitzend frühstücken – an die Wand gehängt hatte, war auch das Wohnzimmer annehmbar. Es sah zwar immer noch nach einer »Studentenwohnung« aus, aber das störte mich am allerwenigsten.

In die Küchenschränke räumte ich das Nötigste, ich hatte mir noch einen neuen Teekessel und eine schöne Teetasse aus Porzellan gekauft. Auch der Gummibaum wurde versorgt. Ich trug ihn auf den Balkon, tauschte die Erde aus, pflanzte ihn in einen schöneren und größeren Topf, entfernte die vertrockneten Zweige, wischte alle Blätter einzeln ab und stellte ihn wieder ins Zimmer. Ich sah die Videokassetten durch, die Geert und Ana hinterlassen hatten, entstaubte sie und ordnete sie in das Regal ein. Dort hinein kamen auch ihre mit Spiritus gesäuberten Bücher zusammen mit den meinen.

Bei einem Kontrollstreifzug durch die Wohnung entdeckte ich, dass die Tapete im Flur über der Wohnzimmertür Blasen warf. Ich holte die Leiter aus der Abstellkammer mit den Gas- und Stromzählern im Flur, stieg darauf und betastete die aufgeworfene Stelle. Da platzte die Tapete wie ein angestochener Ballon. Kleine Tapetenstücke blätterten von der Wand ab, und zum Vorschein kam die Betonmauer, beklebt mit vergilbten Ansichtskarten und Ausschnitten aus Illustrierten. Als ich einen davon abriss, um ihn genauer zu besehen, fiel ein großes Stück Tapete mit mehreren Schichten Farbe polternd zu Boden. Wie eine hässliche Grimasse zeigte sich mir ein seltsamer »Fries«. Es war eine pornographische Collage, das Amateurwerk eines Schwulen, der wohl vor Geert und Ana hier gewohnt hatte. Vor altgriechischen und altrömischen Kulissen waren da dunkelhaarige, nackte, mit Lorbeer bekränzte Knaben zu sehen, die plump beim Wasserlassen, Küssen und Liebkosen posierten. Das Papier in der Farbe abgestandenen Urins rief in mir Übelkeit hervor.

Ich stieg von der Leiter hinab, ließ mich auf das Sofa fallen und blieb eine Weile wie festgenagelt sitzen. Das Zimmer war von einer merkwürdigen Stille erfüllt. Plötzlich vernahm ich ein Knistern. Mit angehaltenem Atem sah ich, wie sich an den Tapeten Risse bildeten, die sich schlängelnd ihren Weg bahnten und ineinander mündeten. Die Tapeten blähten sich auf, blätterten ab, bogen sich, sprangen auf wie Federn, lösten sich in großen Stücken von der Wand und fielen mit einem sonderbar trockenen Geräusch auf den Boden. Um mich herum schwebte, von einem unsichtbaren Wind getragen, der Mörtelstaub. Ich sah zur Wohnungstür. Der Schlüssel steckte. Dann herrschte wieder Stille. Mein Blick fiel auf meine Hände: angegriffen von den scharfen Putzmitteln, waren sie rot und geschwollen. Die Haut schuppte sich und zeigte winzige blutige Schrunden.

Mir wurde bewusst, dass ich in den letzten Tagen nicht ein einziges Mal aus dem Fenster gesehen hatte. Ich wusste nicht, welche Jahreszeit draußen herrschte, wie spät es war, wo ich mich eigentlich befand. Ich saß nur da, hielt ein unsichtbares *low-life*-Visum in der Hand, und mir war, als blätterte ich innerlich Schicht um Schicht ab.

Doch ich musste mir einen Ruck geben, irgendetwas tun. Ich musste die Welle der Verzweiflung unterdrücken, die in meiner Kehle stecken geblieben war. Ich stand auf, nahm die erstbeste Kassette aus dem Regal und schob sie in den Videorekorder. Dann ging ich zum Sofa zurück, schüttelte leicht die Tapetenreste vom Überwurf und legte mich hin …

Irgendwann in der Nacht weckte mich der Fernseher. Aus dem Bildschirm rieselte Schnee ins Zimmer. Ich öffnete das Fenster.

Draußen war eine warme Julinacht. Der Betonplatz war beleuchtet vom Mondschein und von dem Neonschriftzug »Basis« an dem Gebäude gegenüber. Rechts konnte ich einen Zipfel der türkisfarbenen Kuppel einer kleinen Betonmoschee sehen. Auf dem Platz standen junge Kastanienbäume mit kleinen Kronen. Auf einer Bank unter einem Baum saß ein Mann. Er trug einen Turban auf dem Kopf und schien zu schlafen.

Geerts und Anas Wohnung befand sich in einem der grauen, billig gebauten, mit Menschen voll gestopften Wohnblocks, in einer dieser tristen Siedlungen, die um die Städte herum aufgereiht sind wie die Schlüssel an Metallringen, die Schlossherren am Gürtel tragen. Manche bezeichnen diese Siedlungen als Ghettos. Diese nannte man »Klein-Casablanca«, wie ich später erfahren sollte.

2.

Wir sind Barbaren. Menschen unseres Stammes tragen den unsichtbaren Stempel von Kolumbus' Irrtum auf der Stirn. Wir reisen in den Westen und kommen immer im Osten an. Je weiter westwärts wir gehen, desto östlicher gelangen wir. Auf unserem Stamm lastet ein Fluch. Wir siedeln gern an den Rändern der Städte, damit wir eines Tages leichter unsere Zelte abbrechen und uns wieder auf den Weg machen können, noch weiter nach Westen, um noch weiter im Osten anzukommen. Wir leben in grauen, billig gebauten, mit Menschen voll gestopften Wohnblocks, in tristen Siedlungen, die um die Städte herum aufgereiht sind wie die Schlüssel an Metallringen, die Schlossherren am Gürtel tragen. Manche bezeichnen diese Siedlungen als Ghettos.

Alle unsere Siedlungen gleichen sich. Man erkennt sie an den runden Satellitenschüsseln, die aus unseren Balkons ragen. Dank diesen metallenen Fühlern sind wir ständig am Puls unserer zurückgelassenen Heimatländer. Wir sind Verlierer, tagtäglich an den Megakreislauf des Landes angeschlossen, das wir voller Hass verließen. Sie hingegen haben keine Antennen. Sie haben Hunde. In der Abenddämmerung kommen die Hunde auf die Balkons und bellen sich gegenseitig Botschaften zu. Ihr Gebell prallt von den Betonblöcken zurück wie Pingpongbälle. Vom Echo angestachelt, bellen die Hunde noch lauter.

Wir haben Kinder. Wir vermehren uns ungeheuerlich. Man sagt, dass ein Känguruweibchen ein Junges hinter sich herschleppt, das zweite im Beutel trägt, dass das dritte im Bauch darauf wartet, hinauszuschlüpfen, während das vierte, ein soeben befruchtetes Ei, bereitsteht, seinen Platz einzunehmen. Unsere Frauen sind groß wie Känguruweibchen. Sie schleppen viele Kinder mit sich, Schlossherrinnen gleich, die am Gürtel Ringe mit aneinander gereihten Schlüsseln tragen. Unsere Kinder haben einen platten Hinterkopf, dunkle Haut, dunkles Haar und schwarze Augen mit weit aufgerissenen Pupillen wie Puppen. Unsere Kinder sind Klone: die männlichen sind kleine Männer, Abgüsse ihrer Väter, die weiblichen sind kleine Frauen, Abgüsse ihrer Mütter.

Lebensmittel kaufen wir bei *Basis, Aldi, Lidl, Dirkvandebroek*. Dort besorgen wir unsere Vorräte billig und in großen Mengen. Im Unterschied zu ihren Läden sind unsere schmutzig. In unseren kaufen wir Fleisch, das in großen Plastikfässern in blutiger Salzlake schwimmt. Unsere Fischläden stinken nach Fisch. Unsere Metzgereien stinken nach Blut. Wir stöbern, wühlen, schnuppern, betasten, lauschen, kaufen ein, besorgen, schleppen nach Hause – unser ganzes Leben dreht sich um den Basar.

Unsere Siedlungen erinnern an Oasen, sie decken alle unsere Bedürfnisse. Es gibt Kindergärten und Schulen für unsere Kinder, ein Postamt, eine Fahrschule, eine Tankstelle, einen Call-Shop, von dem wir billig die *Unsrigen* anrufen, eine Reinigung, einen Waschsalon, einen Friseurladen, in dem *Unsrige* den *Unsrigen* die Haare schneiden, einen Coffeeshop, in dem unsere Jungs Haschisch kaufen, die »Turkse Pizza«, um die sich unsere Kinder versammeln, unser Gebetshaus und zwei, drei Kneipen, in die unsere Männer einkehren. Auch haben sie Kneipen. Das ist dann ihr Territorium. Unsere Zonen sind voneinander getrennt. Touristen kommen nie in unsere Siedlungen, es sei denn, sie verirren sich. Auch die Leute von den Grachten kommen nicht hierher, sie sagen, sie hätten kein *low-life*-Visum, und was sollten sie hier auch, wo es nichts gebe außer uns. Uns sieht man selten im Stadtzentrum. Wir bleiben in unserer Zone, hier fühlen wir uns sicher, hier sind wir unter uns.

Wir sind Barbaren, wir sind der doppelte Boden dieser vollkommenen Gesellschaft, die Faust in der Tasche, der Teufel aus der Kiste, wir sind die Fratze, die Parallelwelt, die Halbwelt. Wir steigen über Hundekot und Scheißhaufen, laufen frühmorgens und spät in der Nacht an städtischen Ratten vorbei. Der Wind wirbelt bei uns Abfälle durch die Luft: Plastiktüten, Kaugummipapiere, Reste von Kartoffelchips, Packungen von *Mars, Kit-Kat* und *Snickers*, die unsere Kinder in Mengen verschlingen. Frühmorgens stürzen die Möwen sich gierig auf die Essensreste, die wir hinterlassen, und die Krähen zerren mit ihren kräftigen Schnäbeln an den Schachteln mit Überbleibseln türkischer Pizza.

Unsere jungen Männer sind wild, heimtückisch und zornig. Nachts versammeln sie sich auf leeren Betonplätzen wie Rudel junger Hunde und toben bis spät in die Nacht. Sie jagen einander auf den verwaisten Kinderspielplätzen, wippen auf den Schaukeln, grölen, springen, reißen die Hörer aus den Telefonzellen, schlagen Autoscheiben kaputt, klauen alles, was ihnen in die Finger kommt. Unsere jungen Männer schreien wie die Möwen. Ihre Schreie prallen von den Betonwänden zurück wie Pingpongbälle. Nachts kicken sie leere Dosen, was sich wie Maschinengewehrsalven anhört. Fahren wie besessen auf ihren Motorrädern in menschenleeren Siedlungen im Kreis herum. Die Nacht ist ihre Zeit. Wir zittern, sind mucksmäuschenstill, das Blut in unseren Adern stockt von ihrem Gebrüll.

Die Polizei kommt nie in unsere Zonen, sie lässt zu, dass das Geschrei unserer Söhne uns wie Säure zerfrisst. Unsere jungen Männer greifen schnell zum Messer, das Messer ist ein Teil ihrer Hand. Sie sind Großmeister im Spucken. Mit ihrer Spucke markieren sie ihr Revier. Und sie treten immer zusammen auf, in Rudeln, wie Dorfhunde.

Unsere Töchter sind leise. Mit Kopftüchern, gesenktem Blick und Gesichtern, von denen man ihr Unbehagen darüber abliest, dass es sie überhaupt gibt, schweben sie wie Schatten durch die Stadt. Falls sie eine Straßenbahn nehmen, sitzen sie dort demütig mit kleinen Gebetbüchern in der Hand und drehen eifrig heilige Worte in ihren Mündern wie Sonnenblumenkerne. Schnell huschen sie hinaus, ohne nach links oder rechts zu schauen. Im Gehen kauen sie wieder, was sie soeben gelesen haben: anmutig bewegen sie ihre Lippen wie Kamele.

Unsere finster dreinschauenden Männer versammeln sich um die Betonmoscheen mit kleinen türkisfarbenen Kuppeln, die mehr an Kindergärten als an Gebetshäuser erinnern. Im Sommer hocken sie an die Moscheewand gelehnt, reiben ihren Rücken daran, bilden sich ein, einen schattigen Platz ergattert zu haben, obwohl es hier nie Sonne gibt. Sie wuseln herum, beschnuppern sich gegenseitig, drehen sinnlose Runden um die Moschee, spazieren, die Arme auf dem Rücken verschränkt, hin und her, stehen da, tänzeln auf der Stelle, klopfen sich gegenseitig auf die Schulter, umarmen sich zur Begrüßung, umarmen sich zum Abschied. Während der religiösen Feiertage, wenn es in der Moschee keinen Platz mehr gibt, knien sie draußen, auf dem Asphalt, nach Osten gewandt. Unsere Männer knabbern den ganzen Tag an ihrem Gebetshaus wie Hunde an ihren Knochen.

Aber wenn der Himmel sich tief herabsenkt, so tief, dass er unsere Köpfe berührt, wenn der Luftdruck so niedrig und die

Luft so feucht wird, dass das Atmen Mühe bereitet, dann fallen unsere schwer gewordenen Körper zu Boden. Dort gibt es keine Zonen. Alle sind wir dann am Boden, taumeln benommen umher wie im Halbschlaf, wie die Fische zur Laichzeit. Und nur hier, auf dem Boden, geschieht es, dass unsere Schuppen einander streifen, dass sich unsere Schwänze im Vorbeigehen leicht berühren, dass man an die Fischhaut des anderen kommt, dass unsere Kiemen sich an die fremden legen.

Wir sind Barbaren. Wir haben keine eigene Schrift, setzen unsere Unterschrift in den Wind. Wir geben Laute von uns. Wir unterzeichnen mit Schreien, Brüllen, Grölen und Spucken. So markieren wir unser Gebiet. Wir trommeln mit den Fingern auf alles, was wir berühren, auf Mülltonnen, auf Glas und auf Röhren, damit geben wir lautstark Zeugnis von unserer Existenz. Wir lärmen; unser Lärm tut weh wie Zahnschmerz. Wir jammern bei Hochzeiten und wehklagen bei Beerdigungen, die kehligen Stimmen unserer Frauen zerschellen dann an den Betonfassaden. Wir zerbrechen Glas, mögen, wenn es knallt, Knallfrösche sind unsere liebste Unterhaltung. Der Laut ist unsere Schrift, der Radau, den wir veranstalten, der einzige Beweis, dass es uns gibt, der Krach die einzige Spur, die wir hinterlassen. Wie die Hunde bellen wir den niedrigen grauen Himmel an, der auf unseren Köpfen lastet.

Wir sind Schläfer. Menschen unseres Stammes tragen den unsichtbaren Stempel von Kolumbus' Irrtum auf der Stirn. Wir reisen in den Westen und kommen immer im Osten an. Je weiter westwärts wir gehen, desto östlicher gelangen wir. Auf unserem Stamm lastet ein Fluch. Die Rückkehr in das Land unserer Herkunft ist unser Tod, das Ausharren im Gastland unsere Niederlage. Deswegen lassen wir in unseren Träumen hartnäckig zum tausendsten Mal die Sequenz des Weggehens ablaufen. Denn der Augenblick des Weggehens ist unser einziger Triumph. Gelegentlich überwältigt uns auf dem kurzen Weg von der Moschee zur Wohnung der Schlaf. Dann setzen wir uns auf eine Bank, unter einen Baum, der sich müht zu wachsen, über uns hängt der neonartige Vollmond, die Luft ist feucht und warm, der Nachthimmel dunkelblau. So schlafen wir in der Betonoase unter einem Betonbaum und lassen im Traum die schon tausendmal wiederholte Sequenz des Weggehens ablaufen, in der wir unsere Zelte abbrechen, unser Gepäck schultern. Plötzlich kommt ein starker Wind und wirbelt den Wüstensand auf. Unsere Umrisse verschwimmen allmählich, bis wir hinter einem dichten Vorhang von Sand verschwinden …

3.

Catch 22 für meine Seele: ob in Bosnien oder irgendwo sonst,
mein Herz zerfällt zu Staub,
voller Mühsal und stürmisch ist die Historie aus Honig,
Blut und Sünde:
Müde sind Mujo und Suljo – sie sind nicht unter der Erde,
aber auch nicht auf ihr.
Wir alle bersten vor Entsetzen und Lachen.

Ferida Duraković

Ich stand auf, nahm die erstbeste Kassette aus dem Regal und schob sie in den Videorekorder. Dann kehrte ich zum Sofa zurück, schüttelte leicht die Tapetenreste vom Überwurf und legte mich hin …

Es war Philip Kaufmans Adaption von *Die unerträgliche Leichtigkeit des Seins*. Kunderas Roman hatte ich zweimal gelesen, den Film kannte ich nicht. Gegenüber Literaturverfilmungen bin ich immer skeptisch, auch den besten Film finde ich schlechter als seine literarische Vorlage. Schon die ersten Szenen brachten mich auf. Daniel Day-Lewis sah tschechischer aus als die Tschechen, und Juliette Binoche war echter als viele Tschechinnen. Sie bemühte sich, Englisch wie die Tschechen auszusprechen, aber das gelang ihr nur einmal – beim Titel von

Tolstois Roman *Anna Karenina.* Auch die Poetisierung des »kommunistischen Alltags« brachte mich auf die Palme: diese effekthascherischen Aufnahmen von nackten, hässlichen Körpern, die man verschwommen durch einen dichten Dampfnebel sieht; die Szene, in der alt gewordene Männer in einem Schwimmbecken Schach spielen; heruntergekommene tschechische Kurbäder (die haargenau denen in Daruvar oder Pakrac glichen), die Bilder von Prager Straßen (die mich seltsam an die in Zagreb erinnerten). Möglicherweise war meine Gereiztheit nur jene reflexartige Reaktion (Was wissen *die* schon über *uns*!), die ich so oft bei anderen beobachtet hatte und die nichts anderes ist als die Arroganz der »Kolonisierten« und keineswegs tröstlicher als die Arroganz der »Kolonisatoren«. In dieser Aufteilung war der völlig unschuldige Kaufman der Kolonisator eines Territoriums, auf das in diesem Moment allein ich Anspruch hatte.

Als dann aber die Schwarzweißaufnahmen der russischen Okkupation, des Einzugs der russischen Panzer in Prag über mich herfielen, als ich die Proteste und die Gewalt auf den Straßen Prags sah und dann noch die Großaufnahme eines russischen Soldaten, der seine Pistole auf das Publikum beziehungsweise auf die Binoche richtete, stockte mir der Atem. Die Pistole war auf mich gerichtet. Die Binoche, die einmontiert in die Dokumentaraufnahmen mit dem Fotoapparat in der Hand um russische Panzer herumhüpfte, störte mich nicht mehr. Nicht nur war auf einmal alles »authentisch«, vielmehr hatte ich das Gefühl, dass auf dem Bildschirm meine eigene Geschichte ablief. Tränen kullerten über mein Gesicht …

Was ist mit mir los, fragte ich mich. Beim Einmarsch der Russen in die Tschechoslowakei war ich erst sechs Jahre alt. Das war also nicht unbedingt ein Ereignis, mit dem ich mich stark identifizieren konnte. Ich begann fieberhaft zu rechnen: Wenn Kunderas Roman 1984 veröffentlicht und Kaufmans Film, wie auf der Videokassette stand, 1987 gedreht wurde, dann war, überlegte ich, der Film zwei Jahre vor dem Fall der Berliner Mauer und vier Jahre vor dem Beginn des Krieges in Jugoslawien entstanden, und das bedeutete wiederum, dass ich ihn noch in Zagreb hätte sehen können. Bei dieser chaotischen und sinnlosen Rechnerei wurde mir schwindlig, und ich wusste nicht mehr, in welcher Zeit ich mich befand. Mir ging es so wie den verwilderten japanischen Soldaten, die nach dem Zweiten Weltkrieg im philippinischen Dschungel herumirrten und die, als man sie fand, fest überzeugt waren, der Krieg sei noch immer im Gange. Alles geriet bei mir durcheinander, die Szenen vermischten, die Filmbänder verhedderten sich, und ich war außerstande, sie zu entwirren. Was weiter weg war, rückte näher, was nahe war, entfernte sich plötzlich. In diesem Durcheinander der Zeiten schien die alte Videokassette mein einziger Kompass zu sein. Ich blickte um mich wie ein Schiffbrüchiger, den es an ein unbekanntes Ufer verschlagen hatte. Ich saß in einer fremden Wohnung, in einer fremden Stadt, in einem fremden Land, in einem Zimmer mit abgeblätterten Wänden, in einem Loch, das nach Mörtelstaub roch. In der Hand hielt ich die Fernbedienung, aber meine innere Fernbedienung funktionierte nicht mehr, ich drückte hilflos auf die Knöpfe, konnte aber nichts bewegen und nichts stoppen, alles entzog sich meiner Kontrolle. Ich fragte mich, wann das alles stattgefunden haben sollte, wieso ich Kaufmans Film wie eine brandaktuelle TV-Nachricht und den erst vor zwei Jahren geschlossenen brüchigen Frieden von Dayton wie eine weit zurückliegende Geschichte erlebte, die mich kalt ließ?!

Der Schlag von vorhin war viel schwerwiegender, als es auf den ersten Blick aussah. Die Begriffe »Phantomschmerz« oder »Nostalgie« sind willkürliche sprachliche Etiketten, die das Gefühl der Unwiederbringlichkeit und des Verlusts bezeichnen sollen. Und es ist beinahe egal, ob wir uns mit dem Verlust abgefunden haben, ob wir wegen der Entlassung aus der eigenen Vergangenheit erleichtert sind oder ob wir Sehnsucht nach dieser Vergangenheit empfinden – der Schlag ist immer gleich stark. Die Nostalgie, falls das das richtige Wort ist, ist ein brutaler und raffinierter Angreifer, der uns aus dem Hinterhalt, wenn wir am wenigsten damit rechnen, überfällt und uns einen heftigen Schlag in die Magengrube versetzt, von dem uns die Luft wegbleibt. Die Nostalgie tritt in einer Maske auf, und wir sind ironischerweise rein zufällig ihr Ziel. Die Nostalgie erscheint uns in einer, meist falschen, Übersetzung, nachdem sie einen langen Weg zurückgelegt hat wie im Kinderspiel »Stille Post«. Ein Wort, vom Absender seinem Nachbarn ins Ohr geflüstert, durchläuft von einem Ohr zum anderen eine lange Kette und kommt schließlich aus dem Mund des Letzten in der Reihe wie das Kaninchen aus dem Zylinder des Zauberers.

Auch der Schlag, der mir vorhin die Luft nahm, legte einen langen und verschlungenen Weg zurück, er wechselte Mittler, Absender und Medien, ging von einer Hand zur anderen, um am Ende in der Gestalt von Juliette Binoche vor mir zu erscheinen. Sie war die Letzte in der langen Reihe der Übermittler, sie war es, die mir meinen eigenen Schmerz in meine Sprache übersetzte. Nur in diesem Augenblick. Denn schon im nächsten wird die Übersetzung unverständlich. In diesem, und nur in diesem Augenblick haben Kaufmans Filmsequenzen wie eine perfekte Coca-Cola-Werbung einen gekonnten Überraschungsangriff gelandet, der mich in tausend Stücke zerspringen ließ.

Obwohl ich nur auf die »jugoslawische« Story ein *copyright* zu haben glaubte, waren in diesem Augenblick alle Storys »mein«. Ich weinte innerlich, schluchzte über den imaginären Wust der durcheinander geratenen Filmbänder, die willkürliche Etiketten trugen wie *Ost-*, *Mittel-*, *Südosteuropa*, jenes *andere* Europa. Alles vermischte sich miteinander, die Millionen Russen, welche in den stalinistischen Lagern verschwanden, und die Millionen, welche im Zweiten Weltkrieg fielen, und die, welche die Tschechen besetzten, und die von den Russen besetzten Tschechen, und die Ungarn, welche von den Russen besetzt wurden, und die Bulgaren, welche die Russen verpflegten, und die Polen und die Rumänen und die ehemaligen Jugoslawen, die sich am Ende selbst besetzten. Ich stieß mit dem Kopf gegen eine Wand allgemeinen menschlichen Verlustes. Ich schluchzte ohne Stimme, beweinte unterschiedslos alle wie ein Klageweib vom Balkan – wie Hunderte Klageweiber zugleich. Die verfallenen Hausfassaden in Zagreb, Sarajevo, Belgrad, Budapest, Sofia, Bukarest und Skopje stimmten mich traurig, unangenehm berührte mich das schlechte Design der Verpackung der Schokolade »Brüderchen und Schwesterchen«, wobei mir auch ihr schlechter Geschmack in den Sinn kam, ich wehklagte wegen eines zufälligen Fragments, wegen einer Melodie, die gerade in meinem Kopf erklang, wegen eines Gesichts, das kurz aus der Dunkelheit auftauchte, wegen einer Stimme, eines Reims, eines Slogans, eines Geruchs, eines Bildes. Ich beweinte den allgemeinen Verlust der Menschen. Auch Kaufmans Trick, der meine Gefühle einem mehrfachen Looping aussetzte und mich dann wie eine reife Wassermelone platzen ließ, entlockte mir eine Träne. Die Binoche auf dem Zelluloid auch.

Meine Studenten müssen Ähnliches durchgemacht haben. Deshalb haben sie schlechte Aussichten auf Erfolg. Sie sind eine Sekunde, buchstäblich eine Sekunde zu spät, ihre Metamorphose wird nicht gelingen. Sie verraten sich durch einen leicht verdüsterten Blick, durch eine kaum wahrnehmbare innere Geducktheit, durch jene unsichtbare Ohrfeige in ihren Gesichtern, durch den von einer nicht definierbaren Kränkung im Hals stecken gebliebenen Kloß.

In ein, zwei Sekunden werden aus demselben postkommunistischen Gestrüpp, einem wandernden Wald gleich, völlig andere Leute hervordrängen, geschmückt mit Doktorarbeiten, die starke Titel tragen wie *Understanding the Past – Looking Ahead*. Es werden dies die Kinder von Tomas und Teresa sein, die in die Tschechoslowakei zurückkehrten, um dort zu sterben, zu sterben, weil sie zurückgekommen waren, denn die Rückkehr ist der Tod und das Bleiben die Niederlage ... Diese Waisenkinder von Tomas und Teresa werden sich wie die Lachse auf den Weg machen, mit dem Unterschied, dass die Zeiten und die Gewässer andere sein werden. Auch die Reisenden sind andere, Menschen, deren Blicke wirklich *ahead* gerichtet sind und die die Vergangenheit nicht mehr verstehen, zumindest nicht auf die gleiche Weise. Aus trostlosen mongolischen, rumänischen, slowakischen, ungarischen, kroatischen, serbischen, albanischen, bulgarischen, weißrussischen, moldawischen, lettischen und litauischen Provinzen kommend, werden sie europäische und amerikanische Universitäten stürmen, diese neuen, kompatiblen Spieler, diese transitorischen Mutanten, Typen, die endlich wissen, »wo es lang geht«. Das wird ein starkes junges Heer sein von künftigen Managern, Organisatoren, Experten, Operatoren, von Fachleuten für Kulturmanagement, für Katastrophenmanagement, für politisches und ökologisches Management, für das Management der Transition, für das Management des Lebens. Flinke Fischer im Trüben werden das sein, eine Gattung, die sich mit unmenschlicher Geschwindigkeit reproduzieren wird, als sei einzig die Reproduktion ihre Aufgabe und ihr Ziel. Diese Menschen werden bequem vom Unglück derer leben, denen sie helfen, denn auch das Unglück erfordert ein Management, ohne Management ist das Unglück nur ein Misserfolg. Sie werden Spezialisten sein für die Betreuung bulgarischer, bosnischer, weißrussischer, moldawischer und rumänischer Invaliden; bosnischer, georgischer, tadschikischer, kasachischer, tschetschenischer, kosovarischer, aserbaidschanischer und armenischer Kinderinvaliden; Spezialisten für europäische Minderheiten, für Zigeuner, für den Handel mit weißen, schwarzen und gelben Sklaven, für moldawische Prostituierte, für Flüchtlinge, Emigranten und Migranten, für Obdachlose. Mutanten werden das sein, die – effizient wie im Labor gezüchtete Viren – ihre Kontakte, ihre *networks*, ihre Verbände und Dachverbände, ihre Links und ihre Zentren ausbauen werden, künftige Fachleute für die televisuelle Kommunikation, für audiovisuelles Management, für *net* und *web*. Das werden die *Planer* fremder Leben und eigener Karrieren sein, solche, die *think deeply, read wildly and write beautifully*. Selbstbewusste Menschen, Menschen mit einer multiplizierten Identität, Kosmopoliten, Globalisten, Multikulturalisten, Nationalisten, Vertreter ethnischer und in der Diaspora verstreuter Identitäten, alles auf einmal, als hätten sie mehrere Köpfe auf einem Hals, flexibel, schnell beim Definieren, Selbstdefinieren und Redefinieren, beim Reflektieren und Selbstreflektieren, inventierend und reinventierend, modellierend und remodellierend, konstruierend und dekonstruierend. Sie werden die neuen Kämpfer für die Demokratie unter den Bedingungen der Transition sein, und da alles im Wandel begriffen ist und alles sich seit Menschengedenken im Fluss befindet, werden diese Menschen ständig die Wörter *mobility, flexibility* und *fluidity* wie Kaugummi im Mund drehen. Es werden junge, fortschrittliche Menschen sein, bezahlte Kommissare der *European integration* und des *enlargement*-Prozesses, Erbauer der neuen Ordnung, Spezialisten für *new, unique postnational political units*, für *national* und *postnational constellations*, Fachleute für *globalization versus localization* und umgekehrt, *advocats*, die vehement dieses oder jenes verteidigen. Geboren in Saporoshje, werden sie in Kiew in Geschichte des Mittelalters diplomieren, in Birmingham *English business terminology* studieren und ihre Doktorarbeit zum Thema *What do Medieval History and Business Terminology have in common* schreiben. Von Vilnius werden sie sich nach Warwick begeben, um dort Mikro- und Makroökonomie zu studieren und sich dann in *good governance and sustainable peace in war-torn societies* zu spezialisieren. Aus Woronesh, Kaunas, Timişoara und Pécs kommend, werden sie zu Fachleuten beim UNHCR, bei NGOs, bei der EU ... Als *biznesijn udirdlagyn magistri* werden sie aus Ulan-Bator kommen und *modelling policy instruments* studieren. Aus Jerewan, Alma-Ata, Trnovo, Taschkent, Warna und Minsk werden sie herbeiströmen, um *leaders and future elite in common Europe* zu werden. Aus dem rumänischen Oneşti, aus dem bulgarischen Russe, aus dem mazedonischen Tetovo werden sie mit einer Doktorarbeit in *teologia ortodoxa pastoralae* in der Tasche einen Sprung nach Fribourg machen, um *International Relations* zu studieren und sich danach in Forschungsteams an den Universitäten von Thessaloniki, Boston und Prag einzugliedern oder an einem rumänischen, bulgarischen oder litauischem Institut für europäisch-atlantische Integration und Verteidigungspolitik gut bezahlte *briefings* abzuhalten. Sie werden mit ihrem *rampant* Bastardismus prahlen. Linguistisch bewandert, werden sie mehrere Sprachen beherrschen, die Neusprache des neuen Europas schaffen, flotte, phantasievolle Schlüsselbegriffe prägen. Das Wort *Enlargement* werden sie groß schreiben, als handle es sich um eine neue Epoche, vergleichbar mit dem Humanismus, der Renaissance oder der Aufklärung. Ihre Schlüsselbegriffe werden sein: *management, technology of negotiations, income, profit, investment, expense, hidden communication.*

Schnell dabei, sich zu definieren und zu positionieren, zäh wie Katzen mit neun Leben, werden sie wissen, was sie wollen. Sie werden *strong self-confidence* haben, sie werden *hard-working, communicative, loyal, discreet, tolerant* und *friendly* sein und spielend mit *stressful situations* fertig werden. Sie werden ein gesteigertes Interesse an *diplomatic and consular privileges* an den Tag legen. Nach kurzer Berufserfahrung in Samara bei »Coca-Cola Bottlers Samara« und »Samara-Energo« werden sie an der Fletcher School of Law and Diplomacy und der Mediterranean Academy of Diplomatic Studies studieren. Ihre Bewerbungsschreiben werden sie mit Slogans schmücken wie *Challenge is my propeller, perfection is my ultimate goal* und mit Begriffen spicken wie *contemporary self, bastardism of your age, postcolonialism, marketization, recruiting, training, contacts ...*

Auf ihrem Weg nach oben werden sie vergessen, dass dieselbe Flexibilität, Mobilität und Fluidität, die sie an die Oberfläche katapultierte, auf dem Meeresgrund namenlose Sklaven zurückgelassen hat, die in trostlosen Provinznestern für Kleingeld Waren für westeuropäische Industrieriesen produzieren, vegetieren, in Mülltonnen nach Essbarem stöbern, sich besaufen, obdachlose Kinder zeugen, die ihrerseits obdachlose Kinder zur Welt bringen. Auf dem globalen Schwarzmarkt für menschliche Organe werden diese ihre Nieren, ihr Sperma, ihre Eingeweide verkaufen. Auf dem Sexmarkt des vergrößerten Europas werden alt gewordenen westeuropäischen Organen frische osteuropäische Organe billig angeboten. Dabei wird man sich brüderlich unter die Arme greifen: die kroatischen Käufer werden nach Bulgarien reisen, wo das menschliche Fleisch billiger sein wird. Einige werden es aus ihren tristen Provinznestern bis an die Küsten Westeuropas schaffen. Die Glücklicheren unter ihnen werden Spargel auf deutschen und Tulpen auf holländischen Feldern ernten, die weniger Glücklichen fremde Scheiße beseitigen.

Meine Studenten sind offenbar zu spät dran, wie ich auch, wir sind um eine Sekunde, nur um eine Sekunde zu spät. Wir haben gepennt, gebummelt, es verpasst, uns in die neue Zeit einzugliedern. Jetzt müssen wir rennen, so schnell wir können, um wenigstens auf der Stelle zu bleiben. Der Virus des Verlustes ist schon in unsere Herzen gedrungen und hat unsere Herzmuskeln geschwächt.

Ich saß in einem Zimmer mit abgeblätterten Wänden. Die Luft roch nach altem Staub. Ich befand mich in einem angemessenen Setting, in einem Zimmer, das jemand anderem gehörte, das neu erworbene *low-life*-Visum fest in der Hand, umgeben von Gepäck, das ich nicht in ein Bahnhofsschließfach sperren konnte, um dann den Schlüssel wegzuwerfen. Einem imaginären Fundbüro hätte ich mein Gepäck kaum beschreiben können, denn es ist nicht zu übersetzen. Ich saß in einem Zimmer mit abgeblätterten Wänden und hatte einen Beruf, der keine »Fremdsprachen spricht«, kam aus einem auseinander gefallenen Land und besaß eine Muttersprache, die in drei Muttersprachen aufgeteilt worden war wie ein Lindwurm mit dreifach gespaltener Zunge. Ich saß da mit einem namenlosen Gefühl der Schuld, deren Ursache ich vergessen hatte, und mit einem namenlosen Schmerz, dessen Quelle ich nicht mehr wusste.

Ich machte den Fernseher aus, stand auf, nahm die Kassette heraus und stellte sie sorgfältig ins Regal zurück. Morgen, dachte ich, muss ich den Müll wegschaffen, neue Tapeten für das Wohnzimmer und die Diele besorgen, eine Reinigung ausfindig machen, eine Zeitung kaufen, um nach dem Datum zu sehen, denn ich wusste nicht mehr, wie viel Zeit ich in diesem Gefängnis verbracht hatte, in das ich mich selbst eingesperrt hatte. Da kam mir der Gedanke, dass der einzige Ausweg in der mechanischen Verrichtung von Handlungen besteht, in der täglichen Routine, im Abstecken des eigenen Territoriums. Morgen werde ich die hässlichen Flecken von den Wänden entfernen. Diesmal würde ich die Wände mit Gips glatt spachteln und erst dann die neuen Tapeten darauf kleben oder, noch besser, alle Tapeten herunterreißen, die Wände gründlich mit Glaspapier abschleifen und weiß streichen, ja, unbedingt weiß.

Ich ging zum Fenster und öffnete es. Der Betonplatz war vom blassen und matten Licht der Straßenlaternen und von dem Neonschriftzug »Basis« am Gebäude gegenüber erhellt. Eine schwere, warme, subtropische Feuchtigkeit hing in der Luft. Rechts konnte ich einen Zipfel der türkisfarbenen Kuppel einer kleinen Betonmoschee sehen. Auf den Kronen der Kastanienbäume lag ein eigenartiger Glanz. In der Dunkelheit sah man auf den Balkons der umliegenden Häuser weiße Antennenschüsseln. Es war ungewöhnlich still. Der Anblick wirkte beruhigend. Vielleicht bin ich doch zu Hause angekommen, dachte ich.

Plötzlich tauchte aus der Dunkelheit eine männliche Gestalt auf. Über die matt beleuchtete Betonbühne bewegte sich der Mann schwer und langsam, als liefe er auf dem Meeresgrund. Dann, mit der gleichen Handbewegung, als werfe er eine Zigarettenkippe weg, schleuderte er einen Knallfrosch auf den Betonboden, danach noch einen … Nicht ahnend, dass er beobachtet wurde, hinterließ der Unbekannte in dieser Nacht seine Unterschrift, verschickte eine Botschaft ohne Inhalt und verschwand, indem er immer tiefer in die Dunkelheit hineinschritt, etwas schräg – so wollte es mir scheinen –, wie ein Hund.

4.

Der Zyklon hatte das Haus sehr sanft – zumindest für einen Zyklon – inmitten einer Landschaft von wunderbarer Schönheit abgesetzt. Überall gab es satte grüne Wiesen und stattliche Bäume, die viele saftige Früchte trugen. Wohin man blickte, blühten prächtige Blumen. Vögel in buntem und glänzendem Federkleid sangen und flatterten in den Bäumen und Büschen. In einiger Entfernung plätscherte und glitzerte ein Bächlein zwischen grünen Ufern, und sein Murmeln klang dem kleinen Mädchen, das so lange in der trockenen, grauen Prärie gelebt hatte, wie liebliche Musik in den Ohren.

Lyman Frank Baum

Ich verließ das Haus und ging zur nächsten U-Bahn-Station. Ich hatte sie fast erreicht, als mich ein Schlag auf den Rücken traf, so überraschend und heftig, dass mir die Luft wegblieb. Im nächsten Augenblick zerrte jemand an meiner Schultertasche. Der Riemen blieb jedoch an meiner Schulter hängen, ich drückte die Tasche fest an mich und drehte mich um.

Vor mir standen drei Jungen mit Schulranzen auf dem Rücken, ungefähr zehn Jahre alt, noch Kinder. In der Hand eines von ihnen bemerkte ich ein kleines Taschenmesser. Er senkte sofort den Blick und ließ das Messer fallen. Alle drei machten finstere Mienen und blickten streng wie erwachsene Männer. Ich weiß nicht, wie lange wir, sie und ich, wie versteinert dastanden. Eine Sekunde vielleicht oder zwei oder drei. Offensichtlich wussten wir nicht, wie wir mit der Situation fertig werden sollten. Dann fasste der kräftigste von ihnen Mut. Er durchbohrte mich mit seinem Blick, riss den Mund weit auf und stieß einen langgezogenen, durchdringenden, hasserfüllten Schrei aus. Der Hass traf mich unerwartet und stark wie ein Stromschlag, er kam aus einer unbekannten Ferne, aus einer unbekannten Finsternis, aus einer unbekannten Tiefe. Nach einer Strecke von Lichtjahren knallte er vor mir auf den Boden, blank und scharf wie ein Messer, völlig unabhängig von der Situation und dem Jungen, dessen Lunge, Kehle und Mund rein zufällig zu seinem Medium geworden waren.

Die Jungen ergriffen die Flucht. Sie rannten ungeschickt wie Kinder, die Füße zur Seite schlenkernd, während die Schulranzen auf ihren Rücken hüpften. Als sie glaubten, weit genug weg zu sein, blieben sie stehen und drehten sich um. Da ich immer noch wie angewachsen dastand und ihnen nachschaute, machten sie einige obszöne Gesten und brachen in ein kehliges Gelächter aus. Ihren ersten, misslungenen Diebstahlversuch hatten sie in einen fröhlichen Sieg verwandelt. Ich stand da und blickte ihnen nach, bis sie verschwunden waren.

Als ich meine Hand öffnete, lag in ihr das Taschenmesser. Ich wusste nicht, wann ich mich gebückt und es aufgenommen hatte. Jetzt starrte ich auf das kleine Messer und dachte, wie rührend und zugleich schrecklich das war, was sich soeben abgespielt hatte. Der hasserfüllte Schrei des Kindes hallte in meinen Ohren nach.

Es war Spätnachmittag. Die Sonne verströmte großzügig eine warme Terrakottafarbe. Meine Spannung löste sich, und ich ging, das kleine Messer fest in der Hand, weiter, ohne zu wissen, wohin. Ich atmete tief und versuchte, nicht an den Zwischenfall zu denken, der jedem passieren konnte, in jedem Stadtteil, in jeder Stadt, irgendwo, egal, wo …

Ich dachte daran, dass ich im größten Puppenhaus der Welt lebte, wo alles simuliert wird, wo nichts echt ist. Und wenn nichts echt ist, sagte ich mir, brauche ich auch keine Angst zu haben. Augenblicklich wurde mein Schritt leichter, meine Füße berührten kaum noch den Boden. Wie von einer Filmrolle liefen vor mir Bilder aus Madurodam ab. Mit frischem Erstaunen, als wäre es zum ersten Mal, sah ich Bonsais, die mächtige Eichen sein sollten, spärliches Gras, das üppige grüne Wiesen simulierte. Auf einmal wurde alles kristallklar. Die madurodamsche Ebene war dünn wie Reispapier, der Horizont schimmerte blau.

Ich sah Amsterdam und sein Herz in der Form eines halbierten Spinnennetzes. Ich sah die Magere Brug, die mit ihrer filigranen Leichtigkeit an eine Libelle erinnerte, das chinesische Fischgeschäft auf dem Nieuwmarkt, wo lebendige Fische zappelten, den Flohmarkt auf dem Waterlooplein … Bilder glitten vor meinen Augen vorbei, zerbrechlich, spitzenartig, leuchtend wie die Hauben der Mädchen auf Bildern von Nicolaas van der Waay. Ich sah die Grachten und die über sie geneigten schattenspendenden Bäume, sah die Fassaden der Häuser in der Herengracht, der Keizersgracht, der Prinsengracht und im Singel aufgereiht wie die kostbaren Perlen einer Halskette. Ich sah den Munttoren, den Blumenmarkt und den Artis-Zoo, atmete für eine Weile die schwere, warme, betäubende Luft des Botanischen Gartens. Vor mir lag wie auf meiner Hand die Stadt aus Himmel, Glas und Wasser. Das war mein Zuhause.

Ich sah das kleine Anne-Frank-Museum und die wie ein Regenwurm gewundene Besucherschlange vor dem Eingang.

Im Erdgeschoss des Museums sah ich mich selbst. Ich stand vor einem winzigen Computerbildschirm, vertieft in das Videorätsel über das Mädchen Anne Frank.

Question 1: *Whom did Anne first share her room with?*
Question 2: *Whom did she have to share it with later on?*
Question 3: *What did Anne do to liven up her room?*
Question 4: *Who built the bookcase?*
Question 5: *From witch country did the Frank family flee?*
Question 6: *Were all Anne's girlfriends refugees?*

Es hatte mir einen Stich versetzt, als ich zum ersten Mal feststellte, dass das Haus in der Prinsengracht 263 den Häusern ähnelte, die mich in meinen Albträumen verfolgten. Jetzt stieg ich mit einer inneren Leichtigkeit die virtuellen Treppen hoch, öffnete und schloss virtuelle Türen, verließ die Räume des Hauses durch einen einfachen Mausklick. Meine Angst hatte sich irgendwohin verzogen. Ich war frei. *Escape* stand mir immer als Option zur Verfügung.

Ich rief auch das Haager Tribunal auf, so klein wie eine Streichholzschachtel, auch die winzigen Richter in ihren Roben, die winzigen Angeklagten und Zeugen, die winzigen Verteidiger und Ankläger. Diese Mini-Surrogate simulierten ein Leben, in dem es Schuld und Unschuld gab. In Wirklichkeit gibt es weder Schuldige noch Unschuldige, weder Böse noch Gute. Es gibt nur die Mechanik, ihr Funktionieren. Das einzig Wichtige ist die Bewegung, die Bewegung und nichts anderes. Dass sich die kleinen und wie Stadtspatzen lebhaften Windmühlen drehen; dass die Brücken hoch- und runterklappen; dass auf den Kanälen Boote wie ferngesteuerte Fliegen umhersausen; dass die winzigen Nutten im Rotlichtviertel an ihren Schaufenstern Miniaturvorhänge auf- und zuziehen, und zwar ordentlich und pünktlich wie altmodische Barometer; dass kleine Polizisten auf Pferden, nicht größer als weiße Mäuse, vorschriftsmäßig durch die Städte reiten. Und solange die Vorhänge auf- und zugehen, die Windmühlen sich drehen, die Bonsais gedeihen, unsere Miniaturherzen pochen, Blut durch unsere filigranartigen Adern fließt – solange ist alles in Ordnung. In der madurodamschen Sprache gibt es die Wörter *Verhängnis*, *Schicksal* oder *Gott* nicht. Die Mechanik ist Gott, das Verhängnis ist eine technische Panne. Nur muss ich, die ich durch meinen eigenen oder fremden Willen nach Madurodam geraten bin, das auch begreifen.

Question: *What was the name of the country in the south of Europe that fell apart in 1991?*
a) Yugoslowakia;
b) Yugoslavia;
c) Slowenakia.
Question: *What was the name of the inhabitants of that country?*
a) The Yugoslavs;
b) the Mungoslavs;
c) the Slavoyugs.
Question: *Where do these people, whose country has disappeared, live now?*
a) They are no longer alive;
b) they are barely alive;
c) they have moved to another country.
Question: *What should people who have moved to another country do?*
a) They should integrate;
b) they should desintegrate;
c) they should move to yet another country.

Ich muss nur begreifen, dass alles eine Simulation ist und ich also nicht schuld bin, dass ich in dieser, der madurodamschen Welt an-ü-ber-haupt-nichts-schuld-bin; dass alles eine Frage der Optik ist, dass die Dinge groß oder klein sind, nur wenn wir sie als groß oder klein empfinden. Ich muss nur begreifen, dass für uns, die Einwohner von Madurodam, die Krähen, die gelegentlich auf den Dächern unserer Häuser landen, eine viel größere Gefahr darstellen als der plötzliche hasserfüllte Schrei eines Kindes, der mir vorhin einen so unangemessen starken Schmerz zugefügt hat …

Es war Spätnachmittag. Die Sonne verströmte großzügig eine warme Terrakottafarbe. Ich ging auf einen Wald zu, meine Füße berührten kaum noch den Boden. Es war ungewöhnlich still, nur surrte von Zeit zu Zeit ein Fahrrad vorbei. Ich sah Frauen mit Kopftüchern; von zahlreichen Kindern umgeben saßen sie wie Hennen im Gras. Das frisch gemähte Gras duftete. Dann trat ich in einen lichten Wald, zwischen dessen Bäumen ein blauer Weiher schimmerte. Die warme Luft roch nach Herbst, obwohl erst August war. Ich atmete sie in vollen Zügen. Ich kann nicht sagen, wie lange ich gelaufen war, bis ich an eine Lichtung kam …

… auf der üppige Wiesenblumen wuchsen. Mitten durch diese Lichtung plätscherte fröhlich ein kristallklares Bächlein, und durch ein dichtes Geflecht von Eichenzweigen drang das Gold der Sonne. Am Rande des Bächleins saß auf einem Baumstumpf ein schwarzäugiges, dralles und kräftiges Fräulein. Sein üppiges Haar war zurückgekämmt, ein luftiges Kleid aus rosafarbenem Musselin schmiegte sich an seinen harmonisch gebauten Körper, am Hals trug es an einem schwarzen Samtband ein schlichtes Kreuzchen, im Gras vor ihm lagen ein Hut und ein Lieder-

buch. Um das Fräulein herum saß eine Schar Dorfkinder, Mädchen und Knaben, mit lebhaften, fröhlichen Gesichtern und offenem Blick, alle sauber in Weiß gekleidet, eine wahre Augenweide; viele Mädchen trugen aus Wiesenblumen geflochtene Kränze auf dem Kopf; das junge Fräulein in der Mitte dieses Kinderreigens gab mit der Hand den Takt zu einem Lied an, während alle diese kleinen Äugelein fromm auf ihren Zeigefinger gerichtet und die kleinen Münder weit aufgesperrt waren; es klang so schön, dass es eine Wonne war. Sie boten wahrlich einen wunderbaren Anblick, diese kleinen feierlichen Gesichter, die verspielten Knaben, die ihre Köpfe im Takt wiegten, die schüchternen Mädchen mit ihrer kerzengeraden Haltung, und in ihrer Mitte das intelligente Antlitz, von einem zufriedenen Lächeln erhellt, die durchdringenden schwarzen Augen, die jeden kleinen Kopf im Blick hatten, ganz so wie ein Hirt seine Lämmer. Bei der Lehrerin saßen zwei Mädchen, die aus grünen Zweigen einen großen Kranz flochten. Als sie fertig waren, standen sie langsam auf, schlichen auf Zehenspitzen an die Lehrerin heran und setzten ihr den Kranz aufs Haupt. Das Lied verstummte, mit lautem Geschrei flogen die Kinder wie Bienen auf die Lehrerin zu. Sie erhob sich, nahm ihren Hut und verließ, umringt von der fröhlichen Kinderschar, wie eine Zauberfee den Wald …

Epilog

Manchmal sind die Dinge im Leben so verzwickt, dass man nicht weiß, was früher und was später war, so wie mir nicht klar ist, ob ich diese Geschichte erzähle, um an ihr Ende oder an ihren Anfang zu gelangen. Seitdem es mich ins Ausland verschlagen hat, erlebe ich meine Muttersprache, die laut dem ekstatischen Vers eines kroatischen Dichters »summt, klirrt, tönt, rauscht, donnert, dröhnt, tost«, wie ein Stottern, Fluchen, Verwünschen, Lallen oder wie eine trockene, farblose, sinnentleerte Floskel. Deshalb scheint es mir gelegentlich, dass ich hier, wo ich mich, umgeben vom Holländischen, auf Englisch verständige, meine Muttersprache von neuem erlerne. Das ist nicht leicht, ich verschlucke Wörter, stoße Halbtöne aus, erlebe Niederlagen, kann nicht sagen, was ich möchte, und was ich sage, klingt hohl. Ich spreche ein Wort aus, spüre jedoch nicht seinen Sinn, oder ich spüre den Sinn, finde dafür aber kein richtiges Wort. Ich frage mich, ob man mit einer verstümmelten Sprache, die nicht gelernt hat, die Wirklichkeit zu beschreiben, so stark das innere Erlebnis der Wirklichkeit auch sein mag, überhaupt etwas anstellen kann, beispielsweise eine Geschichte erzählen.

Das Leben meint es gut mit mir. Mit der Zeit habe ich gelernt, die Gardinen an den Fenstern offen zu lassen. Ich bin sogar bemüht, dieses Zurschaustellen als eine Tugend zu werten. Ich habe einen Holländischkurs belegt. Wie die anderen Kursteilnehmer brauche ich viel zu oft das Personalpronomen *ik*. Für die Anfänger beginnt die Welt mit *ik*. *Ik ben Tanja Lucić. Ik kom uit voormalige Joegoslavië. Ik loop, ik zie, ik leef, ik praat, ik adem, ik hoor, ik schreeuw …* Das *ik* verpflichtet vorerst zu nichts. Das *ik* ist etwas wie das Versteckspiel der Kinder. Es heißt, man könne sich am besten dort verstecken, wo die Möglichkeit, gesehen zu werden, am größten ist. In den niederländischen Bergen. In den zwei Buchstaben *ik*.

Seit einiger Zeit verfolgen mich wieder Albträume. Allerdings träume ich nicht mehr von Häusern, sondern von Wörtern. Im Schlaf rede ich in einer unbändigen und zügellosen Sprache »mit doppeltem Boden«, deren Worte sich wie der »Teufel aus der Kiste« oder wie die »Faust in der Tasche« benehmen. Meistens sage ich Monologe, die meine wankelmütige Stimmung wiedergeben, suche nach Ausdrücken, rede lang und mühsam, blättere in einem endlosen Beschwerdebuch. Oft weckt mich mein eigenes schmerzerfülltes Winseln. Im Traum fülle ich den Raum um mich herum mit Wörtern. Die Wörter gedeihen, winden sich um mich wie Lianen, sprießen wie Farne, wachsen wie Kletterpflanzen, öffnen sich wie Seerosen, umranken mich wie wilde Orchideen. Der wuchernde Wortdschungel droht mich zu ersticken. Am nächsten Morgen frage ich mich, erschöpft von dem Nachtmahr, ob ich diesen Wortschwall in meinen Träumen als eine Strafe oder als Freispruch deuten soll.

Das Leben meint es gut mit mir. Paul und Kim, das amerikanische Paar, auf dessen Kinder ich vier Tage in der Woche aufpasse, bezahlen mich mehr als großzügig. Ich bin zu einer Expertin für Abzählreime geworden: für *unsrige*, englische, sogar für holländische. Die Kinder kennen sie alle: *En ten tini, sava raka tini, sava raka tika taka, bija baja buf; Rub-a-dub-dub, three man in a tub, the butcher, the baker, the candlestick-maker; Amsterdam, die grote stad, die is gebouwd op palen, als die stad eens ommeviel, wie zou dat betalen. Ich und du, Müllers Kuh, Müllers Esel, das bist du …* Paul und Kim unterlassen es nie, mich ihren Freunden und Gästen vorzustellen. *This is Tanja, our babysitter. She's wonderful with children. She really has a way with them …*

Auch meiner Mutter geht es gut, falls dies das richtige Wort ist. Wenn ich sie anrufe, lebt sie auf. Sie beklagt sich bei mir über das Leben, so wie Kinder bei ihren Eltern andere Kinder verpetzen, die ihnen etwas angetan haben. Sie hat ihre konstante Beschwerdeliste. An erster Stelle steht der Altersdiabetes, den sie »Zucker« nennt, dann kommen die Knochenschmerzen und danach die hohen Preise. Mich fragt sie nie etwas, ich bin nur dazu da, Beschwerden entgegenzunehmen. Ich habe mich mit dieser Rolle abgefunden und an unsere eingleisigen Telefongespräche gewöhnt. Mittlerweile habe ich gelernt, damit umzugehen, so dass es mir weniger wehtut.

Papa lebt nicht mehr. *Wie ein Müllsack ist er geendet*, schluchzte Olga in die Telefonmuschel. Als er ins Koma fiel, rief sie die erste Hilfe. Die Bahre passte nicht in den Aufzug, also legten die Krankenpfleger ihn auf eine Decke und trugen ihn so die ganzen zehn Stockwerke hinunter zum Krankenwagen. Er starb einige Tage später im Krankenhaus. Das alles erzählte sie mir, als ich anrief, um ihr mein Beileid auszusprechen. *Das musste sowieso ein Ende haben*, sagte sie in einem Ton, als setze sie unter den ganzen Fall einen müden, traurigen Punkt.

Nachdem sie Amsterdam verlassen hatte, lebte Ana keine zwei Jahre in Belgrad. Sie kam zusammen mit einigen Mitarbeitern des staatlichen Fernsehens während der NATO-Bombardierung Belgrads um. Ich habe einen Brief von ihr aufgehoben, den ich einige Monate nach ihrer Abreise bekam. Darin befand sich neben der knappen Mitteilung, dass es ihr gut gehe und sie eine Arbeit gefunden habe, auch ein kurzer Text mit dem Titel »Depot«, ein verspäteter Beitrag zu unserem imaginären Museum des jugoslawischen Alltags. Es war eine melancholische Beschreibung des Ortes, an dem die Schienen der Belgrader Straßenbahnen enden, eine Schilderung der Klänge, der Dämmerung an einem schwülen Sommerabend, der Luft, die nach Staub riecht. *Stecken Sie das in unsere rot-weiß-blau gestreifte Plastiktasche*, schrieb sie. Die zarte Sinnlosigkeit ihrer Geste rührte mich an. Geert entschied sich dafür, in Belgrad zu bleiben. Was er tut und wovon er lebt, ist mir nicht bekannt. Von Zeit zu Zeit ruft er mich an. Am Ton seiner Stimme spüre ich, dass ich, eine Ausländerin, seine einzige Verbindung zur »Heimat« bin. Ich wohne noch immer an seiner Adresse.

All meinen sonstigen ehemaligen Studenten geht es mehr oder weniger gut. Ante spielt weiterhin Akkordeon auf Amsterdamer Märkten. Man kann ihn an jedem Samstag auf dem Noordermarkt sehen. Die Passanten werfen Münzen in den Hut, den ihm ein Typ aus Virovitica geschenkt hat, derjenige, der auf dem Noordermarkt einen Stand mit Hüten hat, alle *Unsrigen* kennen ihn. Nevena hat einen *Unsrigen* geheiratet und eine Tochter bekommen, jetzt arbeitet sie bei der Rabo Bank, in der Filiale am Mercatorplein. Meliha lebt in Sarajevo. Es ist ihr gelungen, die Wohnung ihrer Familie zurückzubekommen und die Leute hinauszuwerfen, die sie widerrechtlich besetzt hatten. Melihas Eltern wollen von Sarajevo nichts mehr wissen, sie waren, seitdem sie hier sind, nicht ein einziges Mal mehr dort. Meliha lebt mit ihrem Dačer, der in Sarajevo eine NGO für »vulnerable people« gegründet hat. Mario hat sein Studium an den Nagel gehängt und arbeitet in einem Studio für Computerdesign. Auch er hat vor kurzem Nachwuchs bekommen, einen Sohn. Boban gehört jetzt einer buddhistischen Gemeinschaft in Amsterdam an. Er hat sich den Kopf rasiert, ist Veganer geworden, hat es geschafft, Sozialhilfe bewilligt zu bekommen. Nur Johanneke studiert weiter. Großen Kummer bereitet ihr ihre ältere Tochter, die zu ihrem Vater nach Bosnien durchgebrannt ist. Selim hat sich auf die bosnisch-muslimische Seite geschlagen. Ganze Tage verbringt er mit den verrückten Typen vom Vondelpark und faselt davon, dass die Bosniaken sich erheben und »allen der Reihe nach den Garaus machen müssten, zunächst den Serben, dann den Kroaten, dann den Europäern und schließlich den Amis«. Zole, der nur ein- oder zweimal in meinem Unterricht war, ist als angebliches »zweifaches Opfer«, zunächst des Milošević-Regimes und dann der NATO-Bombardierung Jugoslawiens, nach Kanada ausgewandert. Es kursiert aber auch eine andere, wahrscheinlichere Version, wonach er sich mit der hiesigen serbischen Mafia eingelassen und sich dann aus Angst vor deren Messern aus dem Staub gemacht hat.

All dies erfuhr ich von Darko. Auf den war ich eines Tages am menschenleeren Strand bei Wassenaar gestoßen. Die Begegnung war unwirklich, fast hätte ich ihn nicht erkannt. Braun gebrannt, das Haar hellblond gefärbt, mit einer modischen Sonnenbrille und mit einem Walkman auf den Ohren ritt Darko auf einem Pferd. Er erinnerte an die Dressmen von Calvin Klein, allerdings in einer etwas fragileren Version. Er nehme Reitunterricht im Wassenaarer Klub, erklärte er mir. Er habe einen festen Freund, einen erfolgreichen amerikanischen Geschäftsmann, verkehre aber weiterhin in seiner alten Schwulenclique. Nur dass er, einer von der Gosse, aus der er nie einen Hehl gemacht hatte, jetzt in einem Haus an der Reguliersgracht wohne. Dank seinem *boyfriend*, der für das Haus eine Million, eine Million Dollar, ja, zwei Millionen Gulden hingeblättert habe.

»Ich habe meine Leidenschaft fürs Reiten entdeckt«, sagte er und fügte, nachdem er mich intensiv angeschaut hatte, freundlich hinzu: »Belegen Sie einen Kurs, Yoga, Salsa, irgendwas, Hauptsache, man bewegt sich, das rate ich jedem, das hilft enorm.«

»Ich habe einen Holländischkurs belegt.«

»Bravo!«, sagte er, als spreche er zu jemand anderem und an einem anderen Ort.

In diesem Moment erblickte ich in seiner Sonnenbrille mein Spiegelbild und verspürte Beklommenheit. Auf den dunklen Gläsern leuchteten zwei kleine Gesichter, aber keins von beiden war meins.

Das Unwahrscheinlichste solle sich jedoch mit Igor abgespielt haben. Man erzähle, er sei total übergeschnappt. Zuerst habe er eine Stelle als Übersetzer beim Haager Tribunal bekommen, wo übrigens ein ganzer Haufen unserer Leute beschäftigt sei. Aber bald darauf habe man ihm gekündigt, weil er nicht zur Arbeit erschien. Dann sei er gefunden worden, wahrscheinlicher sei aber, dass er sich selbst gefunden habe, auf einem Flughafen in Kalkutta, Kuala Lumpur oder Singapur. Er solle an einem posttraumatischen Syndrom erkrankt sein. Seine Erkrankung habe einen super Namen, einen musikalischen, Fuge, dissoziative Fuge. Diese Fugen seien immer von plötzlichen Abreisen begleitet und könnten einige Tage, aber auch mehrere

Monate dauern. Während des totalen Black-outs änderten die Betroffenen gezwungenermaßen ihre Identität, denn sie wüssten nicht, wer sie sind, noch, woher sie kommen. Kehrten sie zu ihrem vormaligen Leben zurück, hätten sie keine Ahnung, was mit ihnen im Zustand der Fuge geschehen sei. Ein totales, ein phantastisches Durcheinander, von so etwas habe er noch nie gehört. Manche Psychiater behaupteten, die Fugen kämen nicht von selbst, sie wären vielmehr eine Folge von Alkoholismus. Aber soweit er sich erinnere, habe Igor nie getrunken. Keiner wisse, wo er jetzt lebe und wovon. Vielleicht sei er heimgekehrt. Die anderen seien auch in alle Winde verstreut. Keiner habe Kontakt mit dem anderen.

»Übrigens, ich habe noch etwas entdeckt«, sagte er betont heiter.

»Was?«

»Die Oper! In der letzten Zeit stehe ich auf Verdi«, sagte er und zeigte auf den Walkman.

Dann hielt er inne und nahm eine etwas geduckte Haltung ein. Über sein feines hübsches Gesicht huschte ein Schatten.

»Das mit Uroš«, brachte er mühsam hervor, als spucke er Sand aus. »An jenem Abend, als wir Ihren Geburtstag feierten, erinnern Sie sich noch ...«

»Ja, ich erinnere mich.«

»... brachte ich ihn nach Hause. Da haben wir ein wenig miteinander gespielt ... Uroš war nicht schwul ... Wir hatten viel getrunken ...«

»Warum erzählen Sie mir das?«

Er zuckte mit den Achseln.

»Ich weiß nicht. Das ist mir lange nachgegangen.«

Was das Haager Tribunal angeht, dort häufen sich die Dossiers, türmen sich die Akten, die Videoaufzeichnungen vom

Prozess übersteigen die Fläche des Landes, das es nicht mehr gibt. Doch jeder Verlust scheint ersetzt worden zu sein – in wirklicher, in ironischer oder in grotesker Form, aber jedenfalls ersetzt. Die Wunden sind verheilt, bei dem einen schön, bei dem anderen hässlich, aber jedenfalls verheilt. Auch werden die Narben immer blasser. Jeder ist irgendwo untergekommen, der eine tut, was er gelernt hat, der andere, was gerade gefragt ist. Die einen haben es besser getroffen, die anderen schlechter, aber jeder hat sich irgendwie zurechtgefunden. Die Toten und Vermissten sind noch nicht gezählt, viele Verbrecher laufen noch frei herum, viele Trümmer sind noch nicht aufgeräumt, auch viele Minen noch nicht entschärft, aber Ruhe ist eingekehrt. Das Leben geht weiter und meint es vorerst gut mit allen.

Vor dem Haager Tribunal wird eines Tages auch der Hauptschuldige erscheinen, und ich werde hingehen, ihn zu sehen. Er wird einen grauen Anzug, ein weißes Hemd und eine grellrote Krawatte tragen. Die Farbe der Krawatte wird mit der Farbe der Roben der Richter identisch sein. Der Angeklagte mit den fest aufeinander gepressten Kiefern und mit dem Mund in Form eines umgekehrten U wird in einem Glaskäfig sitzen. Die Uhren werden die Zeit anzeigen, aber sie wird nicht mit der Zeit außerhalb des Gerichtssaals übereinstimmen. Verblüfft werde ich feststellen, dass ich in wenigen Jahren alles vergessen habe und mich kaum an die Namen der Menschen erinnere, die mit unseren Leben gespielt haben. Es wird mir vorkommen, als seien seit dem Beginn des Krieges hundert und nicht erst zehn Jahre vergangen. Tief entsetzt werde ich mit einem totalen Vergessen konfrontiert sein. Der Mann mit der roten Krawatte wird eine Sprache sprechen, die ich nicht mehr verstehe. Ein Detail wird sich mir einprägen. Beim Blättern in der Akte wird der Angeklagte nämlich seinen Zeigefinger lecken wie ein Dorfkrämer. Er wird den Kopf heben, als wolle er die Luft schnuppern, und dabei blinzeln. In einem Moment wird er zum Publikum hinter der Glaswand schauen, und unsere Blicke werden sich kreuzen. Seiner wird finster, stumpf und ausdruckslos sein. Mit den aufeinander gepressten Kiefern und dem stumpfen Blick wird er mich an einen Eisbären erinnern. Dann wird er seine Tatze heben, eine unsichtbare Fliege vor seiner Nase vertreiben und weiter stumpf vor sich hin starren.

Manchmal meine ich, sogar Uroš' Wahl war gut. Er hat Bleistifte, Schreibblocks und Samtkipas mitgenommen, für jeden Tag der Woche eine. Morgens putzt er sich die Zähne mit einer der Zahnbürsten, das Gesicht zur himmlischen Klagemauer gerichtet, falls die Dinge dort oben so organisiert sind. Er schwitzt wie ein Buchhalter, schreibt seine Beschwerden und Bitten auf kleine Zettel, die er zusammenrollt und in die Spalten zwischen den Mauersteinen steckt.

Aus dem, was mit uns allen geschehen ist, kann man auf dreierlei Arten hervorgehen: als ein besserer Mensch, als ein schlechterer Mensch oder wie Uroš mit einer Kugel im Kopf, sagte Igor. Ich weiß nicht, wie es um mich bestellt ist, fest steht nur, dass ich der Kugel entkommen bin.

Ich hatte Darko verschwiegen, dass ich über Igor mehr wusste, als was er mir bei unserer zufälligen Begegnung auf dem Strand bei Wassenaar erzählte. Meine Anzeige hatte Igor nämlich nie erreicht. Der Polizist, der in meiner Wohnung erschienen war, hatte es offenbar für ausreichend gehalten, mir die Handschellen abzunehmen, und er hatte Recht damit. Ich hatte seinen Scharfsinn unterschätzt.

Igor arbeitet jetzt mit einigen Iren zusammen. Das sind handwerklich geschickte Jungs, sie renovieren Häuser und Wohnungen, ziehen Mauern hoch oder reißen sie ein, entrümpeln Gebäude, tun alles Mögliche. Amsterdam ist zwar voll von *Unsrigen*, aber Igor meidet sie. Neuerdings mag er grobe körperliche Arbeit. Er verrichtet sie mit ungewöhnlicher Hingabe und Leidenschaft, wie zur Buße. Möglicherweise wird er von der verrückten Idee getrieben, mit seinem Schweiß könne er das gestörte Gleichgewicht wiederherstellen, mit jeder Mauer, die er *hier* erneuere, werde eine zerstörte Mauer *dort* wiederaufgebaut, in bosnischen und kroatischen Dörfern, oder wo es sonst nötig ist.

Das Leben meint es gut mit uns. Igor verlässt morgens das Haus und kommt spätnachmittags zurück. Als Erstes geht er ins Bad, duscht, spült den Schmutz weg, zieht saubere Sachen an, krempelt die Hemdsärmel hoch und setzt sich an den gedeckten Tisch. Ich trage das Abendessen auf. Wir essen langsam und reden seltsamerweise wenig. Unsere Worte sind trocken wie Sand. Diese Trockenheit tut mir gut. Vielleicht sind wir mit der Zeit Holländer geworden. Es heißt, die Holländer reden nur, wenn sie etwas zu sagen haben.

Nach dem Abendessen schmiege ich mich an ihn, atme seinen Geruch ein, atme durch seine Haut wie ein Fisch durch die Kiemen, passe meinen Puls dem seinen an, fließe durch seine Adern. Bisweilen rücke ich von ihm ab und betrachte ihn, als könne ich nicht glauben, dass er da ist. Ich bemerke etwas übrig gebliebene Wandfarbe an seiner Wange, lecke sie ab, wische sie mit meiner Spucke weg, nehme seine Lippe zwischen meine Zähne, dringe mit der Zunge in seinen Mund, sauge daraus den für meine Existenz so nötigen Sauerstoff, spende ihm den Sauerstoff, der für seine Existenz so nötig ist. Wir beide fühlen uns wie in einem Rausch, denn das Jetzt erreicht uns in jeder noch so kleinen Faser. Wir atmen den reinen Extrakt der Gegenwart, in der es nichts gibt, an das wir uns erinnern, und nichts, was wir vergessen sollen.

Manchmal überkommt mich meine Unruhe. Dann schnappe ich meine Handtasche, hänge mir den Mantel über und stürze aus der Wohnung. Igor bietet mir nicht mehr an mitzukommen, er lässt mich allein, er weiß, wohin ich gehe. Am liebsten bin ich am Meer, an einem der langen Sandstrände. Ich mag die holländischen Strände im Spätherbst oder im Winter, wenn sie menschenleer sind. Dort stehe ich und schaue auf das graue Wasser und in den grauen Himmel. Eine Weile stehe ich so wie versteinert vor einer imaginären Mauer, dann öffne ich den Mund und lasse Worte hinausströmen. Zunächst langsam, dann immer schneller und lauter. Ich züngele wie ein Lindwurm, und meine Zunge spaltet sich in Kroatisch, Serbisch, Bosnisch, Slowenisch, Mazedonisch …

Zu der unsichtbaren Mauer hin gerichtet, schlage ich rhythmisch mit der Stirn gegen den Wind und rede. Ich glaube nicht an Gott, kenne kein einziges Gebet. Vom Wind umweht, in die Landschaft wie in ein altmodisches Panoramafoto eingestanzt, sage ich, die *Lehrerin*, die beste ihres Jahrgangs, das auf, was ich kenne: meine Balkanlitanei. Vertreibe mit meinem Wortschwall die bösen Geister. Zerbreche mit Tönen unsichtbares Glas wie Oskar Matzerath. Lasse Worte aus meinem Mund fließen wie eine Krake ihre Tinte. Sende meine Laute aus, ohne einen Empfänger zu haben – eine klingende Flaschenpost. Der Wind verstreut meine Worte, ich sehe sie durch die Luft wirbeln, sich zusammenrollen. Nach einem Looping bohren sich die kleinen Rollen im Sturzflug in die Wand aus Wasser und lösen sich schnell auf wie Alka-Selzer …

… Verdammt sollst du sein im Diesseits und im Jenseits.
Die schwarze Pest soll dein Herz treffen und dich Stück für Stück zerfressen.
Nie mehr sollst du den hellen Tag sehen.
Sollen dich die Wölfe auf einer Wegkreuzung zerfleischen.
Den Vögeln sollst du als Fraß dienen.
Barfuß sollst du über Dornen laufen.
Gebe Gott, dass du dünner wirst als ein Zopf und schwärzer als ein Topf.
Wo du Basilikum säst, soll dir bitterer Wermut wachsen.
Soll dich doch der Teufel fressen.
Soll dir der Teufel die Suppe auffressen.
Soll dir der Teufel in die Suppe spucken.
Krähen sollen dir ein Lied krächzen.
Friss deine eigene Zunge.
Ertrinke in deinem Blut.
Blitz und Donner sollen dich treffen und in zwei Stücke reißen.
Blind sollst du durch die Welt irren.
Eine Schlange soll dich ins Herz beißen.
Elend sollst du leben wie ein Wurm unter der Rinde.
Deine Lenden sollen verdorren.
Dass dich die Sonne verbrenne.
Der Zucker soll dir bitter schmecken.
Hol dich der Teufel.
Wie du mir, so Gott dir.
Möge das Meer deine Knochen an Land spucken.
Gras soll zwischen deinen Knochen wachsen.
Dämonen sollen dich befallen.
Zu Staub und Asche sollst du werden.
Gebe Gott, dass dir die Augen ausfallen und nur zwei Löcher im Kopf bleiben.

Dein Mund soll ewig stumm bleiben.
Verflucht sollst du sein.
Blut und Teer sollst du pissen.
Im Feuer sollst du braten.
Hundert Jahre sollst du lebendig begraben sein.
Niemand soll sich an deinen Namen erinnern.
Nie mehr sollst du die Sonne und den hellen Himmel sehen.
Dass dich der Rost zerfresse.
Jeder Tag des Herren möge dir bitter sein.
Schande über dich.
Deine Wurzeln sollen verdorren.
An Durst sollst du verrecken.
Asche sollst du fressen.
Dein Herz möge zu Stein werden.
In Finsternis sollst du sterben.
Ohne Seele sollst du bleiben.
Finsternis soll dich verschlucken.
Schweinefutter sollst du fressen und nie davon satt werden.
Möge dein Leib auf der Straße vermodern.
Ein ewiges Jammertal sei dir beschieden.
Wie ein Wurm sollst du auf der Erde kriechen.
Deine Stimme soll dir für immer versagen.
Mit Taubheit sollst du geschlagen sein.
Die Muttermilch soll dir sauer aufstoßen.
Die Erde soll deine Knochen ausspucken.
Würmer sollen dich auffressen.
Allein und einsam sollst du dein Leben fristen.
Nie sollst du Brot und Salz gleichzeitig haben.
Zu Stein und Holz sollst du werden.
Ein Fels soll dir auf dem Herzen lasten.
Mein Glück soll dein Unglück sein.

Frösche sollen auf dein Grab pissen.
Einschlafen sollst du und nie mehr wach werden.
In meinen Tränen sollst du ertrinken.
In der Gosse sollst du landen.
Mit den Fingern sollst du dich verständigen.
Schwarz soll dein Leben werden.
Das Weiße und das Schwarze Meer sollst du bereisen und doch nie Glück und Reichtum finden.
Der Blitz soll dir die Zunge verbrennen.
Die Fremde soll dein Heim sein.
Dort sollen deine Knochen vermodern …

Wenn meine Stimmbänder nichts mehr hergeben und meine Stirn vom Wind taub wird, verlasse ich beruhigt den Strand. Hinter mir bleibt keine Spur. Die Horizontalen der holländischen Landschaft sind wie gutes altes Löschpapier. Sie saugen alles auf …

Rechtsnachweise